KB097303

재미가 없으면
의미도 없다

재미가 없으면 의미도 없다

다르거나, 튀거나, 어쨌거나

초판 1쇄 발행 2015년 6월 10일
초판 2쇄 발행 2015년 9월 10일

지은이 김홍민 | 발행인 김형보
편집 서지우·박민지 | 마케팅 이상호

발행처 도서출판 어크로스
출판신고 2010년 8월 30일 제 313-2010-290호 | 주소 서울시 마포구 월드컵로14길 29 영화빌딩 2층
전화 070-8724-0876(편집) 070-8724-5877(영업) | 팩스 02-6085-7676
e-mail acrossbook@gmail.com

© 김홍민 2015

ISBN 978-89-97379-65-1 03810

• 이 책은 저작권법에 따라 보호를 받는 저작물이므로 무단 전재와 무단 복제를 금지하며,
  이 책의 전부 또는 일부를 이용하려면 반드시 저작권자와 도서출판 어크로스의 서면 동의를
  받아야 합니다.
• 이 도서의 국립중앙도서관 출판시도서목록(CIP)은 e-CIP홈페이지(http://www.nl.go.kr/ecip)와
  국가자료공동목록시스템(http://www.nl.go.kr/kolisnet)에서 이용하실 수 있습니다.
  (CIP제어번호:CIP2015014813)

• 만든 사람들
  편집 박민지 | 교정교열 윤정숙 | 디자인 ZINO DESIGN 이승욱

재미가 없으면
의미도 없다

다르거나,
튀거나,
어쨌거나

야매 출판인 김홍민 지음

어크로스

프롤로그

앞으로도 쭉
이러고 살겠다는 다짐

어디서 읽었는지 기억이 가물가물하지만 "한 권의 책을 쓰는 데 가장 필요한 것은 뻔뻔함"이라는 문장을 마주한 적이 있다. 이 책을 쓰고 다듬는 내내 이 문장이 머릿속을 맴돌았다. '나 정도의 인간이 책을 써도 될까'에서 시작한 걱정은 '(어디까지나 비유적인 의미로) 개나 소나 책을 낸다는 말을 들으면 어떡하나'로까지 발전하여 최근 몇 달간은 시시때때로 불안감에 시달렸다. 미인+치과의사의 소개팅 제의도 거절할 정도였으니 얼마나 정신적 여유가 없었는지 짐작할 수 있으리라 생각한다. 하지만 그때마다 뻔뻔해지자고 마음을 다잡았다. 어차피 '야매'로 살아온 10년이고, 야매란 그 정도 비아냥거림 앞에서 초연한 척할 수 있는 멘탈을 가져야 하는 법이니까.

지난 10년 동안 내가 책을 팔면서 했던 이런저런 시도들은 근본이 없다. 나 스스로는 이를 '야매-근본 없는 마케팅'이라 부르고 있다. 왜 근본이 없느냐면, 굳이 설명할 필요도 없는 얘기지만 마케팅이라는 것을 체계적으로 배우지 못했기 때문이다. 조직에서 제대로 인수인계와 교육을 받기보다 맨땅에 헤딩하듯 책을 찾거나 알 만한 사람을 쫓아다니며 어깨너머로 배운 탓에 어설프기 짝이 없었다. 돌이켜보면 이런 '근본 없음'과 '어설픔'이 '남들과 다른 뭔가를 보여줘야 한다'는 강박 비슷한 걸 만들어내지 않았나 싶다. 다행히도 그게 고통스럽지는 않았다. 아니, 실은 즐거웠다. 힘은 들었지만 산에 올라갈 때의 힘듦과 비슷해서 다 오르고 나면 상쾌한 감각이 생겼다.

　이 책은 기본적으로 북스피어가 해왔던 잡다한 시도들을 정리해봤으면 좋겠다는 어크로스 편집자의 바람과 북스피어의 지난 10년을 되돌아보고 싶다는 나의 의도가 합쳐져서 만들어졌다. 7, 8년가량 블로그에 끼적인 잡글과 이런저런 매체에 기고했던 원고 들이 뼈대가 되었다. 그중 상당 부분을 새로 쓰거나 덧대어 네 개의 범주로 나누었다. 물론 이렇게 분류한 데는 나름의 의도가 있다. 이왕 뻔뻔하기로 했으니 좀 더 건방을 떨어보자. 출판이 어려운 건 맞지만 치사한 수작을 부리지 않고도 얼마든지 책을 팔아 먹고살 수 있다고 나는 믿는다. 그런 얘기를 차근차근 해보고 싶었다. 출판 경력으로 따지면 이제 겨우 초등학교를 졸업한 나 같은 인간이 '치사해지지 말자'며 나팔을 불고 돌아다니면 (나댄다는 얘기를 들을지언정) 지금껏 시장을 교란해온 어른 출판사들도 체면치레를 하기 위해 조금쯤 욕심을 거둘지 모른다는 기대를 담아서 말이다. 한편으로 이런 얘기를 글로 적어 세상에 발표하면 적어도 나는 어딘가에서 이 책을 읽은 독자를 떠올리며 만드는 일도 파는 일도 무엇 하나 허투루 할 수 없을 거라는 마음도 있었다. ❶ 일단 책을 잘 만들 것, ❷ 안 돌아가는 머리라도 최대한 굴려서 그 책을 세상에 알릴 것, ❸ 절대로 페어플레이할 것. 뻔뻔해지려면 이상의 세 가지는 준수해야 된다는 것이 내 생각이다.

얼마 전 출판사로 엽서가 한 통 도착했다. 그(녀)는 북스피어가 진행했던 '북&쿡 퍼포먼스'를 보고 "책으로만 읽었을 때보다 훨씬 생생히 눈앞에 펼쳐진 공연"에 깊은 인상을 받았다며 이렇게 적었다. "공연의 빛나는 가치를 떠나 이토록 책 한 권에 정성과 마음을 쏟아주어서 독자로서 존중받는 기분이었습니다. 책을 다 읽고 희미해지려는 여운을 세심하게 A/S 받은 기분이었어요. 매번 새로운 시도를 하면서 동시에 영리적 회사를 꾸려가는 것이 얼마나 험난한지 저로서는 가늠할 수 없지만 언제까지나 북스피어만의 길을 가주었으면 합니다."

엽서에는 보낸 이의 이름도 주소도 적혀 있지 않았다. 암호 같은 게 숨어 있을까 싶어 앞 글자를 연결해보기도 하고 엽서 앞면의 그림들도 꼼꼼히 살펴보았지만 이렇다 할 단서는 찾지 못했다. 강남의 어딘가에서 보낸 듯한 우체국 소인뿐이었다. 때문에 엽서를 읽고 내가 얼마나 기뻤는지 전할 수 없었다. 어쩌면 내가 지금 쓰고 있는 이 책이 이름 없는 독자의 엽서에 대한 긴 답장 내지는 다짐이 될지도 모르겠다는 생각이 든다. 이렇게까지 써놨는데 다른 길을 걷게 되면(이를테면 자사 책을 되사들인다거나) 창피해서 얼굴을 들고 살 수 없으리라. 새삼 일깨워준 아무개 독자분께 고마움을 전한다. 끝으로 시종일관 이건 별로라는 둥, 저건 고치는 편이 낫겠다는 둥 하며 "다시 써오세요"를 주문했던 박민지 편집자에게도 깊이 감사드린다.

차례

3 어쨌거나 내 취향대로
마포 김 사장의 장르문학 탐방

4 그러나 페어플레이 할 것
치사해지지 말자고 쓰는 이야기

일단은 재밌자고 벌이는 일들

—책을 핑계로 잘 노는 법

1

혁명은 재미있어야 한다

4년쯤 전부터 이런저런 단체에서 '소규모 출판 창업'에 관한 강의를 하고 있다. 강의의 목적은 두 가지인데 하나는 출판에 뜻이 있는 분들에게 도움을 주는 것이고 다른 하나는 발이나 담가볼까 하는 분들이 포기하도록 종용하는 것이다. 그래서 가급적이면 뜬구름 잡는 얘기가 아니라 현장에서 느꼈던 일들을 상세히 설명한다. 그리고 마지막 날, 마케팅 수업 시간에 반드시 하는 얘기가 있다. 북스피어와 북스피어 독자들에 관한 이야기다. 출판사에서 일하며 책을 팔아온 지도 어언 10년이 다 되어가는데 나는 여전히 마케팅이 뭔지 모른다. 사정이 이렇다 보니 수업을 들으러 오는 분들에게는 미안한 얘기지만 북스피어가 그동안 진행한 이벤트와 그 이벤트에 호응했던 독자들의 예를 들며 "이것이 마케팅입니다"라고 말할 수밖에 없었다. 다만 이 생각은 강의를 처음 시작하던 4년 전이나 지금이나 변함이 없다. 나는 여전히 마

일단은 책팔자고 벌이는 일들

케팅을 모르지만, 누군가 출판 마케팅이 무엇이냐고 물어보면 북스피어가 해왔던 이벤트, 혹은 '재미있는 책을 재미있는 방식으로 파는 것'이라고 말한다.

그렇다면 북스피어는 어떤 이벤트를 해왔느냐. 이를 거론하기에 앞서 내가 언젠가 보았던 묘한 풍경을 한 자락 얘기해보고자 한다. 고창 선운사에 들렀을 때의 일이다. 날씨가 제법 추웠는데 사람이 많았다. 근처에는 '풍천 장어' 전문 요릿집들이 많았다. 풍천장어 요릿집들은 모두 크고 앞 다투어 플래카드를 걸어놓았다는 점에서 비슷해 보였다. "맛자랑 멋자랑에 나온 집", "강호동의 1박2일에서 소개한 집", "MBC, KBS, SBS에서 방영한 집" 등등 주위의 고색창연함과는 어울리지 않는 문구들이 도배되어 있었다. 그 사이에서 플래카드 하나가 내 시선을 잡아끌었다. "TV에 한 번도 나오지 않은 집"이라고 적혀 있었다. 아아, 정말이지 담백하고 자신만만한 카피 아닌가 하는 생각이 머릿속을 가로질렀다. 〈미슐랭 가이드〉에서 별 세 개를 받은 음식점을 소개받은 기분이 들 정도였다. TV에 한 번도 나오지 않았지만 '그럼에도 불구하고 맛있는 집'이라고 인식한 나는 그 집에서 점심을 먹었다.

돌이켜보면 내가 했던 마케팅(이런 걸 마케팅이라고 부를 수 있다면)은 대개 이와 비슷한 태도에서부터 기인한 듯하다. 따라 하지 않는 것. 나만이 할 수 있는 것. 책 속에 '이스터에그 Easter Egg'(영화, 책, 소프트웨어 등에 제작자가 장난처럼 숨겨놓은 메시지나 기능)를 끼워 넣는다거나 소설의 OST를 만든다거나 〈르 지라시 Le Zirasi〉 같은 소식지를 발행한다거나. 결과적으로 이런 소소한 이벤트들이 지금껏 북스피어를 버티게 해주었다고 생각한다. 버티게 해주었다는 표현이 반드시 경제적인 부분만을 의미하는 것은 아니다. 거기에는 정신적인 부분도 포함되어 있다. 나는 이런 말도 안 되는 이벤트들을 구상하는 일이 즐겁다. 혹은 "이웃 나라에서 100만 부나 팔린 책"이라는 재미 없는 홍보 문구 대신에 "꽤 고통스러운 전개라는 것을 각오하고 읽기 바란다"라는 문구를 쓰면서 책을 만드는 데 필요한 에너지를 얻곤 한다. 물론 책이라는 매체가 편집자 개인의 카타르시스를 위한 도구가 아닐뿐더러 '이스터에그' 같은 장난을 못마땅해하는 동종업계 종사자도 있다. 정보 전달이나 판매 면에서 '100만 부' 쪽이 더 바람직하다고 조언해주는 동료도 분명 있었다. 그때마다 심사숙고해보았다. 하지만 책을 매개로 '장난'치는 걸 멈추지 않았다. 왜냐하면 대부분의 출판사가 '엄숙하게' 책을 만들고 많은 책이 '100만 부'라는 띠지를 두르고 출간되기 때문이다. 북스피어 하나쯤은 달라도 된다고 생각했다. 게다가 처음부터 의도했던 건 아니지만, 같은 작가의 책을 펴내도 "미스터리의 거장, 마쓰모토 세이초"보다는 "감수성 폭발한 세이초 아저씨"라는 문구가 더 활발하게 공유되는 걸 보면서, 말하자면 북스피어의 방식을 좋아하는 독자가 늘어나는 걸 보면서 북스피어가 했던 일련의 장난들이 정신 나간 출판사의 치기로만 인식되지는 않고 있음을 확인할 수 있었다.

오늘 출판은 하루가 다르게 발전하는 미디어들에 의해 뒷전으로 밀려나고 있다. 출판과 관련된 뉴스는 달갑지 않은 일투성이인 데다 개정된 도서정가제의 발효 이후에는 그나마 있던 독자들마저 이탈할 지경에 이르렀다. 그렇다면 어떻게 해야 할까. 나도 모른다. 다만 와시오 겐야가 《편집이란 어떤 일인가》에서 지적한 것처럼 "도구로서 책의 특성을 다시 인식할 필요"가 있지 않을까 하고 막연하게 생각할 뿐이다. "독서도 습관이기 때문에 한번 발길이 뜸해진 독자는 다시 돌아오지 않는다"는 사실을 인식해야 한다. 지금까지는 '읽어야 하는 것이기 때문에 책을 읽어야 한다', '좋은 책은 독자들이 알아서 읽게 되어 있다'는 생각에서 한 발짝도 움직이려 하지 않았다. 하지만 사람들이 책을 읽지 않는 이유는 책을 읽는 일이 재미없기 때문이다. 그런 의미에서 나는 책을 만드는 일을 하나의 '놀이'로 인식하고 있다. 그리하여 독자로 하여금 이 출판사에서 만든 책을 사면 이곳만의 독특한 향취가 있어서 좋다는 기분을, 놀이에 동참하고 싶다는 욕망을 느끼게 하고 싶었다. 베스트셀러도 못 낸 주제에 한심한 소리를 하고 있다며 어디선가 혀를 차는 소리가 들리는 듯하다. 하지만 걱정 마시길. 북스피어는 그럭저럭 잘살고 있으니까. 고경태 기자가 《유혹하는 에디터》에 쓴 이 말이 나는 여전히 좋다. "옛날 옛적 제리 루빈이라는 사람이 있었다. 1960년대 후반, 버클리대에서 미국의 68운동을 주도한 미국 SDS 지도자였다. 그에 따르면, 혁명은 재미있어야 한다. 그는 '웃음은 정치적 깃발'이라는 멋있는 말도 남겼다. (…) 엄숙하고 진부한 진보는 싫다. 같은 말만 자꾸 반복하면서 가르치고 주입하려는 진보도 싫다. 아이디어 풍부하고 재기발랄한, 재미있는 진보를 만나고 싶다."

2

결말이 궁금하지 않다면
책값 돌려드립니다

MBC 〈뉴스투데이〉에 이런 뉴스가 보도된 적이 있다. "한석규 씨가 영화 〈이와 손톱〉 출연 제안을 받고 세부 사항을 조율 중이라는 소식이 전해졌습니다. 지난 2007년 화제를 모았던 공포 영화 〈기담〉을 연출한 정식 감독이 메가폰을 잡는다고 알려져 팬들의 기대도 높아지고(…)." 나는 영화가 만들어지는 시스템에 대해서는 아는 바 없지만 한 가지만은 확실하게 체감하고 있다. 제아무리 유능한 감독이 메가폰을 잡고 잘나가는 배우가 출연할 예정이라는 뉴스가 공중파에서 보도되어도 영화라는 건 여봐란 듯이 극장에 걸리기 전까지는 개봉 여부를 장담하기가 불가능하다는 것이다.

출판사를 창업하고 내가 지금껏 만든 100여 종의 소설 가운데 영화화된다고 보도된 책은 수치를 수치로 여기지 않는 여의도의 국회의원만큼이나 많다. 올리버 스톤 감독이 연출을 하고 리어나도 디캐프리오가 제작과 주연을 동시에 맡았다거나 민규동 감독이 시나리오까지 썼다고 각종 매체에 알려졌던 모모한 영화들의 원작 소설이 전부 내가 만든 책이었다. 그때마다 이런 훌륭한 감독이 맡았다니 원작 소설도 잘 팔리겠군, 디캐프리오가 주연이라니 원작 소설이 베스트셀러가 되는 건 시간문제겠어 라는 기대를 가지고 밤잠을 설쳤다.

물론 영화화된다고 원작 소설이 잘 팔린다는 보장은 없다. 출판사가 영화화에 목을 매는 것도 딱히 바람직해 보이진 않는다. 하지만 기대를 가지는 게 나쁜 일은 아니잖은가. 영화화된다는 소설만 쫓아다니며 경쟁하듯 판권료를 올려 구입한 것도 아니고, 내용이 좋아서 출간을 결정했는데 뒤늦게 영화로까지 제작된다니 이참에 책도 잘 팔려서 더 많은 사람이 읽어주었으면 좋겠다는 정도의 기대는 편집자라면 누구나 해봤을 거라고 생각한다.

하지만 그렇게 기다려온 세월이 아홉 해를 넘기는 동안 100여 종의 소설 가운데 단 한 종도 영화로 만들어지지 않았다. 이제는 내가 만든 책이 영화화된다는 뉴스를 봐도 별 감흥이 없다. 되면 좋겠지만 아마 안 될 거라며, 기대하지 않기로 했다. '여우의 신 포도'처럼 '이 책은 이러저러해서 영화로 만들기가 어려우니까 중간에 엎어질 거야'라며 애써 기대를 접기도 한다.

"사람들은 반전이 있는 추리소설을 영상화하면 좋을 거라 생각하지만 이런 유의 스토리야말로 영화로 만들기가 가장 어렵다." 박찬욱 감독이 《이와 손톱》의 각색이 왜 어려운지 설명하며 내게 들려준 말이다. 더구나 이 책은 1955년에 출간되었다. 이미 반세기도 더 전에 반전이 공개됐다는 얘기다. '브루스 윌리스가 귀신'이라는 사실이 다 들통 난 마당에 누가 영화 〈식스 센스〉를 보러 가겠나.

내가 이 소설의 한국어판을 내자고 마음먹은 것은 2007년 무렵이다. 당시 나는 미야베 미유키의 《쓸쓸한 사냥꾼》을 편집하던 중이었는데 이 책에 보면 살인을 저지른 범인이 《이와 손톱》을 트릭으로 사용하는 장면이 나온다. 이때 탐정 역의 등장인물이 들려주는 책 소개가 인상적이었다. 《이와 손톱》은 빌 밸린저의 대표작으로 초판 출간 당시 결말 부분을 봉하고 이 부분을 뜯지 않고 가져오면—즉 결말을 읽지 않아도 좋다는 독자라면—책값을 돌려준다는 대담한 마케팅으로 화제를 모았다는 것이다.

아마도 소설의 초고를 읽은 편집자가 '이런 전개라면 결말을 안 궁금해할 수가 없겠다'며 감탄하던 중 마케팅 회의에 들어가 참신한 아이디어를 내놓지 않으면 구워서 먹겠다는 식으로 사장에게 괴롭힘을 당하다가 엉겁결에 봉인이라는 발상을 했을 거라고 나 혼자 상상해보는데 어쨌거나 봉인해놓으면 뜯어보지 않고는 못 견딜 거라는 자신감을 바탕으로 한 마케팅이었던 것이다.

《쓸쓸한 사냥꾼》에서 이 대목을 읽던 나는 원서의 봉인본이 어떻게 생겼는지가 궁금해지기 시작했다. 하지만 영문판 봉인본은 좀처럼 구경하기가 힘들었다. 책이 출간되고 강산이 여섯 번이나 바뀐 데다 봉인본이 레어 아이템이 돼버린 탓도 있겠다. 문득 출판 강국 일본에서 이런 아이템을 놓쳤을 리 없다는 생각이 들었다. 일본어판을 구해보니 아니나 다를까 초판의 결말부를 봉인해두었고 덕분에 어떻게 제작했는지 알 수 있었다. 대수에 맞춰 본문을 편집한 다음 결말이 포함된 페이지의 첫 대수에 삽지를 끼워 제본하고 수작업으로 마무리하면 된다. 역사책 중간에 들어가는, 접혀 있는 지도나 중학교 때 풀던 〈이달학습〉 뒤쪽에 접힌 답안지를 떠올려도 무방하다.

나는 밸린저의 저작권 담당자와 계약을 맺고 한국어판을 낼 때도 초판에 한해 결말을 봉인본으로 제작했다. 책이 기대 이상으로 잘 팔렸는데 듣자 하니 본사의 오랜 독자들은 대개 두 권씩 구입했다고 한다. 한 권은 봉인된 부분을 뜯어 내용을 읽어야 하고, 다른 한 권은 결말이 봉인된 상태 그대로 보관해두어야 한다면서.

대관절 반전이 어떻기에 영문판에 이어 일본어판은 물론 한국어판까지 결말을 봉인했단 말인가. 아직 읽지 않은 독자도 있으니 공개는 어렵지만 아까도 얘기했다시피 1955년에 쓰인 작품이니까 판권 페이지의 잉크도 마르지 않은 동서양의 추리소설들을 꾸준히 섭렵해온 독자들에게는 별로일지 모른다.

때문에 영화로 만들려면 어떻게든 원작의 결말이 가졌던 묘미를 살리면서도 종래의 구태의연함을 탈피하여 지금의 관객들도 고개를 끄덕일 만한 독창적인 뭔가를 구축해야 하리라. 내가 걱정할 문제는 아니지만 아무리 생각해도 어려워 보인다. 사정이 이렇다 보니 '아아, 역시 영화화는 기대하지 않는 편이 좋겠어'라는 자포자기적 결론에 도달할 수밖에 없었다. 마치 내 생각에 동조라도 하듯 한석규 씨 소속사 측에서 "〈이와 손톱〉 출연에 관해 결정된 건 아무것도 없다"며 반박기사 비슷한 걸 낸 모양이다. 이럴 줄 알았다니까. 하지만 영화화와 상관없이 《이와 손톱》은 언제든 서점에서 구할 수 있으니까 궁금하시면 지금 주문을, 하는 정도로 해둘까.

3

버려지는 띠지에
숨겨놓은 것

가끔 띠지에 대한 혐오를 극렬하게 드러
내는 독자들의 글을 보곤 한다. 띠지는 아무 짝에도 쓸모가 없는데
왜 하는지 모르겠다, 띠지가 구겨진 책을 받으면 속상하니까 아예
띠지가 없었으면 좋겠다, 쓸데없는 띠지를 만듦으로써 손실되는
나무가 아깝다 등등. 그런 말을 들으면 나는 '그렇구나' 하고 느낀
다. 어쨌거나 하나의 세계관이다. 독자로서의 나는 띠지에 대해 이
렇다 할 감정이 없다. 내가 구입한 책에 띠지가 있으면 띠지가 있
구나 하고 마는 것이다. 대개는 접어서 책갈피로 활용하고 쓸모가
없다 싶으면 버리기도 한다. 아깝다고 느낀 적은 없다. 누군가는
띠지 문구를 보고 책을 사기도 하겠지. 때문에 띠지의 광고 효과에
대해서는 긍정적인 편이다.

그렇다면 책을 팔아 먹고사는 업자로서의 입장은 어떤가. 북스
피어는 띠지를 그리 자주 만들지 않는다. 시리즈의 첫 권을 펴낼

때나 내용은 좋은데 판매에 자신이 없을 때 띠지를 만든다. 반드시 독자에게 알리기 위해서라기보다 기자나 서점 담당자들에게 어필하기 위해서 만드는 경우도 많다. 아무래도 주의 집중이 되는 측면이 있으니까. 띠지를 만드는 비용은 대략 30~40만 원 정도. 더 싸게 만들 수도 있지만 북스피어의 경우 비교적 좋은 종이를 사용하고 표지와의 균형에도 신경을 쓴다. 이 비용은 적다면 적고 많다면 많은 것이지만, 띠지로 인해 책 가격이 올라가는 경우는 없다. 다른 출판사의 사정은 모르겠으나 나는 띠지 비용 때문에 책값을 올리지는 않는다.

출판사 입장에서는 띠지도 일종의 광고다. 아니, 일종의 광고가 아니라 그냥 광고다. 적은 비용으로 할 수 있는 광고. 30~40만 원으로 할 수 있는 책 광고는, 없다. 효과라는 측면에서 따져보면 절대로 없다. 궁여지책인 셈이다. 오해를 무릅쓰고 말하자면, 그거 말고는 할 게 없어서 만드는 경우도 있다. 그렇다고 궁여지책이니 궁휼히 봐달라는 말을 하려는 게 아니다. 띠지가 싫으면 싫은 거지 뭐 어쩌겠나. 다만 어쩔 수 없이 띠지를 할 수밖에 없는 경우도 있으니까 덮어놓고, 게다가 하필 띠지에만 그렇게 극렬한 혐오감을 드러낼 필요는 없지 않을까 하는 생각이 든다.

여기까지는 책을 팔아먹고 사는 판매자적 시각이겠다. 이런 제멋대로적인 주의주장 말고 어떻게 하면 독자들이, 아니 적어도 북스피어의 책을 사는 독자들이 '띠지도 모아두면 써먹을 데가 생기는구나' 하는 마음이 들도록 할까를 고민해보았다. 때는 2009년으로 거슬러 올라간다. 그 즈음부터 나는 북스피어에서 나오는 책의 띠지에 작은 문양을 인쇄했다.

3년 동안 준비한 띠지 이벤트. 신간을 펴낼 때 띠지 구석에 알파벳을 한 글자씩 넣어두었다.
모아보면 BOOKSFEAR가 된다.

대략 3년 동안 여덟 권의 책에 여덟 개의 영문 알파벳을 새겨 넣었다. 각각 B, OO, K, S, F, E, A, R이다. 모두 합치면, 그렇다, BOOKSFEAR다. 물론 그걸 새기는 3년 동안 책을 산 독자들은 그 알파벳을 대수롭지 않게 여겼으리라. 나는 마지막 'R'을 인쇄한 후에 다음과 같은 공지를 북스피어 블로그에 올렸다.

1   2009년부터 2011년 9월까지 북스피어가 만든 신간의 띠지에는 총 여덟 개의 문양이 있다.

2   그 문양이 새겨진 띠지를 전부 들고 와우북 기간 중에 북스피어 부스를 방문하면 도서상품권(20만 원)을 드린다.

3   그럴 리는 없겠지만, 너무 많은 인원이 오면 북스피어가 파산할 수도 있으니 선착순 다섯 명만 받도록 하겠다.

4   이 다섯 명은 마포 김 사장과 함께 인증샷을 찍어야 한다. 사진 찍기

싫은 분은 오지 마시라.

5   이번에 시험 삼아 해보고 재미있으면 북스피어 10주년 즈음에는 확
     장판 이벤트를 해볼 요량이다. 이상.

　3년 동안 구입한 책의 띠지를 버리지 않고 전부 모은 독자가 얼
마나 있으랴 싶었다. 결과는? 와우북 페스티벌 개장 첫날 문을 열
자마자 5분도 채 지나지 않아 다섯 명이 모두 도서상품권을 받아갔
다. 꽤 많은 독자가 띠지를 들고 왔다. 상품은 이미 바닥났다고 말
하기가 미안할 지경이었다. 이후 독자들로부터 "띠지 모아오기 이
벤트 또 안 하나요?", "혹시 몰라서 북스피어 띠지는 전부 모으고
있어요"라는 얘기를 듣곤 한다. 그러고 보니 슬슬 할 때가 된 것 같
긴 한데. 내가 요즘 다소 분주해져서. 어쨌든 또 할 테니까 그때까
지 북스피어 블로그를 예의 주시해주시길 부탁드린다.

4

카라마조프 가의 형제들이
주었던 깨달음

판타지라는 장르가 한국에서 폭발적인 인기를 끌게 된 계기는 이우혁의 《퇴마록》이 등장하면서부터가 아닐까 싶다. 지금은 추억이 된 하이텔 게시판에서 엄청난 조회수를 기록한 이 작품은 출간되자마자 베스트셀러가 되었는데 지금까지 1000만 부 이상이 팔려나갔다고 한다. 당시의 신문 보도를 보면 작가에게 귀신을 쫓아달라든가 소설 속 캐릭터인 준후처럼 부적을 써달라는 부탁을 해온 사람도 많았다고 하니 그 인기를 실감할 수 있겠다. 나도 고교 시절에 야간 자율학습 시간의 무료함이나 달랠겸 집어 들었다가 푹 빠져서 읽었던 기억이 난다. '퇴마'라는 용어가 주는 박력도 매력적이었지만 이우혁 씨는 이 책이 데뷔작이라고는 믿기지 않을 만큼 특정 연령대의 독자들 마음에 움트는 영웅심리를 정확하게 포착하고 있었다. 한번 시작하면 국내편, 세계편, 혼세편, 말세편까지 끝장을 봐야 한다. 한국의 장르문학사에도 '신화로 기록될'이라는 수식어를 마음 놓고 사용할 수 있는 책이 몇 권 있는데 《퇴마록》은 그중에서도 첫 손가락에 꼽힐 만한 책이다. 마침 얼마 전에 출간된 《퇴마록 외전: 그들이 살아가는 법》을 보고 있노라니 정말 감개가 무량하다.

나에게는 이 책에 얽힌 일화가 있다. 대학에 막 입학했을 무렵의 일이다. 그날도 나는 과방 소파에 앉아 《퇴마록》을 읽고 있었다. 그때 선배 한 명이 과방으로 들어왔다. 걸핏하면 "너는 정말 무식하구나"라고 진지하게 얘기해주던 사람이었다. 내가 읽는 책이 무엇인지 스윽 넘겨다본 그녀는 이내 얼굴을 찌푸렸다. '네가 왜 무식한지 알겠어'라는 말을 하고 싶어 하는 듯했다. 잠시 나를 쳐다보던 선배가 이렇게 말했다. "그런 쓰레기 같은 책은 읽지 마." 예상할 수 있을 법한 충고였기에 당황하지 않았다. "그럼 무슨 책을 읽어야 하나요." 내가 묻자 "도스토옙스키를 읽어"라는 대답이 돌아왔다.

그날 오후에 나는 중앙도서관을 찾았다. 러시아 소설 코너에 갔을 때 맨 처음 눈에 들어온 책은 《카라마조프 가의 형제들》이었다. 부끄럽게도 러시아 소설은 처음 구경했다. 세 권이나 되는 두꺼운 책을 나는 날마다 읽었다. 문제는 등장인물의 이름이 길고 어려워서 도통 누가 누군질 모르겠다는 거였다. 그 집안은 또 형제들이 왜 그리 많은지. 그래서 어떻게 했느냐. 메모지를 옆에 놓고 누군가가 처음 등장하면 페이지 숫자와 인물의 특징을 적어놓았다. 이것은 꽤나 도움이 되었다. 적어도 이야기의 흐름을 놓치지 않을 수 있었다. 메모지를 상권에 끼워놓고 도서관에 반납해버리면 중권을 읽을 때는 또 어김없이 헤매야 했지만.

독자가 메모지를 이용해야 하는 번거로움을 출판사에서 해결해

줄 수는 없을까. 예전에는 소설의 앞부분, 차례 페이지와 본문 첫 장 사이에 등장인물 소개가 있었다. 하지만 등장인물 소개 페이지의 위치가 애매하여 본문을 읽다가 다시 펼치기가 번거로웠다. 지금은 그마저도 사라졌다. 등장인물 소개 페이지가 왜 마치 약속이라도 한 듯 한꺼번에 모든 책에서 사라진 건지 모르겠다. 혹시 아시는 분은 제보 바란다.

　러시아 소설만큼은 아니지만 일본 소설도 등장인물의 이름이 만만찮게 어렵다. 예컨대 미야베 미유키의 소설 《미인》을 만들면서는 나도 머리가 아플 지경이었다. 이 소설에 등장하는 인물의 이름이 전부 오리쓰, 오아키, 오요시, 오마쓰, 오미요, 오타마, 오하쓰 하는 식이었기 때문이다. 참고로 '오'는 여성 명사 앞에 붙는 존칭이라고 한다. 그즈음 독자들로부터 "일본 소설은 등장인물 이름을 외우기가 어려워요. 미야베 미유키 소설에는 여자 이름에 전부 '오'가 붙어서 헷갈려요"라는 푸념을 듣고 나는 도스토옙스키를 처음 읽던 때를 떠올렸다. 해결해보고 싶었다. 고전적으로 본문 앞에 등장인물 소개란을 만들까. 아니, 그건 촌스럽지. 책갈피 형태로 등장인물 소개란을 만드는 아이디어도 떠올렸지만 분실의 위험 때문에 관뒀다. 문득 뒷표지 날개를 활용해보자는 생각이 들었다. 날개 안쪽 페이지는 대개 인쇄를 하지 않으니까 독자들에게는 생소할 텐데 이 부분도 인쇄가 가능하다. 찾기도 쉽고 원치 않으면 접어놔도 무방하다. 예쁘게 디자인하면 미학적 차원에서도 나쁘지 않을 것 같았다. 그래서 다음과 같이 만들어보았다.

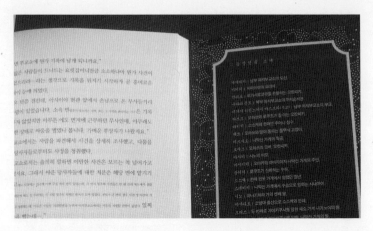

대개 인쇄를 하지 않는 뒷날개 안쪽 공간을 활용한 등장인물 소개 페이지.
필요할 때 찾기 쉽고 쓰지 않을 때 접어두기에도 편리하다.

책을 출간하고 나서 덕분에 《미인》은 읽기가 편했다는 얘기를 많이 들었다. 몇몇 독자가 자신들이 주로 구매하는 책을 만드는 출판사 홈페이지에 '이런 아이디어는 참고해도 좋을 것 같다'는 글도 남긴 걸로 안다. 블로그에 올린 관련 포스팅은 이런저런 사이트 게시판에 퍼 날라지기도 했다. 지금 생각하면 이 아이디어는 북스피어가 초창기에 항상 만들곤 했던 '이스터에그'의 변형인 셈인데 궁금하신 분은 포털에 '북스피어 이스터에그'로 검색해보셔도 좋겠다.

5

〈마포 김 사장의 치명적 매력〉
프로젝트의 전말

모든 것이 한 통의 메일에서 비롯되었다. 2011년 4월의 어느 따스한 봄날, 내 앞으로 메일이 날아들었다. 사연은 A4 한 장 분량으로 빽빽하게 채워져 있었으나 요약하면 다음과 같다. "요즈음 과도한 업무와 원만하지 않은 대인관계로 인해 스트레스가 심해진 데다 며칠 전에는 남자친구와도 대판 싸우고 헤어졌습니다. 봄을 타는 건지 심신이 지치네요. 방에 조용히 틀어박혀 신나는 음악이라도 들으며 편안한 기분으로 읽을 수 있는 책이 없을까요?"

나는 잠시 고민해보았다. 어떤 취향의 소유자인지 알 도리가 없으니 뭘 추천하기도 애매했다. 더구나 내가 사랑의 전화 상담원도 아니고. 하여 답장하지 않았다. 이틀이 지났다. 그날 나는 몹시 아팠다. 관절 마디마디에 치과에서 쓰는 아말감이 꽉 들어찬 기분이었다. 엎친 데 덮친 격으로 같은 날 가족 한 명이 병원에 입원했다.

입원한 동안 내가 옆을 지켜야 했다. 병원에 있으니 기가 몽땅 빨리는 것 같았다. 그때 불현듯 이틀 전에 받은 메일이 떠올랐다. 누구나 울고 싶을 때가 있다. 그럼 울면 된다. 다만 그 장소가 아무도 볼수 없는 자기 침대가 아니라 누군가의 메일함이었다면 그것은 분명 상대방의 위로를 바라는 거라고 나는 생각했다. 취향은 중요하지 않다. 뭔가를 해준다는 행위 자체가 중요한 거다. 나는 메일을 보낸 상대방을 위해 뭔가를 해보기로 했다.

북스피어의 그달 신간은 미야베 미유키의 《홀로 남겨져》였다. 상처받은 사람들에 대한 이야기이며 일곱 개의 단편이 실려 있다. 내가 아닌 다른 사람이 어떤 이유로 상처를 받았는지에 대한 에피소드는 우리의 시야를 넓혀준다. "내가 제일 상처받기 쉽고 제일 예민하다며 나도 모르게 이기적이고 뻣뻣해진 마음을, 다른 사람의 상처와 아픔이 어느새 부드럽게 풀어주기 때문"이다. 나는 이 책을 만들며 조금 특별한 이벤트를 준비하기로 했다. 영화 OST처럼 책을 읽으면서 감정이입할 수 있도록 BGM을 만들자. 작사와 작곡은 〈구르믈 버서난 달처럼〉의 OST 작업에 참여한 김백찬 씨에게 부탁하는 게 좋겠다. 그는 미야베 미유키의 팬이니까. 노래는 내가 직접 부르기로 했다. 이름하여 〈마포 김 사장의 치명적 매력〉 프로젝트. 오른쪽 사진과 같은 앨범 아트까지 탄생했다.

여기서 잠시, 이야기를 처음으로 되돌려보자. 이 프로젝트는 4월의 어느 봄날에 시작되었다고 앞서 얘기한 바 있다. 4월 하면 뭐가 떠오르는가. 식목일? 4·19? 아니, 나는 4월을 오로지 만우절이 있는 달로 인식하고 있다. 만우절이란 어떤 날인가. 사전에 따르면 만우절은 가벼운 거짓말로 서로 속이면서 즐거워하는 날이다. 그

소설의 OST를 만들어보자는 발상에서 출발한 〈마포 김 사장의 치명적 매력〉 프로젝트.

렇다. 〈마포 김 사장의 치명적 매력〉 프로젝트는 전부 만우절 장난이었다. 오로지 독자를 속이기 위해 3월의 마지막 일주일 동안 책 작업도 작파한 채 밤을 낮 삼아 가사를 쓰고 음반 재킷을 만들었던 것이다. 왜? 왜긴 왜야, 만우절이라니까.

마침내 4월의 첫날 나는 "모든 것이 한 통의 메일에서 비롯되었다"로 시작하는 글을 북스피어 블로그에 올렸다. 그러고는 곧 달릴 독자들의 댓글을 상상하며 흡족해했다. 대략 이런 정도의 댓글을 떠올렸다. "푸하하, 이거 뭡니까? 만우절 이벤트? 나오면 대박 치실 듯", "우리를 속이려는 만우절 거짓말이라도 정말 감사드려요. 나른한 오후에 청량한 자극이네요." 실제로 이런 댓글이 달리기는 했다. 두세 개쯤.

이후 상황은 묘하게 흘러갔다. "미야베 미유키의 신간만도 반가운데 음반이라니 실로 범인의 상상을 뛰어넘는 이벤트로군요." "북스피어의 그동안 행태로 미루어 〈마포 김 사장의 치명적 매력〉 프로젝트는 믿을 수밖에 없겠습니다." "빨리 책이랑 CD 내주세요!" 이런 댓글들이 왕십리 차량 기지에 늘어선 객차처럼 끝도 없이 달리기 시작한 것이다. 나는 개탄하지 않을 수 없었다. 누가 봐도 만우절 이벤트가 분명한 걸 덜컥 믿어버리는 인간들이 있다니. 그런 인간들이 이토록 많다니. 이자들은 순진한 건가. 그러나 한숨만 쉬고 있을 수는 없었다. 뭐라도 해야 했다. 대관절 뭘 하면 좋을까. 이때 그럴듯한 아이디어가 떠올랐다.

이번에는 진짜 가수에게 의뢰하자. 미야베 미유키의 《홀로 남겨져》를 읽고 그 감상을 노래로 만들게 하자. 영화에는 OST가 있는데 책도 그런 게 좀 있으면 어때. 그렇다면 누구에게 의뢰해야 하나. 심수봉 씨가 좋을까. 너무 올드한가. 장재인 씨는 바쁘겠지? 숙고를 거듭한 끝에 싱어송라이터인 박기영 씨에게 맡기기로 했다. 왜 박기영인가. 둘은 닮았으니까. 박기영과 북스피어의 닮은 점을 문장으로 표현하는 것은 지극히 간단한 작업이다. 대략 세 가지 정도로 압축할 수 있겠다. 하나, 실력이 출중하다. 둘, 시류에 영합하지 않고 일관성 있게 한 우물만 판다. 셋, 근데 크게 뜨지는 못했어.

하지만 이건 어디까지나 내 생각이고 박기영 씨가 이런 생뚱맞은 작업을 순순히 맡아 줄지는 알 수 없는 노릇이었다. 북스피어의 마케터가 무작정 박기영 씨를 찾아갔을 때만 해도 상황은 녹록지 않았다. 양측이 다 생소한 작업이었고 전례를 찾기도 어려워서 뭘 어떻게 해야 할지 몰랐기 때문이다. 실마리는 의외의 대목에서 풀렸다.

박기영 씨가 미야베 미유키 작가라는 말에 반응한 것이다. 친구인 호란 씨가 미야베 미유키의 책이 전부 집에 있다고 자랑했는데 그게 마음에 남아 그렇잖아도 이 작가의 작품을 읽어볼 참이었다고 한다. 실력 있는 뮤지션답게 그녀는 소설을 읽자마자 '이 정도야 간단한 식사지' 하는 미소를 지으며 뚝딱 곡을 만들어 들려주었다…… 라는 것은 농담이고 실력 있는 뮤지션도 이런 작업은 처음이어서 그런지 곡이 만들어지기까지 두 달이나 걸렸다.

그녀는 자신이 아날로그적 인간이라 했고 머릿속으로는 만들고자 하는 곡을 끊임없이 생각한다고 했으며 미야베 미유키의 소설이 너무 마음에 들어 꿈까지 꿨다고 했다. 소설이란 무엇인가에 대해 여러 가지 말이 있지만 미국의 소설가 존 가드너는 "소설이란 독자의 마음속에 꿈을 불어넣는 것"이라고 했는데《홀로 남겨져》야말로 가드너의 정의에 딱 들어맞는 작품이 아닐까. 그 꿈이 너무나 생생하고 연속적이어서 소설을 반복해서 읽는 내내 박기영 씨도 여러 번 감탄했다고 한다. 참고로 박기영 씨가《홀로 남겨져》를 읽고 만든 곡의 제목은 '드림스Dreams'다. 나는 이 곡을 비롯하여 전부 다섯 곡이 담긴 CD 3000개를《홀로 남겨져》에 붙여 초판 한정으로 서점에 내놓았다. 2011년 6월 무렵의 일이다.

한편 2013년 6월에 정유정 작가의 장편《28》과 함께 출시된 북 OST는 '전국구적 쌈마이' 향취를 물씬 풍기며 엉성하게 진행된《홀로 남겨져》의 북 OST와는 달리 상당히 계획적으로 진행되었다. 나는 이 작업을 총괄한 은행나무 출판사의 강건모 씨를 만나 대략적인 내용을 들어보았다.

흥미롭게도 그는 이 프로젝트에서 작곡과 연주를 담당하기도 했다. 편집자가 자신의 음악적 재능을 살려 책의 홍보 작업을 진행한 특이한 케이스라 하겠다. 그런 만큼 프로젝트에 참여한 인디밴드(트루베르, 헤르츠티어, 이지에프엠, 리터)들과의 작업은 수월했다고 한다. 아이디어를 떠올리고 전문가의 마스터링을 거쳐 음반이 나오기까지 한 달 하고 일주일밖에 걸리지 않은 걸로 미루어 작업이 얼마나 효율적으로 진행되었는지 짐작할 수 있겠다.

그렇게 만들어진 음원은 우선 사운드클라우드 SoundCloud(온라인 음악 배급 플랫폼)에 업로드되었고, 《28》의 1쇄 띠지에 미리 인쇄해둔 QR코드를 통해 독자들이 쉽게 접근할 수 있도록 했다. 2쇄부터는 플라스틱 케이스 CD(2000장)와 종이 케이스 CD(2만 장)를 만들어 책과 함께 배포했으며, 작가인 정유정 씨와 북콘서트를 진행하기도 했다. 여기까지 들어간 비용은 대략 1500만 원 정도라고 한다. 또한 유명 음원 사이트에 정식으로 음반 등록을 하면서, 음원 유통으로 발생하는 수익은 전부 곡을 만든 이들에게 돌아가도록 하는 내용의 계약서를 쓰거나 각 방송사 심의위원회에 미리 심의를 받는 등 여러 대목에서 세심한 주의를 기울였다.

성과는 기대 이상이었다. 출판사의 새로운 마케팅으로 입소문이 나며 KBS 〈9시 뉴스〉에 보도되었고 〈경향신문〉과 〈동아일보〉 등의 일간지에도 소개되었다. 좀 더 유명한 뮤지션들과 작업을 진행했다면 어땠겠냐는 질문에 그는 이렇게 대답했다. "비용을 포함하여 유명 뮤지션의 경우 소속사와의 계약으로 인한 제약이 있어 출판사와 자유롭게 커뮤니케이션하기 힘들다는 문제가 있다. 재미있자고 하는 이벤트인 만큼 운신의 폭이 넓은 인디밴드들과 작업하는 쪽이 더 낫다고 본다." 그는 "이런 식의 노력을 들이는 이벤트는 다소 번거롭긴 하지만 출판사 스스로 책의 2차 콘텐츠를 생산해내는 창의적인 작업이기도 하다. 앞으로도 기회가 있다면 또 해보고 싶다"는 말을 덧붙였다.

나는 고개를 끄덕였다. 하나 마나 한 얘기가 되겠지만 책이 설 자리가 아무리 줄어든다 해도 어떻게든 팔기 위해 노력하는 수밖에 없다. 이 대목에서 중요한 것은 그 노력이 지니는 내적 진실성일 거라고 생각한다. 혹자는 북 OST를 만들 돈으로 차라리 손쉬운 적립금 이벤트를 진행하는 편이 낫다고 말한다. 그럴 수도 있다. 나 역시 그걸 모르는 바 아니고 실제로 그런 유혹에 빠지기도 했다. 하지만 그런 '돈 놓고 돈 먹기'적인 자세야말로 오늘 우리 출판의 입지를 줄어들게 만든 원인 가운데 하나일 거라고 나는 생각한다. 북 OST와 같은 색깔 있는 일련의 이벤트들, 즉 그 출판사만이 할 수 있는 고유의 뭔가를 만드는 노력이야말로 현재의 상황을 타개해나갈 자구책이 아닐까. 모든 출판사가 모든 이벤트를 그만두고 모든 책을 정가에 파는 것이 가능해진다면야 또 얘기가 다르겠지만 말이다.

6

제정신을 내려놓고
책 읽는 사진을 찍어보자

어느 한가로운 주말, 나는 방바닥을 뒹굴며 멍하니 TV를 시청하고 있었다. 아마 XTM에서 방영한 프로그램이었던 걸로 기억하는데 세상에 이런 대회가 있다는 걸 나는 그때 처음 알았다. 이름 하여 익스트림 아이어닝Extreme Ironing 대회다. 귀찮기 짝이 없는 다림질이라는 행위를 일약 스포츠로 승화시킨 이 대회는 1997년에 영국의 어떤 젊은이가 나처럼 방바닥을 뒹굴다가 고안해냈다고 한다. 그러고 보면 역시 인간은 얼마간 머리를 비우고 뒹구는 시간을 확보해둬야 이런 생각도 할 수 있는 게 아닌가 싶다.

어라, 그런데 영국에서 조촐하게 시작됐던 이 대회가 마치 〈재크와 콩나무〉에 나오는 콩나무처럼 무럭무럭 쑥쑥 자라나더니 급기야 다른 여러 나라로까지 전파되어 지금은 전 세계의 수천 명이 참가하는 규모로 성장했다고 한다. 상금도 주고 트로피도 주고, 무엇보다 다른 이들이 페이스북에 공개적으로 올리는 사진을 보며 서

© Extreme Ironing 페이스북 페이지

절벽 위나 바닷속 등 위험천만한 상황에서 다림질을 하는
이색 스포츠, 익스트림 아이어닝 대회의 사진들.

로서로 박장대소하는데(아마도 이것이 포인트), 굉장히 굉장하고 대
단히 대단해 보였다. 허리가 부러지도록 웃으며 이 사진들을 바라
보던 나는

1 '세상에는 제정신이 아닌 인간들이 잔뜩 있구나' 하고 고개를 절레
   절레 젓다가

2 '그래도 상당히 재밌어 보이긴 하네' 라며 머리를 주억거리던 중

3 '가만 있자, 저걸 어떻게 출판사 이벤트로 활용해볼 수 없을까' 라는
   리사이클적 마인드로 전환.

4　'다리미 대신 책으로 해보는 것도 재미있겠어'라는 어처구니를 상실
　　한 생각을 하게 되었던 것이다.

그리하여 떠올린 것이 바로 익스트림 리딩 Extreme Reading 대회다. 이
대회가 추구한 철학(이라고까지 얘기하면 너무 거창하지만)의 핵심은
다음과 같다.

1　극한의 상황에서도 책을 읽을 수 있음을 보여주겠다는 위편삼절적
　　마음가짐.
2　그게 어렵다면, 오호! 저런 상황에서도 책을 읽다니 하는 정도도 무방.
3　이왕 여기까지 왔는데 책 읽는 사진이나 한 방 찍어볼까 하는 자세까
　　지도 양호.
4　다 필요 없고 어쨌거나 웃기면 됨.

이 이벤트를 시작하기 전 나는 과연 어디까지 구현할 수 있을까
를 시험해볼 요량으로 주말에 시간을 내서 강원도 일대를 돌아다
니며 익스트림 리딩 대회에 어울릴 법한 사진을 찍어보았다. 쉽지
않았다. 안 돌아가는 머리를 굴려봤지만 적당한 콘셉트를 잡기가
어려웠다. 그러나 하늘이 도왔는지 포기하기 직전에 속초의 황량
한 바닷가에 도착할 수 있었다. 그날따라 싸늘한 비까지 추적추적
내렸지만 나는 마음을 다잡아 훌러덩 옷을 벗어던지고 바다에 입
수했다⋯⋯가 3초 만에 얼어 죽는 줄 알았다. 물이 너무 차가우니
까 머릿속에서 찌르릉 종이 울리는 듯했다. 주변 백사장을 거닐며
사랑을 속삭이던 연인 몇 쌍은 아마 미친놈인 줄 알았겠지. 이 사

익스트림 리딩 대회의 본을 보이고자 속초 바다에 입수한 마포 김 사장.

진을 찍고 곧장 사무실로 돌아와 독자들의 참여를 독려하는 글을 올렸다. 마침 세계 책의 날도 다가오니 의미가 있겠다고 여겼다.

하지만 행사는 흐지부지 끝나고 말았다. 다음 날 석연치 않은 이유로 세월호가 침몰했다. 그래서 의기소침해졌느냐하면 전혀 그렇지 않다. 세월호에 관한 진상이 규명된 이후 다가올 여름 무렵에 한 번 더 도전해볼 생각이다. 그러니 익스트림 리딩 대회에도, 세월호 진상 규명에도 관심을 가져주시기를 부탁드린다.

7

다시 생각해도 기특한
공동 출간 프로젝트

출판사를 막 차렸던 초창기에는 내고 싶은 전집이 많았다. 엘러리 퀸이나 아시모프 전집 같은. 근사한 장정으로 오와 열을 맞춰서 책장에 꽂아만 놔도 뿌듯한 기분이 들 법한 그런 작가들의 책 말이다. 하지만 바람일 뿐, 구멍가게 수준의 출판사에서 그걸 통째로 실현하기란 쉽지 않다는 걸 깨달았다. 출판계의 현실도 고려하지 않을 수 없었다. 이런 시리즈는 자금과 조직이 있는 메이저 출판사에서나 가능한 얘기다.

시간이 흐르고 출판에 대해 약간 알 것 같은 기분이 들 때쯤 '이런 시리즈는 정말 자금과 조직이 있는 메이저 출판사에서만 가능한 얘기일까' 하는 의구심이 생겼다. 정말 그럴까. 북스피어처럼 자금과 조직이 변변치 못한 출판사들에게는 어렵기만 한 일일까. 그래서 고민해보았다. 몇 개의 출판사가 힘을 합쳐보면 어떨까. 예를 들어 엘러리 퀸의 모든 작품을 두세 개 출판사가 함께 내는 거다.

디자인과 장정을 통일해서. 마치 한 출판사에서 만든 시리즈처럼.

그게 가능할까? 일단 어느 출판사가 어떤 작품을 가져갈지에 대한 대목에서부터 난관에 부딪힐 게 뻔하다. 아무리 걸출한 작가라도 모든 작품이 수작은 아닐 것이고 당연히 서로 좋은 작품을 가져가려고 할 테니 말이다. 게다가 디자인을 통일한다는 게 말처럼 쉬울까. 취향과 스타일이 다른 채로 몇 년씩 출판을 해온 선수들의 안목을 어떻게 다 고려해. 그런 생각을 하며 하릴없이 시간만 보내던 중이었다.

당시 북스피어는 미야베 미유키가 편집한 《마쓰모토 세이초 걸작 단편 컬렉션》이라는 세 권짜리 시리즈를 출간하여 고전하던 중이었다. 이제 와서 얘기지만 이 책은 야심작이었다. 내용은 물론 편집이나 장정 어느 하나 뛰어나지 않은 게 없다고 자평하며 만드는 내내 얼마나 뿌듯해했는지 모른다. 결과는? 상권만 손익분기점을 넘었을 뿐 중권과 하권의 성적표는 눈물이 앞을 가릴 지경이었다. 이렇게 훌륭한 책을 몰라보다니. 독자들이 야속할 따름이었다. 결국 《마쓰모토 세이초 걸작 단편 컬렉션》 이후 마쓰모토 세이초의 장편을 내려던 계획을 미룰 수밖에 없었다. 언젠가 때가 오면, 그래, 기다리자. 이후로 세이초의 책은 못 낼 수 있겠다는 예감도 들었다.

그러던 어느 날의 일이다. 출판사 연합으로 걸출한 작가의 전집을 통일된 장정으로 내면 어떨까 하는 아이디어에, 그 작가로 마쓰모토 세이초가 어떻겠냐는 아이디어를 추가했다. 전자는 나, 후자는 역사비평사 조원식 주간의 생각이었다. 그는 《마쓰모토 세이초 걸작 단편 컬렉션》을 읽자마자 세이초에게 반했고 어떻게 이런 작가가 지금껏 제대로 소개된 적이 없는지 의아하다고 했다. 우리는 금세 의기투합했고 논의는 급물살을 탔다. 게다가 세이초가 누구인가. 그가 쓴 픽션이 추리소설인가 아닌가, 그의 역사관이 정통인가 그렇지 않은가 하는 관념적이고도 재미없는 의문을 놓고 한 시대가 헛된 문학적 입씨름을 하는 동안 방대한 지식을 바탕으로 경계를 넘나들며 엄청나게 많은 작품을 쓰고 또 씀으로써 오로지 작품만으로 독자들의 전폭적인 지지를 이끌어냈던 작가 아닌가. 그는 추리소설가이자 역사가이기도 했던 사람이다.

추리소설가이자 역사가인 세이초의 전집을 북스피어와 역사비평사가 힘을 합쳐 낸다. 꿈보다 해몽이라는 비아냥거림을 들을지도 모르지만, 정말이지 딱 들어맞는 궁합이 아닐 수 없다. 우리는 곧바로 에이전트와 접촉했다. 계약하려는 작품의 수가 많은 만큼 갑작스러운 제안에 원작자 측도 당황하는 눈치였고 그에 따른 구체적인 설명과 향후 출간 계획 등에 관해 귀찮으리만큼 사소한 부분까지 물어오기 시작했다. 여기에 선인세를 비롯하여 계약 조건에 관한 신경전까지 이어지면서 계약은 지체되고 말았다. 지난한 줄다리기는 몇 개월간 이어졌지만 결과적으로 모든 주체가 만족할 만한 방향으로 흘러갔다. 나중에 에이전트로부터 전해들은 바에 따르면, 두 출판사 연합이라는 대목에서 원작자 측도 꽤나 놀랐다고 한다. 그런 만큼 이번 기획의 취지에 공감해주었고 우리가 원하던 조건으로 계약을 진행할 수 있었다.

세이초의 작품을 역사비평사와 북스피어가 어떻게 나눌 것인가 하는 부분에서 난항이 예상됐지만 이건 의외로 쉽게 매듭지어졌다. 서로 원하는 작품이 명확했고 희한하게도 거의 겹치지 않았다. 몇 작품이 겹치긴 했지만 대의를 위해 흔쾌히 양보해주는 분위기였다고 할까. 내 입으로 이런 말을 하기는 쑥스럽지만 참으로 바람직한 광경이 아닐 수 없었다. 심지어 역사비평사는 이 프로젝트를 위해 '모비딕'이라는 브랜드를 새로 만들기까지 했다. 그리하여 2012년 1월 모비딕과 북스피어는 각각 《D의 복합》(모비딕)과 《짐승의 길》(북스피어)을 출간했다.

이 소식은 "일〞 추리소설 광팬 두 명, 일냈다(동아일보)", "일본 '사회파 추리소설' 원조 작품 이례적 컨소시엄 통해 번역출간(한겨레)" 같은 기사 제목에서 알 수 있듯 두 출판사의 합작품이라는 점에 포커스가 맞춰져 여러 일간지에 소개되었고 덕분에 초판을 무난히 소화할 수 있었다. 세이초는 한국의 언론에서 그다지 환영받지 못하는 ❶ 연식이 오래된 ❷ 일본의 ❸ 추리작가니까 만약 북스피어가 단독으로 출간했다면 전혀 주목받지 못했으리라.

모비딕과 북스피어가 손을 잡은 이유는 당연히 마쓰모토 세이초의 방대한 작품을 한국에 제대로 소개하고 싶어서다. 한편으로 규모가 작은 출판사들도 연대를 통해 상대적으로 부족한 자금과 조직을 보완할 수 있다는 것도 보여주고 싶었다. 아마 세이초 선생도 이 광경을 보았다면 틀림없이 "좋은 아이디어야" 하고 무릎을 치며 아이처럼 좋아했을 것 같은 기분이 든다. 그런 기분이 드는 밤이다.

8

야매 장르문학 소식지의 탄생

　　나 혼자만의 생각일지 모르지만 마쓰모토 세이초의 문학에서는 어딘지 '미스터리를 단순히 오락으로만 불리게 하지 않겠다'는 기백 같은 것이 묻어난다. 독자로 처음 읽을 때는 몰랐는데 '세이초 월드'를 본격적으로 기획하다가 그런 걸 느꼈다. 마흔한 살에 데뷔한 늦깎이 등단 작가의, 어떤 면에서는 유행이 지난 레인코트 같은 그의 소설 속에서 내가 감지한 기백은 대체 어디에서 비롯되었을까? 대관절 무엇이 나를 그토록 강렬하게 끌어당겼을까.

　　이런저런 자료를 뒤적이다가 나는 비로소 그 기백의 진원지가 그의 삶 자체임을 깨달았다. 세이초 스스로는 구제의 여지가 없이 암울한, 아무리 발버둥 쳐도 출구를 찾을 수 없는 신산한 그림자였다고 하겠지만 나에게 그것은 내가 읽어온 소설들의 맥락 속에서는 찾아보기 힘든 신선한 것이었다. 그에게 관심이 있는 독자들도 세이초 소설의 재미를 만끽하기 위해서는 그가 걸어온 삶의 궤적을 알아두는 편이 좋겠다고 생각했다. 해서 소설의 부연을 위해 자료집을 만들기로 했다. 즉 별책부록이다. 취재도 인터뷰도 하자. 일본으로 날아가 30년간 세이초의 전담 편집자로 일한 후지이 야스에 관장(마쓰모토 세이초 기념관)을 만난 것도 그래서다. 한데 어떤 형식으로 만들지가 고민이었다. 뭔가 다른 출판사에서 시도하지 않은 '전국구적 쌈마이' 냄새가 솔솔 나는 별책부록이라면 좋겠다. 자사의 책 자랑만 잔뜩 늘어놓은 거 말고.

'야매 장르문학 소식지' 〈르 지라시〉 1호는 그렇게 태어났다. 2012년 4월 무렵의 일이다. 이 여덟 면짜리 신문을 만드는 일은, 생색을 내려는 것은 아니지만 쉽지가 않다. 신간을 발행하는 틈틈이 따로 시간을 내서 꼬박 3개월 정도 매달려야 한다. 그러니까 〈르 지라시〉를 발행하는 건 나로서도 '앞으로 석 달간은 죽었구나' 하는 '저녁이 없는 삶'적 결단이 필요한 일이다. 1호를 시작으로 호외를 포함하여 8호까지 만드는 데 걸린 시간이 2년 하고 6개월. 스마트폰을 비롯한 각종 첨단 기기에 담긴 공짜 콘텐츠가 도처에 범람하는 요즘 같은 때에 이런 형식의 별책부록을 과연 독자들이 어떻게 생각할지 모르겠지만 내가 〈르 지라시〉에 공을 들였던 건 두 가지 이유에서였다. 내가 하고 싶은 얘기를 눈치 보지 않고 마음껏 할 수 있는 채널을 만들고 싶다는 것, 책을 구입한 독자들에게 '책을 살 때 누릴 수 있는 작은 즐거움'을 주고 싶다는 것이다.

여기에 무작정 자사의 책을 홍보하는 내용을 싣는 것은 경계했다. 북스피어의 책뿐만 아니라 다른 출판사들의 책도 다뤘고, 출판계의 문제들, 이를테면 사재기라든가 과도한 선인세에 관해서도

북스피어에서 발행하는 자체 소식지 〈르 지라시〉.
작가 이야기부터 출판계의 이모저모까지 다양한 콘텐츠를 담아낸다.

내가 알고 있는 선에서 솔직하게 기술했다. 야매 소식지 본연의 모습에 충실하고자 출판계 뒷담화나 책 판매에 도움이 될 것 같지 않은 광고도 실었다. 물론 재미를 위해서다. 이런 텍스트 외적 노력들이 조금씩 쌓이다 보면 언젠가 텍스트에 대한 관심도 자연스럽게 생길 거라고 나는 생각했다. 책 한 권을 만들면서 그에 따르는 마케팅 아이디어를 고민해보자는 측면에서의 '소식지'는 이전에도 여러 출판사에서 시도되었다. 〈르 지라시〉를 몇 호쯤 만든 후에 우연히 알게 된 건데 소식지를 가장 먼저 활용한 사례로 열린책들의 〈버즈북〉을 꼽을 수 있겠다.

'버즈북'이란 열린책들에서 펴내는 신간 예고 매체다. 소문이 자자하다는 buzz와 book의 합성어라고 한다. 〈버즈북〉은 전신이 있다. 베르베르의 《개미》를 펴내기 전에 만들었던 〈북캐스트〉가 그것이다. "작가 베르베르나 그의 소설 《개미》, 둘 다 1993년 발간 당시에는 우리나라에 알려진 것이 하나도 없었다. 베르베르와 《개미》를 알리기 위해 고안한 것이 〈북캐스트〉라는 신간 예고지다. 타블로이드판 16면으로 두 달 뒤에 나올 《개미》를 미리 홍보하는 매체였다. 《개미》의 줄거리, 해외 서평, 기획 회의, 작가 인터뷰 등을 주요 내용으로 삼았다. 당연히 신간 예고 매체가 한국에서는, 아니 세계에서도 선례가 없었으므로 〈북캐스트〉 발간이 일간지에 크게 보도되었다. 이것이 《개미》의 사전 홍보 역할을 충분히 해냈다"고 홍지웅 대표는 말한다.

　　〈북캐스트〉는 《개미》를 베스트셀러로 만드는 데 결정적 영향을 미쳤다. 이런 아이템을 다른 출판사들이 따라 하지 않을 수 있었겠나. 덕분에 타블로이드판 홍보지를 내는 출판사가 스무 곳도 넘게 생겼다. "나중에는 서점 카운터에 홍보지를 놓을 자리가 없어서 기피하는 현상까지 생겼다"고 한다. 〈북캐스트〉에 관해 들었을 때 나는 약간 놀랐다. 형태나 콘셉트는 다르지만 방향성은 내 생각과 흡사했기 때문이다. 〈르 지라시〉를 만들며 솔직히 독창적인 아이디어가 아닌가 우쭐했는데, 아니었다. 이미 20년도 더 전에 〈북캐스트〉가 있었다. 역사는 돌고 홍지웅은 잘났다. 내가 〈르 지라시〉를 건넸을 때 그는 이렇게 말했다. "내가 생각하는 기획이란 이런 거다. 책을 낼 때 새로운 걸 생각하는 것. 책을 어떻게 알릴 것인가. 우리가 〈북캐스트〉를 낸 이후에 그것은 참신한 홍보 수단으로 떠올랐다.

색다른 방식이었다. 돈을 들이는 광고는 돈만 있으면 누구나 가능하다. 출판사는 끊임없이 새로운 걸 생각해내야 한다. 좋은 작품을 찾는 것도 기획이지만 책 한 권을 만들 때 그에 따르는 아이디어를 고안해내는 것이야말로 진짜 기획이 아닐까."

하늘 아래 새로운 것은 없구나. 하지만 〈르 지라시〉는 〈르 지라시〉만의 색깔이 있으니까 앞으로도 북스피어가 망하지 않는 한 계속 만들어볼 생각이다. 북스피어 출간 리스트만 줄줄이 읊는 소식지 말고, '걸작', '역작'이라는 뻔한 수사로 점철된 자사 책 홍보용 소식지 말고, 독자들이 꼭 소장하고 싶어 할 글들이 실린 그런 소식지 말이다.

9

북스피어 독자 잔혹사

본문의 오자를 어떻게 찾아낼 것인가. 북스피어의 첫 책인 《아발론 연대기》를 만드는 내내 고민스러웠던 대목 가운데 하나다. 전부 여덟 권이고 각 권의 분량 또한 만만치 않은 이 책은 편집하는 데만 일 년 가까이 걸렸다. 출판사에는 편집장과 나, 두 사람뿐이었다. 우리는 이미 몇 번이고 본문을 읽었다. 더이상 반복하는 것은 무의미해 보였다. 머릿속으로 '이제 여기에 틀린 글자가 있을 리 없어'라고 생각하며 빨간 펜 대신 눈으로만 지문을 따라갈 게 뻔했기 때문이다.

교정 전문가에게 맡겨볼까. 아는 편집자에게 물어보니 소설의 경우 권당 120만 원에서 150만 원가량 든다고 한다. 여덟 권이면 1000만 원이다. 교정비 자체는 비싸지 않지만 내 통장 잔고로는 어림없는 얘기였다. 고민은 며칠간 이어졌다. 문득 독자들에게 부탁하면 어떨까 하는 생각이 들었다. 책이 출간된 이후에 '오자를 잡아내는 건' 편집자가 아니라 독자 아닌가. 그렇다면 편집자가 최종 검수를 보고 나서 인쇄에 들어가기 직전에 독자들을 불러서 책(실은 교정지)을 읽게 하자.

다음 날 북스피어 블로그에 공지를 올렸다. "독자교정 이벤트! 성배와 아더 왕에 관한 모든 신화와 전설을 아우른 결정판. 40년에 걸쳐 켈트의 신화와 전설을 연구한 장 마르칼이 중세기 작가들의 모든 판본을 종합하여 하나의 이야기로 완성한 《아발론 연대기》를 가장 먼저 읽어줄 독자 대모집! 이번 주말 느긋하게 책 한 권 읽는다는 생각으로 지원 바람. 점심 제공."

설명도 덧붙여두었다. "대관절 독자교정이란 무엇인가? 모든 편집자들이 인쇄에 들어가기에 앞서 '이번 책에서는 절대로 실수하지 않으리라'는 각오로 눈에 불을 켜고 교정지를 읽고 또 읽지만 어찌 된 일인지 제대로 확인하고 넘어갔다 생각한 대목에서 어이없는 오자가 나오는 일이 부지기수입니다. 한데 10년차 베테랑 편집자도 발견하지 못한 오자를, 책이 출간된 이후에 독자들이 발견하는 경우 또한 부지기수지요. 어째서 그러느냐. 편집자의 경우 몇 번씩 반복해서 책(교정지)을 읽는 동안 '이 대목에서는 틀린 글자가 나올 리 없어' 하고 생각해버리는 반면, 독자들은 그 대목을 처음 읽기 때문입니다. 장기판 옆에서 훈수를 두는 구경꾼의 심리가 이와 비슷하지 않을까 싶어요. 해서 독자분들에게 미리 오자를 발견할 기회를 드리려고 합니다."

말이 좋아 이벤트지 독자들을 불러 일을 시키겠다는 수작이나 다름없다. 한데 켈트신화에 관심 있는 독자들이 여럿 손을 들었고 나와 편집장이 간과한 치명적인 실수들, 이를테면 '아덩왕' 같은 오자를 대번에 찾아주었다. 이후 독자교정 이벤트는 밤샘 교정, 교정 MT, 낭만독자 열차교정 하는 식으로 조금씩 '이벤트성'이 더해져 진화했다. 매번 지원자도 많아서 고민일 지경이었다.

독자교정 이벤트에 지원자가 넘치자 나와 편집장은 창고정리도 이벤트화하면 어떨까 하는 생각을 했다. 처음 《아발론 연대기》는 박스에 여덟 권을 집어넣는 작업을 업체에 맡겼다. 문제는 업체의 태도가 불성실하다는 것이었다. 한 박스 안에 같은 책이 두 권 들어가 있다든가, 책을 넣는 과정에서 박스가 찢어진 채로 출고되어 반품으로 돌아오는 경우가 허다했다. 하는 수 없이 편집장과 내가 직접 박스 작업을 했지만 중과부적이었다. 우리는 다시 한 번 공지를 올렸다.

"독자교정을 통해 이미 여러분의 도움을 담뿍 받고 있는 저희입니다만, 한 발 더 나아가 육체노동으로 여러분을 초대합니다. 《아발론 연대기》가 모두 여덟 권으로 세트 포장되어 있다는 건 아실 텐데, 누군가 밤에 몰래 창고로 날아가 세트를 만들어주는 게 아니라 그동안 편집부에서 한 달에 한 번 정도 세트를 끼우러 갔었거든요. 언젠가 이런 이야기를 독자교정 자리에서 했더니 재밌어라 하는 분들도 많아서 이번 달 《아발론 연대기》 박스 끼우기에 여러분을 초대하려고요. '초대'라는 말이 무색할 만큼 힘든 일이니까 참여해주신 분들께는 그날 자신이 작업한 《아발론 연대기》 세트 한 질을 드리겠습니다. 더불어 저녁 식사로 파주 창고 근처에 있는 맛집에서 오두산 막국수와 녹두 부침개를 대접하겠습니다. 자아, 사상 초유의 독자 혹사 프로젝트! 날이면 날마다 오는 이벤트입니다!"

작업이 끝나고 참여한 독자들에게 소감을 물으니 "힘들어서 죽는 줄 알았어요"라는 대답이 돌아왔다. 하지만 '힘들어서 죽는 줄 알았다'던 독자들이 다음 번 박스 작업에 또 지원했다. 이것은 무엇을 의미하는가. 나는 이것을 '톰소여 현상'이라고 제멋대로 부르고 있다. 아마 〈톰소여의 모험〉을 읽지 않은 사람도 대부분 아는 이야기일 거라고 생각한다. 톰의 장난에 화가 난 이모는 그에게 담장 전체를 페인트칠하라는 벌을 준다. 혼자서는, 딱 보기에도 쉽게 끝낼 수 있는 일이 아니다. 톰은 먼저 짐에게 자신이 가지고 있는 구슬을 주며 도와달라고 부탁하지만 깨끗하게 거절당한다. 어떻게 해야 하나 궁리하던 톰은 묘안을 떠올리고 무척 즐겁다는 표정으로 담장을 칠하기 시작한다. 이내 친구들이 "같이 놀자"며 톰에게 다가오지만, 톰은 담장을 칠하는 일이 얼마나 재미있는지를 온몸으로 보여주며(재미있는 척하며) 결국 친구들로 하여금 담장을 칠하게 했다는 얘기다.

나의 경우는 재미있는 척한 건 아니고 정말 재미있어서 지금까지 계속해온 거지만, 의식적으로 내가 할 일은 두 가지라고 생각했다. ❶ 교정이 얼마나 중요한 일인지 설명하고, ❷ 교정에 참여한 독자들이 '재미있네, 또 하고 싶다'고 느끼도록 분위기를 만드는 것이다. 그리하여 ❶ 덕분에 독자들은 자연스럽게 책을 만드는 일에 대해 관심을 가지게 됐고, ❷ 덕분에 이후로도 나는 출판 제작투어나 창고 작업 등을 독자들과 함께할 수 있었다. 내가 재미있었던 딱 그만큼, (이벤트에 참여한 독자가 또 다시 이벤트에 참여하겠다고 신청하는 점으로 미루어 볼 때) 독자들도 비슷하게 즐거운 심정이 아니었을까 싶다. 그렇지 않다면, 혹사에 가까운 이벤트를 비롯하여 수학능력시험 수준의 퀴즈 풀이 이벤트나 원고지에 맞춤법과 띄어

쓰기를 준수하여 작문을 해오라는 난해 + 귀찮음을 동반하는 이벤트에 이렇게 많은 독자가 몰렸을 리 없다. 나 역시, 제아무리 힘들고 어려운 이벤트를 들이밀어도 적극적으로 참여하는 독자가 있었기에 여기까지 올 수 있었다고 생각한다. 고마울 따름이다. 아아 이런 글을 쓰다 보니, 올 여름에 독자들과 같이 할 만한 특이한 이벤트 아이디어가 떠올랐다. 조만간 북스피어 블로그에 공지 올릴 테니 개 떼처럼 지원해 주시길.

오밤중에 보물찾기

소노 시온 감독이 만든 영화는 본 적이 없다. 이름도 듣지 못했다. 그러다가 우연한 기회에 〈차가운 열대어〉라는 영화를 보았다. 되풀이하지만 그전까지 감독의 존재를 몰랐기 때문에 영화에 대한 기대도 없었다. '차가운 열대어'라는 제목을 듣고 '남극의 눈물' 풍 다큐멘터리일까 하고 생각했을 정도다.

이 영화는 1993년 일본에서 일어난 '사이타마 애견가 연쇄살인 사건'을 모티브로 삼았다고 한다. 애견숍을 운영하던 부부가 일본에 불어닥친 버블경제의 여파로 경영이 어려워지자 개들을 비싸게 팔기 시작했고 이에 항의하는 손님들을 토막 살해한 사건이다. 살해당한 손님은 모두 네 명, 시체는 잘근잘근 잘려서 산과 바다 그리고 강 등에 골고루 흩뿌려졌다.

영화는 애견숍 대신 열대어를 파는 수족관으로 배경을 바꾸고 사건을 재연한다. 줄거리는 포털에 검색해보면 차고 넘칠 만큼 나

재미가 없으면 의미도 없다

56

와 있으니 굳이 적지 않는다. 다만 이런 정도 얘기는 할 수 있겠다. 하드고어한 장면이 떼거리로 등장함에도 뒷맛이 불쾌하지 않았던 이유는 인간 본성의 어떤 부분에 깊이 감정이입할 수 있었기 때문이다. 그는 현상으로서의 공포가 아니라 자기 안의 내재적 공포를 뻔한 수법에 의지하지 않고 정직하게 이끌어냈다.

그래서 '이 영화는 뭔가 색다르구나' 하고 느꼈다. 지금까지 봐왔던 사지절단 영화들과 공포의 질이 달랐다. 등장인물이나 전개가 극적임에도 고개가 끄덕여졌던 건 실화를 모티브로 삼았다는 점도 한몫했겠지만, 감독이 가진 남다른 공포관에 기인하지 않았나 싶다. 실제로 만나면 그는 무척 유머러스한 사람일 게 분명하다.

어쨌거나 〈차가운 열대어〉를 보고 났더니 소노 시온의 다른 작품도 보고 싶었다. 그런데 마침 그가 만든 또 다른 영화의 개봉 예정 포스터를 목도한 것이다. 영화 제목은 '지옥이 뭐가 나빠'였다. 작명철학적 관점에서 보건대 상당히 구미가 당기는 제목이었다. 포스터 밑에 영화의 마케팅을 담당한 회사 전화번호가 적혀 있기에 다짜고짜 전화를 걸어보았다. 그리하여 오는 11월 중순에 이 영화의 시사회가 있다는 것, 메가박스에서 배급을 맡았다는 것, 한국에는 소노 감독이 대중적으로 알려지지 않았기 때문에 영화를 어떻게 홍보해야 할지 고민 중이라는 것 등등을 알게 되었다. 그 과정에서 다짜고짜 전화한 인간이 북스피어 출판사의 대표라는 것, 엉겁결에 전화 받은 마케팅 담당자가 북스피어 독자라는 것, 게다가 두 사람이 과거 어떤 모임에서 스치듯 만난 적도 있다는 것 등등이 밝혀졌다.

좁을 때는 세상도 정말 좁다. 여하간 좁은 건 좁은 거고 이런 우

일단은 책읽고 밥먹는 일들

연을 어처구니없는 이벤트로 승화시키는 것이 또 본사의 장기 가운데 하나가 아니던가. 해마다 가을 무렵이면 본사 사무실 바로 옆 하늘공원에서 '억새 축제'를 한다. 본래 하늘공원은 저녁 7시면 문을 닫는데 억새 축제를 하는 동안에는 일주일가량 야간에도 출입을 허용하는 것이다. 평소 야간개장 페티시가 있는 나는 이 기간에 뭘 좀 해볼까 매년 고민한다. 한데 마침 〈지옥이 뭐가 나빠〉 담당자와 통화하게 되었던 것이다. 그리하여 '〈지옥이 뭐가 나빠〉 개봉 기념 오밤중에 보물찾기 이벤트!'를 개최하기에 이르렀다.

2014년 10월 22일 밤 9시, 나는 억새 축제가 열리는 하늘공원으로 향했다. 배낭에는 물 한 통과 함께 발견해서 신고하면 〈지옥이 뭐가 나빠〉를 관람할 수 있는 티켓 교환 캡슐 12개가 들어 있었다. 약 두 시간에 걸쳐 하늘공원을 이리저리 뛰어다니며, 각종 지형지물 아래 티켓 교환 캡슐을 은폐·엄폐해두었다. 독자들이 찾지 못하면 어쩌나 걱정될 만큼 꽁꽁 숨겼다. 쉽게 찾는 건 재미없으니까. 그래서 결과는?

12개의 캡슐 모두, 억새밭에서 노니는 것도 잊고 데이트도 내팽개친 채 보물찾기에 열을 올린 독자들에게 무사히 발견되었다. 이들은 자신이 찾은 티켓 교환 캡슐 인증샷을 트위터와 페이스북에 올렸고 북스피어 블로그에도 짤막한 소감을 남겨주었다. "1등으로 찾은 것 같은데 애기 데리고 다녀왔더니 집에 오자마자 녹초가 되어 인증을 못 했네요. 하하. 미션 클리어." "덕분에 억새 축제도 가고. 캡슐을 찾은 후에야 억새가 눈에 들어왔다는 건 억새에게 비밀." "런닝맨 하는 기분으로 보물찾기, 재밌었어요." "하루 재미나게 캡슐 찾기를 즐겼더니, 어허, 캡슐 페티시가 생길 지경입니다." 아섭

게도 캡슐을 찾지 못한 분들이 남긴 댓글까지 합하면 대략 120명 가량이 보물찾기 이벤트에 참여한 걸로 보인다. 이처럼 열렬한 리액션을 받으면 캡슐 숨긴다고 꼬박 두 시간을 동동거리며 뛰어다녔던 수고로움이 깨끗이 사라진다. 돌아오는 억새 축제 때는 좀 더 업그레이드된 버전으로 이벤트를 짜보도록 하겠다. 기대해주시길.

11

하루키 작가가 준 아이디어

어떤 이유로 거기까지 갔는지는 모르겠다. 우연히 저가항공 티켓을 얻어 일본으로 놀러 갔고, 우연히 와세다 대학교에 들렀고, 우연히 교수실 비슷한 방을 지나던 중에 무라카미 하루키 작가를 만났다. 우리는 세상 돌아가는 얘기를 하며 차를 마셨다. 어느 순간 그가 내 직업을 궁금해했다. 일본과 미국 작가들의 소설과 에세이를 번역해서 낸다고 했더니 "그동안 일본 작가 중에 어떤 분들의 작품을 출간하셨나요?" 하고 진지하게 묻는다. "마쓰모토 세이초랑 미야베 미유키 작가의 작품을 주로 만들어왔어요"라고 대답해주었다. 그는 잠시 고개를 주억거렸다. '오호'인지 '아하'인지 작게 중얼거렸던 것 같다. 그러고는 자신이 연재하고 있는 에세이를 북스피어에서 내줄 수 있겠느냐고 물었다. "하지만 내가 지금 잡지에 연재하고 있는 글들은 아직 단행본 한 권 분량에는 못 미쳐요. 무언가 추가했으면 하는 글이 있나요? 대담이라든가 인터뷰도 괜찮겠고." 나는 이렇다 할 고민 없이 한국에 와서 어처구니없는 사건으로 자식을 잃은 부모들을 인터뷰해주었으면 좋겠다고 얘기했다. "《언더그라운드》때 했던 것처럼 그런 인터뷰요."

그가 약간 놀란 표정을 짓는 순간 나는 잠에서 깼다. 책상에 앉아 하루키 작가가 《언더그라운드》에 관해 어느 미국 잡지에 썼다는 글을 다시 읽어보았다. 이런 구절이 있다. "정부의 위기 대처 능력은 믿기지 않을 만큼 허술했다. 그들은 문자 그대로 경악을 금치 못하고 멈춰 섰고, 신속하고도 적절하게 대처하는 데 실패했다. 몇몇 나라에서 구조팀을 파견하겠다고 밝혀왔지만 수용을 주저하거나 거부했고, 자위대의 현장 파견을 지연시켰다. 시간은 헛되이 흘러갔고, 그러는 사이에 수많은 이들의 생명이 폐허 더미 속에서 꺼져갔다. 무방비 상태의 정치가와 경직된 관료 시스템이 그 주된 원인이었다. '내가 결단하고, 결단의 책임도 내가 지겠다'고 말할 수 있는 인간이 권력의 중추 안에 단 한 사람도 없었던 것이다."《잡문집》(비채)에 실린 이 글을 그는 1999~2000년 사이에 썼다고 한다.

앞의 꿈 얘기를 페이스북에 끼적인 그날 비채 출판사 편집장이 보내준 《도쿄 기담집》을 받았다. 기이하다면 기이한 타이밍이다. 나는 이 책의 구판이 있지만 새로운 기분으로 다시 한 번 펼쳐서 읽어보았다. 서문에 이런 문장이 적혀 있다. "왜 내가 여기에 얼굴을 내밀었는가 하면, 과거에 내 신상에 일어났던 몇 가지 '신기한 일'에 대해 직접 말해두는 게 좋겠다고 생각했기 때문이다. 사실 그런 종류의 일들이 내 인생에서는 자주 일어났다. 어떤 것은 의미를 가진 사건이었고 내 삶의 존재 방식에 적잖이 변화를 몰고 오기도 했다. 또 어떤 것은 별 볼일 없는 소소한 사건이어서 그것에 의해 내 인

읽단은 책꽂이고 벌이는 앨범

생이 딱히 영향을 받는 일은 없었다. (…) 지금까지 내가 경험한 신기한 일에 대해 짤막하게 이야기하고자 한다. 별 볼일 없는 소소한 쪽의 체험만을 다룰 것이다."

이 대목을 읽다가 마치 하루키 작가가 내 꿈에 나온 것처럼 난데없이 독자들에게 자신들이 알고 있는 기이한 이야기를 하게 해보면 재미있겠다는 생각이 떠올랐다. 비채 쪽에 같이 해보면 어떻겠냐고 물으니 좋다고 한다. 그래서 비채와 북스피어가 함께 하기로 했다. '내가 알고 있는 기이한 이야기를 해보자 이벤트'의 바람직한 예는 다음과 같다.

저는 드라마 작가입니다. 아시겠지만 드라마 쓰는 일로 먹고살다 보면 아무래도 낮밤이 바뀌는 생활을 하기 일쑤죠. 게다가 혼자 산 기간도 꽤 길어서 강박증 비슷한 게 생겼습니다. 저희 집은 아파트 2층인데 저는 집에 있을 때면 창문은 물론 모든 방의 문을 꼭꼭 닫아둡니다. 열어두면 불안해서 견딜 수가 없어요. 그러던 어느 날 밤의 일입니다. 아침에 넘길 대본 작업을 하던 중이었어요. 거실에서 뭔가 쿵 하고 떨어지는 소리가 들렸습니다. 정확히 거실인지, 아니면 창 밖에서 난 건지 애매했고 그다지 요란하지도 않았습니다.

쿠웅, 스윽.

잘 표현할 수 없지만 이런 소리였습니다. 한창 바쁘게 일할 때여서 그냥 넘길 수도 있었지만 느낌이 좋지 않았습니다. 저는 소리 나지 않게 작업실 문을 살짝 열고 고개를 내밀어보았습니다. 분명히 닫혀 있어야 할 화장실 문이 열려 있었습니다. 있을 수가 없는 일이에요. 절대로 있을 수 없는 일입니다. 화장실은 다른 방보다 더 강박적으로 닫혀 있는가를 확인

하곤 했으니까요. 이상하다 싶은 순간 화장실 문 아래로 희끄무레한 뭔가가 보였습니다. 그것은,

사람의 발이었어요.

더 정확히 얘기하면 누군가가 신고 있는 게 분명한 운동화였습니다. '문 뒤에 누가……'라고 생각한 순간 심장이 쿵쿵 뛰기 시작했습니다. 숨이 가빠왔습니다. 저는 한 사람이 겨우 빠져나갈 수 있을 만큼만 문을 열고 연체동물처럼 몸을 늘여 가만히 작업실을 빠져 나왔습니다. 그러고는 시선을 화장실 문 쪽에 둔 채 천천히, 아주 천천히 뒷걸음질 쳤습니다. 머릿속은 아득했고, 오직 '집 밖으로 도망쳐야 된다!'는 마음뿐이었습니다. 현관까지 가는 게 왜 그리 멀게 느껴지던지. 겨우겨우 현관문 앞까지 가는 동안 화장실 문 뒤쪽에서는 아무런 움직임이 없었습니다. 저는 가만히 손을 뻗어 손잡이를 잡았습니다. 현관문을 소리 나지 않게 열 방법이 없다고 판단한 저는, 그렇다면 최대한 빠르게 문을 열고 밖으로 뛰쳐나가야겠다고 마음을 다잡았습니다. 손잡이를 잡은 손은 계속 덜덜 떨렸습니다. 손잡이를 돌리는 손에 힘이 들어가지 않았습니다. 덜컹. 현관문 열리는 소리는 참으로 크게 들렸습니다. 몸속의 피가 몽땅 밖으로 빠져나가는 것 같았습니다. 그때.

뒤쪽에서 '후다닥, 우당탕' 하고 뛰어오는 소리가…….

그게 뭔지 확인할 겨를도 없이 저는 맨발로 계단을 뛰어 내려갔습니다. 다리가 풀려서 몇 번이나 넘어질 뻔했습니다. 누군가가 제 머리채를 와락 잡아챌 것 같다는 두려움에 정신이 하나도 없었습니다. 다행인지 불행인지 저희 집은 2층이었고 수위실에는 야간근무를 하는 사람이 있었습니다. 미친년 같은 모습으로 난입한 저를 보고 야간근무자가 입을 딱 벌리더군요. 중간에 넘어져서 무릎은 피투성이였습니다. 어디서 넘어졌는

일단은 예쁘다고 말하는 일들

지 기억도 안 나지만요. 자초지종을 대충 파악한 야간근무자가 경찰을 불렀습니다. 나중에 경찰관으로부터 들은 얘기를 종합하면, 범인은 화장실 방범 창을 구부러뜨리고 침입했다고 합니다. 제가 집 밖으로 뛰쳐나가자 그대로 줄행랑을 친 것 같다고. 이렇다 할 피해가 없어 다행이긴 했지만 경찰관이 이런 말을 덧붙이더군요. "아가씨 사는 집이 2층이었기에 망정이지 조금만 더 높았으면 큰일 날 뻔했어요. 만약 거기가 12층이었고 범인이 대담하게 계단으로 쫓아왔다면 아가씨는 틀림없이 계단 중간에서 범인에게 잡혀 낭패를 당했을 거예요. 당황해서 도망한 걸 보니 이놈도 초범인 모양인데. 정말 하늘이 도왔네요."

그럴 때는 차라리 방문을 꼭 잠그고 112에 신고하는 편이 낫다고 합니다. 무작정 집 밖으로 나가는 건 위험하다고. 그때 잡히면 정말 답이 없다네요. 그 일이 있고 나서 며칠 후 저는 전세금을 빼서 이사했습니다. 사정을 얘기했더니 집주인도 "큰일 날 뻔하셨네요" 하고 양해해주더군요. 화장실 방범 창은 교체하는 게 좋겠다고 말씀드렸습니다. 그때 일을 생각하면 지금도 가슴이 떨립니다.

가끔은 꿈에 하얀 사람 발이 보이곤 해요.

이 이벤트는 비채와 북스피어가 함께한 관계로 북스피어 블로그가 아니라 인터넷 서점 예스24에서 진행되었다. 두 출판사가 함께 트위터와 페이스북으로 참여를 독려했기 때문인지 3주라는 짧은 기간 동안 200명 가까운 독자가 행사 페이지에 사연을 적어주었다. 거기에는 "다이어트 결심하고 어제 분명 빈속으로 잤는데도 오늘 체중이 1킬로 불어난…… 정말 기이하지 않나요?"처럼 재치 있는 문장과 "군 생활을 일 년 남기고 중대 왕고참 행세를 하게 되었

제미가 없으면 의미도 없다

을 때 보일러실에 '짱박혀' 있다가 만난 죽은 병사 이야기"처럼 그럴듯한 경험담과 "지리산 산행 중에 UFO를 보았다"는 황당 목격담까지 온갖 도시괴담을 비롯하여 각종 '웃기고 자빠진' 기담들이 빼곡하게 적혀 있었다. 이 정도 내용이면 환상특급 열 시즌 정도는 간단한 식사로 만들 수 있을 것 같았다. 어디서 다들 그런 일을 겪은 건지, 혹은 그런 구라성 상상력을 발휘한 건지 모르겠지만 읽는 내내 엄청 웃었다. 고마워요, 댓글 달아주신 형제자매님.

12

나는 어쩌다가
이런 바보 같은 걸
만들게 되었나

이것은 공무원이었던 어느 남자에 관한
이야기다. 그는 직급도 꽤 높고 급여도 괜찮게 받았다고 한다. 그
러나 하는 일이 적성에 맞지 않았는지 매일매일이 재미없었다. 그
러던 어느 날 로버트 하인라인의 《은하를 넘어서》라는 과학소설을
읽게 된다. 우연히. 읽기를 마친 남자는 이런 생각을 한다. "우주는
드넓고 인생은 한 번뿐인데 하고 싶은 일을 해보자."

2013년 9월 불새 출판사는 첫 책으로 로버트 하인라인의 《달을
판 사나이》를 펴낸다. 이 책이 흥미로웠던 이유는 표지 디자인도 내
지 편집도, 번역도, 제작도, 전부 한 사람이 했기 때문이다. 물론 출
판사에 직원이 대표 한 사람뿐이니 그랬겠지만, 그 얘기를 들은 나
는 '이 정도 작업량이면 저녁이 없는 삶을 살았겠구나' 하고 생각했
다. 하지만 고생한 보람도 없이 불새는 일곱 권의 과학소설을 남기
고 문을 닫는다. 이유는 두 가지겠다. 하나는 퀄리티의 문제. 표지

든 번역이든 편집이든 각 과정의 프로들이 작업해서 내놓는 다른 출판사의 단행본들과 나란히 놓으면 불새의 책은 엉성하다. 다른 하나는 분야의 문제. 과학소설은 세계적으로도 비주류 장르지만 특히 한국에서 유난히 환영받지 못한다. 하긴 과학소설이 아니더라도 한 분야만 출판해서 살아남기란 좀처럼 쉬운 일이 아니다.

나는 문학, 경제경영, 인문, 아동 등 모든 분야의 책을 내는 대형 종합 출판사들이 존재하는 딱 그만큼, 어느 한 분야를 지속적으로 만들어 나가는 소규모 전문 출판사도 다양하게 존재해야 한다고 생각한다. 영화계에 스크린 쿼터제가 있었던 것처럼 일종의 지원책이 있어야 하는 게 아닌가 하고 바랐을 정도다. 그런 지원책이 생길 리 만무하니 불새가 문을 닫았을 때는 나라도 대표에게 연락해봐야 하지 않을까 싶었다. 그는 팔다 남은 책 때문에 심적으로나 재정적으로 곤란한 상황이었다. 그래서 나와 비슷한 생각을 가진 독자와 출판사와 서점이 이런저런 채널을 통해 불새의 상황을 알렸고 예상외로 많은 이들이 성원해준 덕분에 남은 재고를 거의 처분할 수 있었다. 그렇게 얻은 수익으로 불새 대표가 뭘 했느냐. 이런 빌어먹을, 다시 책을 펴내기 시작했다. 하긴 '이런 빌어먹을적' 상황을 연출한 게 어제오늘 일도 아니긴 하지만 말이다. 그중 하나를 살펴보자.

불새 대표가 언젠가 전화를 하더니 대뜸 내 초상권을 침해해도 되겠냐고 물은 적이 있다. 내용인즉, 불새 출판사에서 하인라인의 신작이 나오는데 이벤트의 일환으로 만들 예정인 머그컵에 내 사진을 쓰고 싶다는 것이었다. "불새에서 하는 신간 이벤트용 머그컵에 어째서 제 사진이 들어가나요?" 하고 반문했더니 재미있을 것 같아서란다.

재미라······. 북스피어는 한 번도 머그컵 이벤트를 해본 적이 없다. 다른 출판사들이 이렇게나 많이 하는데 굳이 우리까지 보탤 필요는 없겠다고 여겼다. 하지만 불새 대표의 말을 듣고 보니 한 번쯤 해봐도 괜찮겠다는 생각이 들었다. 색다른 머그컵을 만들 수만 있다면 재미있을 것 같았다. 말하자면 차별화다. 그래서 초상권 사용을 허할 테니 대신 나도 껴달라고 했다.

불새 출판사의 난데없는 초상권 요청으로 탄생한 불새＋북스피어의 합작품.
머그컵 앞면의 문구는 김훈 작가의 《자전거 여행》 서문에서 빌려왔다.

나는 이렇게 출판사들끼리 손발을 맞춰 이벤트하는 걸 좋아한다. 함께 책을 만든다는 연대감이 느껴져서 든든하기 때문이다. 언젠가부터 책을 읽는 인구가 감소하듯 출판사들이 연대할 여지도 점점 사라진다는 기분이 든다. 당연하다. 나를 포함해서 각 출판사들이 제 앞가림하느라 정신없는 상황이니까.

손발을 맞춘다는 것은 말이 쉽지, 비용은 어떤 식으로 분담할 건지, 권리는 누가 어느 정도 가질 건지, 그 과정에서 생기는 귀찮은 일들은 어떻게 나눠서 처리할 건지 등등 하나부터 열까지 번다하게 논의할 일이 굉장히 많다. 조그마한 상품을 만들 때조차도 말이다. 서로 배려하느라 번거롭기도 하고 뭔가를 결정하기까지 시간도 오래 걸린다.

그래도 나는 출판사들이 함께 작당하여 일을 벌이는 모습을 보는 게 좋다. 설령 지난한 과정이 예상되더라도 같이할 수 있으면 같이하는 걸 택하는 편이다. 머그컵의 경우도 그랬다. 혹자가 보기엔 '아니 뭘 저런 쓸따리없는 걸' 하고 혀를 끌끌 찰지도 모르지만, 이렇게 만들어볼까 저렇게 만들어볼까 고민하는 내내 나는 즐거웠다.

앞면의 문구와 뒷면의 사진은 서로 머리를 맞대고 논의한 끝에 결정했다. 디자인은 전부 불새 대표가 했고 비용 절감 차원에서 컬러는 넣지 않았다. 문구는 김훈 선생이 언젠가 《자전거 여행》의 서문에 썼던 마지막 구절을 빌려왔는데, 혹시라도 문구가 건방져서 마음에 들지 않으면 그건 할 수 없다고 생각한다. 나 역시 이런 바보 같은 머그컵은 두 번 다시 만들지 않을 작정이다. 다만 두고두고 놀려먹겠다는 마음가짐으로 하나쯤 가지고 있으면 언젠가 틀림없이 써먹을 날이 오지 않을까 싶긴 하다.

13

와우북페스티벌에
임하는 자세

　　재생불능반품이라는 게 있다. 출판사가
만든 책은 일단 서점으로 배본되었다가 끝내 독자들의 선택을 받
지 못하면 출판사로 되돌아온다. 그 과정에서 때가 타고 먼지가 묻
고 찌그러지기도 한다. 어쩔 수 없는 책의 운명이다. 되돌아온 책
은 출판사가 가려내서 쓸고 닦아보지만 한계가 있다. 이때 재생의
과정을 거쳤음에도 다시 서점으로 나가지 못하는 처량한 모습의 책
을 '재생불능반품'이라 한다. 북스피어의 경우 한 해 동안 모으면
대략 3000권 정도가 창고에 쌓인다. 이 책들은 어떻게 되느냐. 쓰
레기로 분류된다. 엉뚱한 경로로 반품되어 돌아올까 싶어 표지와
본문을 분리하고 조각내서 버린다.

　　제 손으로 만든 책이 이런 식으로 버려지면 마음이 아프다. 읽는
데는 전혀 지장이 없는 책이니까 더욱 그렇다. 이걸 쓸모 있게 활
용할 방안이 없을까 생각한 끝에 나는 이 책들을 와우북페스티벌

('와우북')에 들고 나가서 팔아보기로 했다. 와우북이란 가을 무렵 홍대 주차장 거리에 부스를 설치하고 3일 동안 출판사들이 직접 독자와 만나는 행사를 말한다. 누군가는 와우북을 가리켜 "거대한 책떨이 시장"이라고 비아냥거리기도 하는 모양이지만 내 생각은 다르다.

이런 행사를 통해 적어도 재생불능반품들이 함부로 버려지지 않고 독자들의 손에 쥐어지는 것 자체만으로도 의미가 있다고 생각한다. 와우북이라는 행사가 없었다면 한 해 버려지는 책만 해도 몇 백만 권, 비용으로 치면 몇 십억 원에 이르렀으리라. 그것은 두말할 나위 없이 소중한 자원의 낭비다. 이 대목에서 누군가가 "애초에 정상적인 유통경로로 팔리지도 않을 책을 만든 게 잘못 아니냐"고 반문한다면 나는 "애초에 좋은 책을 알아볼 안목이 없는 독자들도 문제"라고 대답하겠다. 그러니 재생불능반품을 '싸게 파는 것'에 대해 덮어놓고 뭐라 하진 말았으면 좋겠다.

재생불능반품의 판매 외에도 북스피어는 매년 이런저런 이유 때문에 와우북에 참여한다. 우선 머릿속으로만 생각했던 아이디어들을 다수의 독자를 상대로 펼쳐 보일 수 있다. 예를 들면 나는 언젠가 TV를 보다가 묘한 장면과 맞닥뜨린 적이 있다. 영국인지 미국인지 도통 기억은 나지 않는데 아무튼 어느 헌책방이었다. 그곳에 자판기가 하나 있었다. 세계에서 유일한 자판기여서 다들 돈 한번 넣어보려고 각지에서 사람들이 몰려든단다. 무슨 자판기인고 하니, 절판된 책이나 희귀본이 나오는 자판기다. 투입구에 지폐를 넣으면 음료수 캔이 아니라 절판본(희귀본)이 랜덤으로 나온다. 멍하니 누워 있던 나는 그 장면을 보자마자 자리에서 벌떡 일어나고 말았다. 대단하다고 감탄했다. 대관절 누가 저런 걸 만들 생각을 했을까. 자판기에서 나오는 책은 물론 다 영어로 쓰여 있겠지? 그 자판기에는 얼마를 넣으면 되려나? 1달러? 10달러? 모르겠지만 어쨌거나 한번 만들어보고 싶었다.

절판본이나 희귀본이라면 나도 꽤 가지고 있다. 하지만 헌책방을 소유하고 있진 않으니까 모객이 어렵겠구나 하고 포기하려는 찰나 와우북에 오는 독자들을 상대로 만들어보면 어떨까 하는 데 생각이 미쳤다. 이 아이디어를 블로그에 올렸더니 어떤 분이 "절판, 희귀본의 가치를 모르는 사람이 책을 가져갈 수도 있는데 그럴 바에야 랜덤으로 돌리지 말고 그냥 꺼내놓고 파는 게 낫지 않겠냐"라고 했다. 뭘 모르시는 말씀이다. 이 자판기는 그런 책이 '랜덤'으로 나오기 때문에 재미있는 거다. 그 책들을 돈 받고 파는 게 뭐가 재미있겠나. 그래서 즉석복권 뽑는 기분으로 책을 뽑을 수 있도록 조악하나마 절판본 자판기 비슷한 걸 뚝딱뚝딱 만들어 와우북 3일 동안 독자들과 잘 놀았던 기억이 난다.

이 기간에는 한국의 내로라하는 출판사들이 거리로 나온다. 그런 만큼 독자들의 시선을 조금이라도 잡아끌기 위한 노력도 치열하다. 그 노력의 하나가 현수막이다. 가로 5미터, 세로 3미터에 달하는 커다란 현수막에는 해당 출판사의 작가와 베스트셀러들이 예쁘게 프린트되어 부스에 걸린다. 한데 너도나도 'OO작가의 책', '베스트셀러, 100만 부 돌파!', '걸작, 역작' 같은 천편일률적 사진과 문구를 들고 나오다 보니 변별력이 없다고 할까. 구경하러 온 독자들이 전부 소 닭 보듯 지나쳐버리는 경우가 대부분이었다. 문득 책 홍보나 작가 선전을 포기하고 차라리 야매 출판사 본연의 모습이 잘 드러나도록 현수막을 장식하면 어떨까 하는 생각을 했다.

가령 아래 사진과 같은 현수막을 걸었을 때가 떠오른다. 이 현수막은 걸자마자 트위터를 떠돌며 많은 이들의 웃음을 자아냈다. 내 입으로 '웃음을 자아냈다'라고 쓰려니 민망하지만 사실이다. "트위터에서 보고 흥미가 생겨 직접 구경하러 왔다"는 독자들이 부스에 들러 책을 왕창 사가기도 하고 몇 군데 매체에 보도되기도 했다. 이럴 때는 안 돌아가는 머리를 굴려가며 '드립력' 가득한 현수막을 만들기 위해 고민했던 시간들을 보상받는 듯하여 기쁘다. 이 과정에서 출판사가 알려지는 것은 덤이겠고.

하지만 뭐니 뭐니 해도 와우북 행사의 하이라이트는 여러 독자들이 북스피어 부스로 출동해서 샀던 책을 또 사는 것도 모자라 직

와우북페스티벌 당시 북스피어 부스를 장식했던 화제의 현수막.

접 팔을 걷어붙이고 "이 책, 끝내주는데 사시죠"라는 식으로 호객 행위를 하며 눈부신 판매고를 올리는 광경이다. 덕분에 사장인 나는 매년 직원들을 혹사시키지 않고 주말을 포함한 3일간의 행사를 무사히 마칠 수 있는 것이다. 독자들이 혹사당하는 거야 노동법상 아무 문제가 없으니 내 알 바 아니다(라는 건 농담농담).

하지만 개정된 도서정가제로 인해 앞으로는 설령 재생불능반품이라 할지라도 덤핑으로 판매할 수가 없으니 난감하다. 매년 3000권이나 되는 '읽는 데 아무 문제없는' 책들을 몽땅 버리게 생겼다. 더불어 와우북의 부스 대여료 등을 고려하면 아무런 매출 기반 없이 그저 이벤트 삼아 나가기엔 무리가 따른다. 어쩌나. 도서정가제를 무력화시키지 않으면서 재생불능반품의 판매에 대해 적절한 아이디어를 생각해봐야겠다. 의견 있으면 제보 주시라.

14

독자들이 빌려준
5000만 원

토리야마 아키라의 걸작 만화 《드래곤볼》
에는 '원기옥'이라는 단어가 나온다. 손오공이 마인 부우인지 프리
자인지 하여간 나쁜 놈 대장과 싸우다가 힘에 부치자 "모두의 힘이
필요하다"며 지구인들로부터 기를 받아 상대를 쓰러뜨렸을 때 사
용한 기술이다. '원기옥 이벤트'라고 이름 붙였던 독자 펀드를 진행
한 이후 여러 사람들, 특히 출판 관련 종사자들로부터 "대관절 어
떻게 돈을 모았느냐"는 질문을 많이 받았다. 어떻게 모았느냐. 북
스피어 블로그에 올린 글 하나만으로 모았다. 그리고 내가 블로그
에 글을 올리기까지는 오랜 시간에 걸쳐 쌓인 이야기가 있었다. 독
자 펀드에 대한 정치한 분석을 기대한 분들에게는 미안한 말이지
만 나도 그 돈이 왜 모였는지 딱 부러지게 설명할 자신이 없다. 사
회적 혹은 출판문화적 관점에서 어떤 의미가 있는지도 잘 모르겠
다. 그저 독자들의 성원이라 여길 뿐이다. 다만 펀드가 조성되기까

지의 과정이라면 얼마든지 이야기할 수 있다. 여전히 궁금해하는 분들이 있는 듯하니 짤막하게 적어볼까 한다.

언젠가 한 대형 출판사가 펴낸 미야베 미유키 소설의 판매 부수를 듣고 깜짝 놀란 적이 있다. 굳이 어디라고 명시하지는 않겠다. 당신도 어디겠구나 짐작하지 말아달라. 아무튼 그 출판사에서 펴낸 미야베 미유키 소설의 판매 부수는 경이적이어서 북스피어가 펴낸 미야베 미유키 책 20여 종의 판매량을 탈탈 털어 찌꺼기까지 싹싹 긁어모아도 도저히 미치지 못할 정도였다.

내가 보기에 해당 출판사에서 펴낸 미야베 미유키의 작품은 걸작이다. 그런 만큼 판매 면에서 그 정도 대우를 받는 것은 당연하다고 생각한다. 한데 또 내가 느끼기에 북스피어에서 펴낸 미야베 미유키의 작품 중에도 그에 버금가거나 그를 능가하는 것이 있다. 그런데 왜 판매 부수가 얼마간 다른 정도가 아니라 이다지도 현격하게 차이를 보인단 말인가.

출판사 규모의 문제인가? 규모가 다르니 각각의 작품에 투입된 마케팅 비용이 다르고 그 결과가 판매 부수의 차이로 이어진 건가? 그렇다면 만약 나에게 해당 출판사가 사용한 만큼의 마케팅 자금이 있다면 북스피어가 펴내는 미야베 미유키의 작품을 그 출판사만큼 팔 수 있을까? 가만히 생각해보았다. 오랫동안. 그러다가 결론을 내렸다. 팔 수 있겠다고.

물론 출판 마케팅이라는 게 인풋과 아웃풋이 비례하지 않고 자금 외에도 변수는 많다. 무엇보다 출판사의 역량을 간과해서는 곤란하다. 그럼에도 그만큼 팔 수 있을 것 같다는, 밑도 끝도 없는 자신감이 생겼다. 이 자신감은 오랜 세월 동안 내가 북스피어의 독자들과 쌓았다고 생각하는 신뢰감 혹은 연대감으로부터 기인한 듯하다. 하지만 해당 출판사만큼 마케팅을 하려면 자금이 있어야 하는데 당시 북스피어의 여력으로는 어림도 없는 얘기였다. 그래서 독자 펀드라는 아이디어를 냈다.

목표는 두 달 동안 5000만 원을 모으는 것이었다. 내가 처음 '원기옥 이벤트' 얘기를 꺼냈을 때 주위의 반응은 대체로 이러했다. "5000만 원이라니 지나가던 소가 웃을 일이네." 혹은 "이를테면 강풀 작가의 《26년》이라는 만화처럼 무슨 대의명분이 있는 것도 아닌 마당에 독자들이 왜 북스피어에 돈을 모아주겠어?" 지당한 얘기다. 나 역시 불가능한 일이라 여겼다. 자신이 선호하는 출판사의 책을 구입하는 것과 나오지도 않은 책에 '투자'하는 것은 다른 문제니까.

하지만 조금 다른 각도에서 봐주었으면 하는 마음도 분명히 있었다. 북스피어가 책을 파는 방식은 다양하다. 이를테면 '세이초 월드'는 한 명의 걸출한 작가를 두 개의 출판사가 공동으로 프로모션하면 어떨까 하는 기획에서 출발했다. 두 출판사가 힘을 모으니 여러 가지로 이로운 점이 많았고 결국 성공적으로 '론칭'할 수 있었다. 서로의 마케팅 역량에 감탄하며 시너지를 냈고 현재까지 판매도 꾸준하다. 만약 본사가 단독으로 진행했으면 그렇게까지 팔지 못하고 마쓰모토 세이초의 후속작도 만들지 못했을 것이다. 처음에는 모비딕과 본사 역시 반신반의했지만 지금은 그때 같이 안 했으면 어쩔 뻔했나 하고 느낀다.

그런 차원에서 독자들과의 연대도 실험해보고 싶었다. 게다가 이 독자들이 어떤 독자들인가. 마감이 닥쳐서 블로그에 새로운 글이 올라오지 않으면 (아마도 굶지 말고 일하라는 의미로) 라면을 박스째 보내주고, 매년 이런저런 기념일(동지, 크리스마스, 창립일, 심지어 대표 생일)을 챙겨주고, 직접 수확한 작물이며 본사가 출간한 책의 제목을 수놓은 십자수 쿠션까지 보내주는 독자들이다. 그래서 궁금했다. "이번에는 새로 나오는 책의 광고비가 필요합니다"라고 얘기했을 때 과연 그들이 어떤 반응을 보일지. '그렇게 성원해줬으면 됐지 뭘 또 투자하라는 거야, 완전 나쁜 인간이네'라고 짜증을 낼까, 아니면 '아아, 쟤네가 또 뭔가 일을 벌이려나 보다' 하고 재미있게 여겨줄까.

5000만 원이 모이고 안 모이고는 나중 문제였다. 모이면 좋고, 모이지 않아도 상관없었다. 시도 자체로 재미도 있고 의미도 있겠다는 생각으로 블로그에 공지 글을 올렸다. 이제 와서 하는 말이지만 대략 2000만 원 정도 모이면 그것만 해도 대단한 결과일 거라고 여겼다. 원기옥 대상은 미야베 미유키 작가의 에도시대물인 《안주》라는 작품이었지만 당시에는 제목도 미정, 표지도 미정, 내용도 전혀 공개되지 않은 상태였다. 그야말로 '묻지마 투자'다. 하지만 북스피어가 이 시리즈를 몇 년 동안 줄기차게 출간해왔기 때문에 적어도 이 시리즈를 좋아하는 독자라면 그다지 많은 설명이 필요하지 않을 것 같았다. 그렇게 이벤트가 시작되었고 매일매일 상황판을 업데이트하며 얼마나 모였는지 북스피어 블로그에 공개했다.

여기서부터는 내가 다소 흥분해도 이해해주기를 부탁드린다. 실로 믿을 수 없는 일이 벌어졌다. 두 달간 2000만 원만 모여도 '사건'일 거라 여겼는데 열흘 만에 5000만 원이 모인 것이다. 십시일반으로 하루에 몇 백만 원이나 되는 돈이 열흘간 북스피어 계좌로 입금되었다. 내가 벌인 일이긴 하지만 솔직히 '이 사람들이 대체 뭘 믿고 이러나' 싶어서 겁이 날 지경이었다. 그 5000만 원으로 나는 난생처음 라디오 광고도 하고, 배우들과 함께 원작을 무대에 올리고, 미야베 미유키를 직접 인터뷰할 수 있었다.

흥미로웠던 것은 원기옥 이벤트에 참여한 독자들 스스로 마케팅에 열을 올렸다는 점이다. 해당 도서를 '사재기'하여 교회 오빠, 동네 형, 친척 동생에게 나눠주며 '이 책이 얼마나 재미있는지' 설파하는가 하면, 자신의 블로그와 페이스북에 해당 도서를 상품으로 걸고 퀴즈대회를 연다거나 미션을 주고 책을 보내는 등 출판 마케터로서의 역할을 수행했다. 이것은 희한하고도 기이하고도 뭐라 말로 표현할 수 없을 만큼 진귀한 광경이었다.

이 같은 성원과 "그때 너무 빨리 마감되는 바람에 함께하지 못해서 아쉽다, 한 번 더 원기옥 이벤트를 열어달라"는 여러 독자들의 요구에 힘입어 이듬해 마련한 '원기옥 시즌 2'에서는 8000만 원을 모을 수 있었다. 5000만 원을 모았을 때보다 더 많은 독자가 참여한 만큼 이들이 돈을 보내며 북스피어 블로그에 달아준 댓글은 정말 기가 막혔다. "유학을 앞두고 마련한 비용의 일부를 투자하며 한 달 굶을 각오를 했다"는 자매님, "공무원 시험 준비를 위해 회사를 그만둘 때 받은 퇴직금을 몽땅 입금했다"는 형제님, "북스피어가 잘되는 걸 보면 덩달아 나도 잘될 것만 같아 투자했다"는 우체국 국장님, "생활비 절반을 잘라 50만 원을 냈다. 3만 부가 팔리면 돈보다는 책 판매에 일조했단 생각에 뿌듯할 것 같다"는 주부님 등 몇백 개나 되는 사연이 본사 블로그에 답지했다.

"이달 초 김 사장은 미야베 미유키의 《그림자 밟기》를 내면서 편딩에 재도전했다. (…) 성공 여부는 불투명하다. 무엇보다 목표액이 채워지지 않을 가능성이 높다. 목표액이 채워져도 원금이 까이지 않을지는 미지수다"라는 〈중앙일보〉의 기사를 보고 "이런 바람직한 일이 실패로 돌아가면 안 될 것 같아 카드론 대출받아 투자했어요"라거나 "막판에 생활비가 모자랐어요. 할 수 없이 동생한테 빌렸어요"라는 등 읽는 순간 심장이 쿵 내려앉는 줄 알았던 사연도 다수 있었다. 이분들의 성원에 보답하려면 지금보다 더 재미있는 방식으로 책을 파는 방법밖에 없다는 생각이 들었다.

오해를 무릅쓰고 말하자면, 한국의 출판계는 어느 순간부터 치명적인 손상을 입은 채로 오늘에 이르렀다. 그 손상으로 인해 출판이라는 행위는 '단순히 물건을 만드는 것 이상의 가치를 지닌 제조업'에서 '그저 책이라는 물건을 팔아먹을 뿐인 장사'로 전락하고 말았다. 때문에 뜻 있는 출판인들은 어려운 중에도 원칙을 고수하며 계속해서 손상된 부분을 복구하기 위한 노력을 기울여왔고 책을 파는 일에 의미를 부여하기 위해 분투했다. 북스피어와 북스피어의 독자들이 했던 원기옥 이벤트는 그러한 노력과 분투의 일환이었다고 생각한다. 그것은 의심할 여지없이 멋지고 근사한 일이었다. 북스피어는 비록 딱 부러지는 성과나 판매를 기록하지 못했지만 원기옥에 참여해준 형제자매님들은 스스로를 자랑스럽게 생각해주었으면 한다.

다만 덧붙이고 싶은 말이 있다. 두 번에 걸친 독자 펀드 이후에 관련 대담이나 '소형 출판사의 발전 방향' 어쩌고 하는 행사에 몇 번인가 불려나갔다. 그때마다 이만저만 곤혹스러운 게 아니었다. '독자 펀드'라는 것은 실패하면 위험 부담이 크기 때문이다. 쉽게 시도해서도 안 되고 쉽게 성공하기도 어렵다. 북스피어의 경우 오랫동안 블로그를 통해 진행해온 여러 이벤트들이 바탕이 됐다. 참여한 이들도 대개는 그간 북스피어의 잡다한 이벤트로 인연을 맺은 독자들이었다. 그 세월이 8년이다. 이런 시간이 있었기에 그들도 선뜻 지갑을 열었을 거라고 생각한다. 원기옥 이벤트는 아마 출판역사상 전무후무한 일이 되지 않을까 조심스럽게 짐작해본다. 그래서 더욱 자랑스럽다. 다들.

15

서점 안에 갇히다니,
꿈이 이뤄진 것 같겠다

　　세간에 알려진 것과 달리 봄과 가을은 책이 안 팔리는 계절이기 때문에 이 시기에 업계의 고민은 깊다. 사람들은 서점 대신 경치 좋은 곳으로 놀러 나가기 바쁘다. 작년인가 재작년에는 이들의 발걸음을 돌리기 위해 대형 오프라인 서점과 출판사들이 함께 서점 입구에서 책을 무료로 나눠주었던 걸로 기억한다. 무작정 공짜 책을 나눠준다니 의미가 있을지는 몰라도 그다지 재미있는 이벤트는 아니다.

　　언젠가 그런 생각을 했다. 공짜로 책 나눠주는 거 말고 오프라인 서점에서 할 수 있는 행사가 있지 않을까. 오프라인 서점의 장점을 살릴 이벤트 말이다. 그러다가 문득 야간개장을 떠올렸다. 실은 나, 야간개장 페티시가 있다. 롯데월드 야간개장 이런 거 상당히 좋아한다.

　　롯데월드 야간개장의 연장선상에서 밤에 여는 서점을 상상해보았다. 어느 하루, 모처에 있는 대형 서점이 밤에 문을 연다. 그 시각 매장에는 마치 호러소설에서 튀어나온 것처럼 분장한 귀신이 돌아다니고 있다. 서점 야간개장 이벤트에 참여를 원하는 독자들은 시간에 맞춰 폐점한 서점 안으로 들어간다. 이들에게 주어진 미션은 귀신을 피해 주최 측이 알려준 특정 도서를 찾는 것. 때문에 성공적으로 미션을 수행하기 위해서는 분야별 매대 위치를 미리 숙지해야 한다.

이런 아이디어를 뚝딱뚝딱 떠올려 모 서점에 타진해보았다. 담당자는 "꽤 재미있겠다"며 검토해보겠다고 했다. 그러나 며칠 만에 불가하다는 대답이 돌아왔다. 이유는 여러 가지겠다. 서점의 상황이 여의치 않았을 수도 있고, 안전 문제가 거론됐을 수도 있고, 해당 지점이 입주해 있는 건물 측에서 난색을 표했을 수도 있다. 어쨌거나 잘 되지 않았다. 역시 무리였을까 하고 아쉬워하던 중 〈런던 이브닝 스탠더드〉에 실린 기사를 마주하게 되었다. 영국의 어느 서점에서 했던 행사에 관한 내용이다.

2014년 11월의 어느 목요일, 데이비드 윌스라는 남자가 "영업 시간이 지나서 문이 닫힌 서점에 갇혔다"는 내용의 글을 트위터에 올리며 구조를 요청했다. 해당 트윗은 돌풍을 일으켰고 사람들은 "서점 안에 갇히다니, 꿈이 이루어진 것 같겠다"는 반응을 보였다고 한다. 여기서 아이디어를 얻은 서점은 금요일 밤 9시부터 다음 날 오전 9시까지 서점에서 지낼 수 있는 이벤트를 열며 다음처럼 소개했다.

"워터스톤즈 피카딜리점을 독차지하세요. 1층의 베스트셀러 코너부터 4층의 러시아 서적까지 예쁜 중앙 계단을 오르락내리락하세요. 그리고 당신의 상상력을 마음껏 펼치세요. 당신이 유일하게 고민해야 할 것은 어떤 책을 읽을 것인가 하는 것입니다. 내일 아침이면 누군가 당신을 내보내줄 거예요……."

한편 비슷한 시기에 〈월 스트리트 저널〉에는 일본의 대형 서점인 준쿠도에서 열린 이벤트 소식이 실렸다. 서점의 대표가 "잡지나 책이 스마트폰에 지는 게 안타깝다. 서가에 진열된 수많은 책을 바라보고 있을 때의 느낌, 서점이란 공간을 즐기는 법을 다시 한 번 새롭게 봐주었으면 한다"는 취지를 담아 개최한 이벤트의 이름은 '준쿠도에서 살아본다'. 이 행사에는 무려 5600명이 응모했고, 엄청난 경쟁률을 통과한 여섯 명은 2014년 11월 1일 저녁부터 2일 아침까지 약 400평방미터 크기의 서점에서 1박을 하며 "원하는 거의 모든 책을 내키는 대로 읽을 수 있었다"고 한다.

기사를 읽는 내내 '이들이 하룻밤을 서점에서 지내며 했을 경험은 아마도 평생의 추억이겠구나. 아울러 나라면 이 서점의 단골 고객이 됐겠지' 하는 생각을 했다. '외국에서 하니까 우리도 따라 하자'는 건 아니지만 한국의 오프라인 서점도 오프라인 서점의 장점을 활용한 야간개장 이벤트 같은 걸 해보면 어떨지. 그간 발길을 끊었던 독자들도 분명히 참여해보고 싶어 할 것 같은데 말이다.

16

일본으로 날아간
독자 원정대

2012년 여름, 나는 미야베 미유키를 인터뷰하기 위해 도쿄로 향하는 비행기에 올랐다. 그를 만나는 것은 '미야베 월드' 시리즈를 만들기 시작한 10년 전부터 간절히 바라던 일이었다. 계기가 독자펀드였다는 건 앞서 얘기한 바 있다. 독자들이 모아준 5000만 원이 아니었다면 그를 만나기까지 더 오랜 시간이 걸렸으리라. 이 책의 3장에 실린 인터뷰에서도 확인할 수 있지만 당시 나는 글의 말미에 이렇게 적었다. "본사가 10주년이 될 때쯤 한 번 더 그를 만나고 싶다." 구체적인 계획이 있어서 그랬던 건 아니다. '다시 만난다면 계기가 있어야 할 텐데 10주년은 좋은 구실이 되지 않을까' 하고 막연하게 생각했을 뿐이다. 참고로 말하자면 미야베 미유키는 건강 문제로 비행기를 타지 못하는 데다가 최근에는 거의 사무실에 틀어박혀 소설을 쓰는 데만 매진하느라 동네를 벗어나는 일조차 드물다고 한다.

10주년 기념작으로 미야베 미유키의 《십자가와 반지의 초상》을 내자고 마음먹었을 때, 비로소 나는 '다시 만나고 싶다'는 바람에 관해 진지하게 고민하기 시작했다. 지난번 인터뷰처럼 밋밋하게 말고, 재미있는 방식으로 이벤트화할 수는 없을까. 그러다가 문득 '독자 원정대를 꾸려보자'는 아이디어를 떠올렸던 것이다. 이번에는, 그를 만나고 싶어 하는 독자들의 바람을 이루어주자. 비용은 전부 내가 대겠지만 공짜는 없다. 질문지도 만들고 인터뷰도 하고, 하여간 처음부터 끝까지 싸그리 몽땅 독자들이 직접 하게 하자는 것이 나의 계획이었다.

　　이런 이벤트를 기획하고 4월 1일, '독자 원정대 모집' 공지를 북스피어 블로그에 올렸다. 굳이 만우절에 올린 까닭은, 많은 이들이 '무모한 계획'으로 치부하리라 짐작했기 때문이다. 만우절 거짓말임이 뻔해 보이는 이 이벤트를 '리얼'로 승화시켜, 북스피어가 그동안 구축해온 '야매력'을 자랑해 보이고 싶다는 유치한 마음도 있었다. 다만 이제와 고백하건대 인터뷰의 결과물에 대해서는 반신반의했다. 당연하지 않은가. 다들 아마추어일 텐데. 인터뷰 시간을 온전히 독자들에게 맡기고 출판사는 전혀 관여하지 않기로 한 결정이 불안하기도 했다. 하지만 ❶ 오랫동안 미야베 미유키의 작품을 읽어왔으며 ❷ 일본어로 대화가 가능한 데다 ❸ 독자 원정대 이벤트에 지원한 수많은 경쟁자들을 실력으로 물리치고 티켓을 획득한 세 명의 독자들은, 본인들의 오랜 바람을 이룸과 동시에 나의 걱정도 단숨에 기우로 만들어버렸다. 인터뷰를 시작하고 삼십 분도 채 지나지 않아 나는 그것을 느낄 수 있었다.

　　미야베 미유키는 3년 전 내가 찾아갔을 때만 해도 프라이버시에 관한 질문이나 민감한 정치적 사안에 대해서는 질문을 받지 않거나 단답형으로 대답하기 일쑤였지만 이번에는 달랐다. "한국 독자들에게 일본의 정치가가 실례되는 말을 해서 진심으로 사과하고 싶다"며 말문을 연 그가, "일본은 아직 멀었다, 지금 아베 수상은 거짓말만 한다는 느낌"이라거나 "일본 영화는 지고 있다, 내 소설이 영화화된다고 했더니 그렇다면 한국에서 만드는 편이 낫겠다고 말해준 일본의 배우가 있을 정도"라는 얘기를 들려주었을 때, 우리는 약간 놀랐다.

"제가 있는 출판계도 상당히 보수적이에요. 예를 들어 '이런 소재의 글을 쓰는 건 여성 작가가 잘하지'라는 식의 발언은 차별이라고 생각해요. '이런 소재는 여성 작가에게 맞지 않다'라든가, '여성 작가치고는 선이 굵직한 작풍이다'라는 것도 마찬가지예요. 다른 분들

창립 10주년 기념 '독자 원정대' 이벤트.
독자들이 직접 질문지를 준비하고 일본으로 날아가 작가를 인터뷰했다.

은 어떨지 모르지만 저한테는 다 차별로 들려요. 그런 거 상관없잖아요. 출간된 작품을 읽고 '와! 선이 굵직한 작품이네', '어쩜 이렇게 나이브할까', 이렇게 느낀 다음에 작가를 판단하면 좋은데, '여성 작가가 이런 작품을 쓰는 건 별난 일이네요' 같은 이야기가 아무렇지도 않게 나오는 걸 보면 정말 기가 막히죠. 저는 데뷔한 지 28년이 되었는데요, 그 28년 동안 전혀 달라진 게 없어요."라고 말한 뒤에는 "아주 친한 편집자가 아니고서는 이런 얘기를 하지 않는데"라며 씁쓸하게 웃었다. 그는 왜 이런 말들을 스스럼없이 털어놨을까. 한국에서, 내 책을 처음부터 끝까지 읽어준 독자들이, 어렵사리 바다를 건너 나를 찾아왔으니, 나 역시 하나마나 한 얘기 말고 일본 매체들에게도 거의 하지 않았던 대답을 들려주고 싶다는 마음이 아니었을까. 만약 언론 노출을 목적으로 기자를 대동했거나 비용을 고려하여 내가 또 인터뷰어로 나섰다면 그날 미야베 미유키가 들려주었던 많은 이야기 가운데 일부만 기록으로 남길 수 있었을 거라 생각한다.

　2015년 5월 22일, 날씨는 더할 나위 없이 쾌청했고 약 두 시간 반에 걸친 작가-독자의 만남은 뭐라 표현하기 힘들 만큼 좋았지만 가장 좋았던 대목은 인터뷰 말미에 그가 농담처럼 이런 말을 던졌을 때였다. "내후년이 제가 작가로 데뷔한 지 30년이 되는 해예요, 그때 꼭 한 번 더 놀러와 주세요(웃음)." 후후, 그렇다면 나는 '농담을 다큐로 받아' 반드시 놀러가도록 하겠다. 독자 원정대 규모를 대폭 늘려서 말이지.

17

내 인생의 한마디

내 중학 시절에 관해 써보고자 한다. 3학년이 되었을 때의 일이다. 새로운 과목이 생겼다. 상업이다. 일 년간 나를 비롯한 3학년 학생들은 일주일에 한 번 상업을 공부해야 했다. 교과서는 온통 숫자투성이였다. 낯선 단어들이 즐비했다. 자산, 부채, 어음 같은 용어들이다. 어리둥절한 기분이었다. 반발심도 있었다. 주요 과목을 공부하기도 바쁜 와중에 저걸 배워서 어디다 쓴단 말인가. 입시에 도움이 안 될 게 뻔한데. 우리는 암묵적으로 생각했다. 대충하자.

하지만 뜻대로 되지 않았다. 상업을 담당한 선생님이 정말이지 특이한 사람이었기 때문이다. 어떻게 특이했느냐. 그에게는 '어떤 용어를 쉽게 알아듣도록 정확한 어휘로 재조합할 줄 아는 능력' 같은 게 있었다. 필시 그는 우리의 심리를 간파하고 있었을 것이다. 교과서를 줄줄 읽어봤자 학생들이 귀 기울이지 않으리라 짐작했을 것이다. 색다른 방법이 필요하다고 생각했을 것이다.

그는 교과서에 나오는 내용을 전부 구호로 만들었다. 예를 들어 '입찰매입-구입에 대해서는 최저 가격을 제시한 업자에게 낙찰하여 계약하는 것이 원칙이다'라는 개념을 설명할 때면 직접 동작과 구호를 외치며 따라 하게 했다. '입찰(오른손을 번쩍 들며 '입찰'을 외친다), 매입(왼손을 번쩍 들며 '매입'을 외친다), 매입은, 사는 것, 사는 이가, 한 명, 파는 이가, 다수, 최저 가격(어절마다 양손을 번갈아 들며 구호를 외친다)' 하는 식으로 말이다. 글로 적으려니 설명이 번다해졌지만 말로 하면 간단하다. 개념이 금방 머릿속에 들어온다.

모든 학생이 한 명씩 교실 앞으로 나가 구호를 외쳤다. 처음엔 무척 창피했다. 그러나 목소리가 작으면 불호령이 떨어지니 어쩔 도리가 없었다. 실로 진귀한 광경이었다. 빨개진 얼굴로 소리치는 우리를 향해 그는 이렇게 말했다. "제군들, 순간의 '쪽팔림'이 10년을 좌우합니다('순간의 선택이 10년을 좌우합니다'라는 금성사 가전제품 광고가 회자되던 때다)." 당장은 여러 사람 앞에서 구호를 외치는 게 창피할지 모르지만 이런 식으로 기억해두면 오래 남는다는 뜻이었으리라. 확실히 그의 교수법에는 묘한 감화력이 있었다.

효과는 전국 모의고사에서 나타났다. 다른 과목과 달리 상업 성적은 우리 학교가 전국에서 가장 좋았다. 압도적인 점수 차였다. 앞에 나가 구호를 외치는 것은 여전히 창피했지만 그렇게 학습한 기억은 쉽게 잊히지 않았다. 그해 치른 네 번의 모의고사에서 우리는 대부분 만점에 가까운 점수를 받을 수 있었다.

이후로 나는 "순간의 '쪽팔림'이 10년을 좌우한다"는 말을 다양하게 변주하여 써먹었다. 좋아하는 사람에게 고백할 때, 주의주장을 관철시키기 위해 여러 사람 앞에 나서야 할 때, 혼자 속으로 되뇌곤 했다. '한 번 창피하고 말지 뭐.' 이 말은 내성적인 성격의 나에게 일종의 주문이 되었다. 언젠가 웃통을 훌러덩 벗었던 책 광고도 그런 마음으로 찍었다. 내 의도와 달리 선정적이라고 욕도 먹었지만.

　돌이켜보면 선생이 우리에게 가르쳐주고자 했던 것은 흔히 '도전정신'이라 불리는 자세가 아니었을까 싶다. 가전제품 광고를 패러디한 말장난처럼 보이지만 그 속에는 동기를 유발하는 힘이 담겨 있었구나 하고 이 글을 끼적이며 새삼 감탄하는 중이다.

야매 마케팅의 기원

북스피어의 경우

2006년 여름 나는 '독자로서'가 아니라 '책을 파는 업자'로 서점을 찾았다. 책이란 그저 내용이 좋으면 저절로 팔리는 줄 알았던 나는 그 무렵 두 번째 책을 내고 몹시 낙담하던 중이었다. 예상보다 판매가 저조했고 타개책도 떠오르지 않았다. 신문에 광고를 해야 하는 건지, 서점에 광고를 해야 하는 건지, 홍보비를 얼마나 써야 하는 건지, 쓰는 게 맞는 건지, 무엇 하나 제대로 아는 게 없었다. 그제야 다른 출판사들은 어떻게 홍보하는지 알아봐야겠다는 생각이 들었다.

종로의 어느 대형 서점에 들어갔을 때 먼저 눈에 들어온 것은 중앙 복도에 떡하니 자리 잡고 있던 경차였다. 옆에 아크릴로 만든 응모함도 보였다. 어떤 출판사였는지 기억나진 않지만 책을 사고 나서 영수증에 이름과 전화번호를 적어 응모하면 추첨을 통해 경차를 준다는 내용의 친절한 안내문이 붙어 있었다. 영수증은 제법 쌓였다. 독자일 때는 몰랐는데 업자의 눈으로 보니 '책을 사면 이러저러한 상품을 줍니다'라는 이벤트가 각 분야마다 상당히 많아서 놀랐다. 냉장고나 에어컨 같은 가전제품부터 무릎 담요와 수건 같은 생활용품까지 상품도 다채로웠다.

이런 걸 준다고 책을 살까. 처음에는 고개를 갸웃했다. 그러다가 이내 납득했다. 나 역시 사은품이 마음에 들면 오로지 사은품을 받기 위해 잡지를 구입할 때가 있다. 잡지나 단행본이나 독자 입장에서야 덤으로 뭘 주면 좋아하긴 마찬가지 아닐까. 아마도 이런 게 마케팅인 모양이라고, 그렇다면 나도 책에 뭔가를 '끼워' 팔아보자고 생각했다.

뭐가 좋을까. 며칠을 고민하다가 어느 출판사의 영업부장으로부터 이런 얘기를 들었다. "얼마 전에 저희 신간에 'OO 헤어'에서 만든 헤어로션을 경품으로 붙여 팔아봤거든요. 잘 팔리더라고요." 샘플도 구경했다. 'OO 헤어' 로고가 박힌 아담한 크기의 녹색 병이었다. 이래서야 《서유기》에 나오는 순풍이順風耳와 다를 바 없다는 얘기를 들어도 할 말이 없지만 나는 주저 없이 헤어로션 1500개와 스프레이 1500개를 구입했다.

북스피어의 세 번째 책은 《마술은 속삭인다》로 미야베 미유키 작가의 추리소설이었다. 내용이야 말할 나위가 없었고 무엇보다 '미야베 월드'의 첫 책이었기 때문에 잘 팔고 싶었다. 제본소에 연락해서 초판 3000부에 헤어로션과 스프레이를 비닐 포장해달라고 부탁했다. 제품 구입부터 비닐 포장까지 비용이 만만치 않았지만 광고비라 여기기로 했다. 헤어로션과 스프레이가 비닐 포장된《마술은 속삭인다》는 "책을 구입하시면 이런 걸 드려요"라는 이벤트 페이지와 함께 각 서점으로 배포되었다.

하지만 일주일이 지나고 이주일이 지나도 재주문은 들어오지 않았다. 책이 팔리지 않았다는 얘기다. 상품이 별로인가. 더 비싼 걸 줬어야 하나. 오만 생각이 다 들었다. 그러던 어느 날 밤, 나는 우연히 추리소설 독자들이 많이 모이는 게시판에 올라온 글을 보게 되었다.《마술은 속삭인다》책 사진이 한 장, 아래로 '○○ 헤어' 헤어로션 사진이 또 한 장. 밑에는 이렇게 적혀 있었다. "제가 오늘 서점에서 미야베 미유키라는 작가의 책을 샀거든요. 추리소설이에요. 그런데 헤어로션을 주더라고요?"

댓글도 두어 개 달려 있었다. "범인이 헤어로션을 좋아하는 모양 ㅋㅋㅋ", "어차피 공짜 아닌가요^^", "헤어로션이 사건 해결의 단서라는 출판사의 힌트인 듯ㅎㅎㅎ". 그 'ㅋㅋㅋ'와 'ㅎㅎㅎ'를 봤을 때 나는 그만 얼굴이 빨개지고 말았다. 그제야 비로소 내가 얼마나 멍청한 짓을 했는지 깨달았다. 나는 마케팅이 뭔지 모르지만 적어도 이런 걸 마케팅이라고 부르지는 않을 것 같았다.

그럼 다시. 마케팅이란 무엇인가. 앞에서 언급했던《이와 손톱》결말 봉인본을 출간한 이후 나는 '독자들의 호기심을 자극할 만한, 책과 연관된 무언가를 만드는 것'을 마케팅이라 부르기로 했다. 아무리 출판계를 들여다봐도 마케팅이 뭔지 모르겠으니까 멋대로 가져다 붙인 것이다. 제멋대로 정의하고 제멋대로 만들었다. 우연한 기회에 시작한 '북스피어 이스터에그'가 그 첫 번째 산물이다. 여기에 대해서는 이 책을 쓰면서 여러 번 떠올린 고^故 구본준 기자의 기사를 인용해본다.

미스터리 전문 출판사 북스피어에서 펴낸 책들 중에서 일부는 책 표지에 광고 등을 위해 덧붙이는 '띠지'에 생뚱맞은 것들이 간혹 들어 있습니다. 띠지에서 책 표지 안쪽으로 접히는 부분은 보통 홍보 문구 등을 인쇄하지 않고 비워놓는데, 이 출판사 책들 중에선 이 부분에 생뚱맞은 단어나 이미지가 인쇄되어 있는 것들이 종종 있습니다. 인쇄 사고거나 편집 실수일까요? (…) 작은 출판사인 북스피어는 이 '이스터에그'를 국내에서 가장 잘 활용하는 곳으로 불립니다. 출판사가 작성하는 판권 정보란이나 표지, 속지 등에 이스터에그를 넣어 마니아 독자들 사이에서 이스터에그 찾아내기 열풍이 불기도 했습니다. 추리소설에 들어가는 지도 한 구석에 출판사 이름이 적혀 있기도 하고, 책 속에 '아무개 작가 파이팅'을 외치는 문구가 숨어 있기도 합니다. 그동안 해온 이 문화적 장난 중 최고 '걸작'으로 꼽히는 것은 일본 추리소설 《대답은 필요 없어》에 들어간 지은이 소개 속의 이스터에그였습니다(…).

〈한겨레〉, 2013년 9월 12일

약간 과장하자면 '북스피어 이스터에그'를 시작한 이후로 무슨 책을 만들지 고민하는 시간보다 책에 무슨 장난을 칠지 고민하는 시간이 더 길어졌다. 이러다가 "신성한 책에 장난을 치다니 정신 나간 출판사로군" 하고 조리돌림이라도 당하면 어쩌나 신경도 쓰였다. 하지만 계속했다. 만드는 내가 재미있었으니까.

옮긴이 한희선

참하기로 소문한 번역자 한희선은 1976년생으로 부산광역시 서구 □
한국외대 영어과를 졸업했다. 평소부터 일본 문화에 관심이 많았고 □
애독자이기도 했던 그는 니키 에츠코의 작품을 계기로 번역을 시작히
인 사건」, 「대답은 필요 없어」, 「슈거리스 러브」, 「루팡의 소식」, 「□
구 있다」, 「죽어도 잊지 않아」, 「방랑 고양이」 등을 번역했다. 현재 마□
함께 알콩달콩 살고 있다.

번역자와 함께 만든 《레벨7》 옮긴이 소개 부분의 '세로드립'.

팟캐스트라는 말이 생기기도 훨씬 이전에 《마성의 아이》를 극화하
여 올린 녹음 파일이 좋은 반응을 보이는 바람에 《하루살이》를 출
간할 때는 독자들과 함께 '야매 오디오북'을 만들기도 했다. 2008년
4월 1일에 《페스탈로치의 위증》이라는 페이크 도서를 만들어 독자
들을 속인 이후 '거짓말의 즐거움'을 가슴 깊이 깨닫고 매년 만우
절마다 했던 각종 '이래도 안 속을 거야?' 이벤트(마포 김 사장 음반
발표, 월간 〈르 지라시〉 창간, 미야베 미유키 한국 방문 기념 팟캐스트 제작
등등)도 떠오른다.

이런 걸 할 때마다 많은 독자들이 적극적으로 반응해주었다. 아
무런 피드백이 없었다면 어떻게 몇 년씩 주야장천 했겠나. 주최한
입장에서 얼마나 고마웠는지 아마 이 글을 마주하고 있는 누구도
다 알지는 못하리라. 물론 눈살을 찌푸리고 사무실로 전화를 걸어
진지하게 꾸짖는 사람도 있었다. 책을 가지고 장난을 친다며 기분

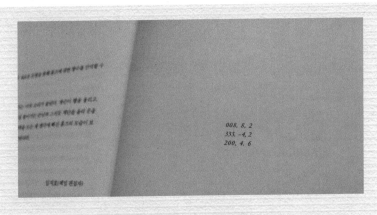

《셜록 홈즈 미공개 사건집》빈 페이지에 숨겨놓은 암호.
첫 번째 숫자는 페이지, 다음 숫자는 행, 다음 숫자는 암호까지의 단어 수를 가리키는데
세 줄을 모으면 '홈즈는 왓슨이 좋아'가 된다.

나빠하는 사람도 분명히 있었다. 그건 그것대로 할 수 없다고 생각한다. 다만 10년이 지나 그 세월을 돌아보니 '이런 짓을 잘도 했구나' 하는 대견한 마음보다는 '앞으로도 쭉 이렇게 각종 헛짓거리를 하며 책을 만들어 나갈 수 있을까' 하는 걱정스러운 마음이 앞선다. 이제 머리도 예전처럼 '발랄하게' 돌아가지 않고 말이다. 글쎄, 어떨까. 한 가지는 확실하다. 각종 헛짓거리가 동반되지 않는다면 책 만드는 일이 시들하게 여겨질 것만 같다. 조만간 원기옥 이벤트를 한 번 더 할까. 이번에는 돈 말고 아이디어를 모아보는 걸로.

독자일 때는 몰랐던 것들

—몰라도 상관없는 업자의 고민

편집자는 대체 뭘 하는 사람인가

얼마 전에 소개팅을 했다. "내일모레 마흔인 주제에 소개팅은 무슨"이라며 고개를 절레절레 흔드는 이도 있었지만 '맞선'이라는 단어는 기분상 어감이 별로인 데다 사전에 등재된 의미로 봐도 맞선은 아니었다. 아무려면 어떤가. 봄인데. 우리는 근사한 레스토랑의 창가 자리에 앉아 파스타와 생선 요리를 먹으며 두런두런 이야기를 나누었다. 상대방은 음식이 맛있다며 칭찬했고, 나는 이곳을 예약하기 위해 얼마나 애썼는지 과장하며 웃었다. 실로 '화기애매'한 분위기 속에서 이내 신상 파악이 시작되었다. 그녀는 학교 선생님이었다. 중학교에서 아이들을 가르친다. 그 정도만으로도 더 이상의 설명이 필요 없어 보였다. 대략적인 생활도 추측해볼 수 있겠다. 반면 내 직업은 어떨까. 내가 출판 편집자라고 했을 때 상대는 고개를 갸웃했다. "출판 편집자란 어떤 일을 하는 사람인가요?"라는 질문을 받고 나는 잠시 머뭇거렸다.

독자일 때는 몰랐던 것들

그것은 이를테면 "구청장은 대체 무슨 일을 하는 사람인가요?"라는 물음과 비슷해서 대충 알 것 같기도 하지만 딱 꼬집어 무슨 일을 하는지 설명하기가 난처한 직업이라고 늘 생각해왔기 때문이다. '편집자란 글을 쓰는 사람인가요?' '책을 만드는 일이라니 그럼 인쇄(제작)를 하세요?' '책을 직접 팔기도 하시나요?' 이런 질문들을 염두에 두고 정의하자면, 편집자란 별다른 기술 없이 저자, 디자이너, 인쇄소, 서점의 도움을 받아 먹고사는 사람이라고 할 수 있겠다. 물론 글도 쓰고 인쇄에도 관여하고 직접 책을 팔 때도 있지만 그걸 전문적으로 하는 건 아니다. 만약 이런 얘기를 두서없이 늘어놓는다면 상대방은 십중팔구 "그렇군요" 하고 적당히 대답은 하겠지만 속으로는 '이 남자, 기술도 없이 남의 도움으로 먹고산다니 직업으로는 좀 불안하겠어'라고 여기지 않을까. 자리가 자리이다 보니 이런 부분은 신경이 쓰인다. 그때 최근에 본 영화 한 편이 떠올랐다. 책을 만드는, 더 정확히 말하면 사전을 만드는 편집자가 주인공으로 나오는 영화다. 그래, 그 이야기를 해줘볼까.

영화 〈행복한 사전〉은 단행본, 잡지, 만화 등 다양한 종류의 책을 만드는 어느 대형 출판사가 배경이다. 그중 사전을 만드는 편집부가 있다. 이들은 사전이란 '말의 바다를 건너는 배'라고 생각한다. 그래서 현재 이들이 만드는 사전은 '대도해大渡海'라는 의미심장한 이름을 가지고 있다. 영화를 보며 새삼 알게 된 사실은 사전을 만드는 일의 지난함이다. 시대를 대표하는 사전의 경우 한 권을 만드는 데 10년에서 20년 가까이 걸린다고 한다. 하지만 세상은 점점 변한다. 다들 짐작하듯 전자사전과 스마트폰의 보급으로 인해 종이 사전은 팔리지 않는다. 사람들이 외면하는 가운데 출판사에서는 수지타산을 맞추기 어렵고 제작 기간이 길다는 이유로 사전을 만드는 일에 소극적이다. 엎친 데 덮친 격으로 10년 넘게 《대도해》를 만들어오던 베테랑 편집자가 은퇴를 하게 된다. 즉 《대도해》를 만드는 일이 좌초할 상황에 부딪친 것이다. 사전 편집부에서는 그를 대신할 신입직원을 구하지만 누구 하나 이 고단한 일을 하려 들지 않는다. 이때 마지메라는 사나이가 구원투수로 등장한다. 서점에 책을 팔러 다니는 영업자로 출판사에 입사한 그는 같은 부서 내에서도 '오타쿠'로 일찌감치 낙인이 찍혔는데, 사전 편집부는 그런 성격이야말로 사전 만드는 일에 어울린다고 판단한 것이다. 고참 편집자는 마지메를 면접할 때 이런 걸 묻는다. "자네, '오른쪽'을 정의하라고 하면 어떻게 설명하겠나." 오른쪽이라. 영화를 보며 나도 생각해보았다. 누가 나한테 물어본다면 가장 쉽게는 '왼쪽의 반대말'이라고 하지 않을까. 그럼 왼쪽은? 오른쪽의 반대말이지. 이래서야 개념이 돌고 도니까 '정의'가 아니다. 가만히 생각하면 사전에는 대관절 이걸 어떻게 설명할 수 있을까 싶은 단어들이 여봐란 듯이 정의되어 있다. 가령 남자, 여자, 사랑 같은.

마지메는 이런 단어를 다양한 예를 들어가며 설명할 수 있는 인간이다. 세상에는 이렇게 특별한 자질을 가진 인간도 있는 것이다. 그는 무난히 사전 편집부에 채용되어 편집자로서의 삶을 살기 시작한다. 아침부터 잠들 때까지 처음 듣는 단어를 수집하고, 필자들에게 원고를 의뢰하고, 글자 하나 그림 하나의 배치를 고민하며 판을 짜고, 정전기가 일어나 손가락에 달라붙지 않도록 인쇄소와 상의하여 용지를 만들고, 페이지가 넘치거나 모자라면 그에 맞게 다시 글을 다듬는다.

책을 만들 때 원고가 들어오면 편집부에서는 교정을 본다. 글자가 틀리거나 빠지지 않았는지 살펴보고, 어색한 대목은 고치고, 잘못된 표현은 바로잡는다. 하나의 원고를 처음부터 끝까지 첫 번째로 교정 보는 것을 '초교'라고 한다. 두 번째로 처음부터 끝까지 교정 보는 것을 '2교'라고 한다. 일반 단행본의 경우 이런 식으로 세 번쯤 교정을 본다. 요즘 들어 부쩍 자주 느끼는 거지만 그렇게 여러 번 봐도 독자는 오탈자를 발견한다. 그렇다면 사전의 경우는 어떨까. 사전은 절대로 오탈자가 발견되면 안 되는 책이다(다른 책들은 발견돼도 상관없다는 말은 아니지만). 사정이 이렇다 보니 사전 편집부가 교정을 보는 일은 가히 장관이다. 몇 십 명의 사람이 책 한 권에 달라붙어 10교 넘게 보는 동안 몇 년이 후다닥 지나가 버린다. 국립국어원의 오락가락하는 결정에서 유추할 수 있듯이 세대가 변함에 따라 단어의 정의가 바뀌는 일도 비일비재하기 때문에 늘 신경을 써야 한다. 이런 지난한 과정을 거쳐 《대도해》가 만들어지기까지 무려 13년이 흘렀다. 사전이 나오기 직전 고령의 편집자가 사전이 인쇄되는 걸 보지 못하고 유명을 달리하는데 그는 눈을 감는 순간까지도 행여 사전에 실수가 있을까 안절부절못한다. 이 대목을 보며 가슴이 복받쳤던 편집자가 아마 나뿐만은 아니었으리라.

현재 편집자이거나 장차 편집자가 되고 싶거나 소개팅 상대방이 하필 편집자여서 직업인으로서의 편집자가 궁금해졌다면 이 영화를 보라고 권해주고 싶다. 사전을 만드는 일을 소재로 삼았지만 일종의 메타포인 듯하고 오늘날 책을 만든다는 일에 대한 관심을 환기하고 싶었던 게 아닌가 싶다. 영화는 '배를 엮다'라는 제목의 원작소설을 바탕으로 했으니까 책으로 읽어도 무방하다. 책과 영화,

둘 다 편집자의 삶을 제대로 묘사하고 있다. 마지막으로 덧붙이자면, 그다지 궁금해할 사람은 없겠지만 결국 소개팅은 잘되지 않았다. 주인공 편집자인 마지메의 성격을 묘사할 때 하필 '오타쿠'라는 단어를 사용한 게 문제였을지도 모르겠다. 일본어 사전에서 찾으면 마지메는 성실, 진지함이라는 뜻이라고 얘기해 줄 걸 그랬나.

19

'다짜고짜' 투고는
옳지 않다

독서 인구 감소를 개탄하는 목소리와 함께 세트메뉴처럼 등장하는 '국민 독서 실태조사 결과 OECD 국가 가운데 몇 등'이라는 식의 기사나, 모이기만 하면 '단군 이래 최대의 불황'이라며 한숨짓는 출판 관련 종사자들의 푸념이 무색할 만큼 본인의 원고를 책으로 만들고 싶어 하는 사람들은 예나 지금이나 차고 넘친다. 싸잡아 얘기하는 것 같아 미안하지만 포털에서 '자비출판自費出版'을 키워드로 검색해보면 끝도 없이 이어지는 행렬을 통해 그 일단을 확인할 수 있다. 저자로서의 경력이 없는 사람들이 처음부터 자비출판을 고려하는 것 같지는 않다. 그들도 우선은 출판사의 문을 두드린다. 출간 의사를 타진하는 방법은 세 가지 정도다. 메일에 본인의 원고를 첨부하는 것이 가장 일반적이다. 직접 출력해서 제본까지 마친 원고를 우편으로 보내는 일도 흔하다. 요 몇 년 사이에 내가 자주 경험한 건 다짜고짜 출판사로 전화하는 케이스다. 전화는 기기의 특성상 '다짜고짜적' 경향이 강하긴 하지만 그래도 굳이 '다짜고짜'라는 표현을 사용한 건 그 내용이 메일이나 우편에 비해 엉뚱한 경우가 많아서다. 즉각적인 피드백을 받을 수 있다는 '장점' 때문이겠다. 메일이나 우편으로 출간 검토를 의뢰하면 함흥차사인 경우도 있으니까. 나 같은 경우 게으름 피우느라 답변이 늦었던 적은 거의 없다. 굳이 변명하자면 요령 있게 거절하지 못해서랄까. 그렇기 때문에 출간 의사를 문의하는 전화를 받을 때는 이만저만 난처한 게 아니다.

작년 여름 무렵의 일이다. 어느 토요일 새벽 사무실로 전화가 한 통 걸려왔다. 그날따라 늦게까지 남아 홀로 멍하니 있던 중이었다. 그런데 마침 미국에 사는 교포라고 신분을 밝힌 어떤 남자분이 "사장님과 통화하고 싶다"며 나를 찾은 것이다. 사연은 이렇다. 그 주에 북스피어가 했던 도서 출간 이벤트가 "베스트셀러에만 심하게 쏠리는 독서 풍토와 사재기·덤핑 판매 등으로 시끄러운 출판시장에 시사하는 바가 있는 것 같다"며 일간지에 소개된 적이 있다. 해당 기사를 읽은 그는 즉시 인터넷으로 출판사 이름을 검색해 전화번호를 알아냈다. 그러고는 시차를 고려하지 않고 다이얼을 돌렸다. 본인의 원고를 책으로 내고 싶다는 순수한 목적이 있었다. 예순이 훨씬 넘은 나이였다고 기억한다. 평생에 걸쳐 쓴 원고를 처음에는 미국에서 지인들에게 프린트해서 나눠줬다고 한다. 지인들로부터 이대로 알음알음 전하기에는 아까운 글이 아닌가 하는 얘기를 듣던 어느 날 그는 운명처럼 마음에 드는 기사와 마주한 것이다. "정신이 똑바로 박힌 젊은이"가 운영하는 출판사라는 판단이 "북스피어를 선택한 까닭"이라는 걸 그는 여러 차례 강조했다. 다소 미심쩍긴 했지만 일단은 나도 공손하게 물어보았다. "선생님이 쓰신 원고는 어떤 내용인지요?" 마치 기다렸다는 듯 그가 "건강법에 관한 책"이라며 자신 있게 내용을 설명하기 시작했다. 제목도 이미 정해져 있었다. 20대부터 80대까지 누구나 신나게 연마할 수 있는 운동법이라는 의미를 담아 '이공팔공삼삼칠'이다. "저희 출판사는 장르문학만, 그것도 현재로서는 국내 작가의 원고를 책으로 만들 여력이 없어 번역서만 출간하는데요"라는 나의 답변은 간단히 무시되었다. 마케팅은 전혀 걱정할 필요가 없다는 허심탄회한 장담이 이어졌다. "아니요, 저기 선생님, 그게 아니라." "어허, 이 책은 나오기만 하면 베스트셀러라니까." 지난한 공방은 두 시간 가까이 계속되었다. 어느새 동이 트고 있었다. 빨갛게 귀가 달아오르기 시작했다.

책을 내고자 하는 간절한 심정은 알겠다. 우리 출판사를 알아봐주고 연락을 취한 것도 고맙다. 그러나 어느 출판사든 출간의 방향성이 있게 마련이다. 북스피어의 경우는 이제껏 단 한 차례도 장르문학 이외의 책을 출간한 적이 없다. 소중한 원고를 한 땀 한 땀 썼던 노력의 단 몇 퍼센트만이라도 할애하여 알아보고자 했다면 이같은 사실을 알아내기란 어렵지 않았으리라 생각한다. 제아무리 훌륭한 원고라도 출판사의 방향과 어긋나는 책을 출간할 수는 없는 노릇이다. 적어도 내가 운영하는 출판사의 신념은 그렇다. 하지만 이런 막무가내식 전화를 받는 일이 많다 보니 나로서도 당황스러울 때가 한두 번이 아니다. 마음 같아선 한 분 한 분 원고를 읽어본 후에 색깔이 맞는 다른 출판사를 소개해주고 싶지만 여러 가지 조심스러운 대목도 있다 보니 여의치가 않다.

다만 이런 정도의 고언을 드릴 수는 있겠다. 책을 내고 싶다면 가장 먼저 내 원고의 내용과 비슷한 종류의 책을 만드는 출판사가 어디인지부터 알아보도록 하자. 알아본 김에 책을 구입하여 꼼꼼하게 살펴보기까지 했다면 센스 있는 당신이다. 이 정도 수고로움은 투자라고 생각하자. 규모가 큰 출판사니까, 언론에 소개된 출판사니까라는 식의 접근은 곤란하다. 출판사가 정해졌으면 해당 출판사가 투고를 받는지, 받는다면 어떤 형태로 받는지 조사해보자. 적극적으로 투고를 받는 출판사의 경우 대개는 그 절차를 자사 홈페이지에 명시해둔다. 아마 방문이나 전화보다는 메일이나 게시판 투고를 권할 텐데, 가급적이면 그 시스템에 따르는 편이 좋다. 이때 같은 원고를 동시다발적으로 여러 출판사에 뿌리는 건 삼가야 한다. 어떤 편집자도 그런 원고를 진지하게 검토하지는 않는다. 무엇보다 자신의 원고를 객관적으로 바라볼 수 있는 시선이 필요하다. 여러 출판사를 전전하다가 세계적인 베스트셀러가 된《해리 포터》의 사례는 어디까지나 특별한 경우일 뿐이니까.

20

일본 유명 작가의
원고 마감 잔혹사

기타큐슈의 작은 도시 고쿠라에 위치한 '마쓰모토 세이초 기념관'에 들른 적이 있다. 30년 동안 작가 세이초의 전담 편집자였던 후지이 야쓰에 관장을 만나 인터뷰하기 위해서다. 고쿠라는 마쓰모토 세이초가 태어나고 자란 곳으로, 그의 출세작인 〈어느 '고쿠라 일기' 전〉의 무대이기도 하다. 재능은 있지만 불편한 몸으로 태어나는 바람에 고단한 인생을 보낼 수밖에 없었던 청년이 군의관으로 고쿠라에 부임했던 모리 오가이(나쓰메 소세키와 함께 일본의 근대문학을 이끌던 작가)의 발자취를 추적하는 내용을 담은 이 소설로, 그는 순문학 작가에게 수여하는 아쿠타가와상을 받는다. 〈어느 '고쿠라 일기' 전〉은 당초 일본의 대중문학 상인 나오키상 후보에 올랐는데 심사위원 중 한 명이 "이 작품은 나오키상이 아니라 아쿠타가와상에 더 적합하다"고 평가하는 바람에 당선된 것이다.

이후 세이초는 직장을 그만두고 글만 쓰며 《점과 선》, 《눈의 벽》 같은 장편으로 베스트셀러 작가의 반열에 오른다. '사회파 미스터리'의 창시자로서 세이초가 탄생하는 순간이기도 하다. 초등학교 졸업이 학력의 전부이고 마흔한 살이라는 늦은 나이에 데뷔한 그가 작가 생활 40년 동안 쓴 작품은 장편소설만 100권이 넘는다. 현대사와 고대사에 대한 저작도 다수 남겼다. 뛰어난 논픽션 작가이자 번역가로서 일간지 두 곳, 주간지 세 곳, 월간지 다섯 곳의 연재를 동시에 진행한 적도 있을 만큼 초인적인 필력을 자랑했다고 하니, 겨우 책 한 권 쓰는 데도 힘에 부쳐 쩔쩔매는 나로서는 머리를 조아리며 존경의 절이라도 드리고 싶은 심정이다.

그런 만큼 세이초는 마감을 안 지키는 필자로도 유명했다. 고단샤講談社(1909년에 창립한 일본의 출판사로 2015년 현재 직원수가 900명가량 된다)에서만 35년 동안 일하며 편집자로 이름을 알렸던 와시오 켄야의 얘기를 들어보자. "그가 쓴 《세이초 통사》(전 6권)라는 시리즈의 후반부를 내가 맡게 됐다. 신문에 연재했던 글이라 원고는 이미 다 나온 상태였다. 교정쇄를 보내주면 고치겠다고 해서 교정쇄를 들고 찾아갔다. 언제쯤 나올지 물었다. 힐끔 노려보더니 한 달 후에 연락하라는 것이었다. 조심스럽게 한 달 후에 전화를 했다. 다 되어 있을 리 없었다. 매달 정해진 날에 하마다야마에 있는 자택까지 가지러 오라는 것이었다. 하는 수 없었다. 아무 기대하지 않고 매달 찾아가 일 년 후에야 겨우 받았다. 그런데 또 그 교정쇄가 문제였다. 손댄 부분이 너무 많았다. 당시는 활판이었던 탓에 일 년이나 잠들어 있던 활자에 곰팡이가 피고 말았다. 결국 판을 다시 짰다."

《세이초 통사》란 《쇼화사 발굴》을 말하는 게 아닐까 싶은데, "아무 기대하지 않고 매달 찾아가 일 년 후에야 겨우 받았다"는 대목이 흥미롭다. 조금만 생각해보면 이해가 안 가는 것도 아니다. 일간지 두 곳, 주간지 세 곳, 월간지 다섯 곳이라는 살인적 스케줄의 마감은 딱 부러지게 지키는 쪽이 이상하지 않나. 물론 세이초에게 원고를 의뢰한 편집자들의 입장에서 보면 순순히 이해만으로 넘어갈 일은 아니었겠다. 지금이야 대부분의 원고를 컴퓨터에서 작업하고 마감 시간에 맞춰 메일로 휙 보내니까 상대적으로 편해졌지만 인터넷이고 뭐고 없던 시절에는 작가가 쓰면 편집자가 집으로 방문하여 원고를 찾아갔다. 유명 작가의 경우에는 편집자가 아예 상주하며 원고가 끝날 때까지 노심초사하다가 밤을 새우는 일도 잦았다고 한다.

다시 마쓰모토 세이초 기념관 얘기로 돌아와 보자. 나는 조금 넉넉하게 시간을 잡고 기념관에 도착했다. 후지이 관장과의 인터뷰에 앞서 고쿠라의 명물인 기념관을 구경하기 위해서다. 지하 1층, 지상 2층 규모로 만들어진 이곳에서 가장 인상적이었던 것은, 기념관 한가운데 턱 하니 자리 잡고 있는 이층집이었다. 작가로 전업한 이후 하루 종일 틀어박혀 글만 썼던 그가 생전에 기거하던 집이다. 원래는 도쿄 하마다야마에 있었는데, 세이초 기념관이 지어질 때 일부는 옮겨놓고 나머지는 복원했다고 한다.

통유리로 막아놓아 내부에 들어갈 순 없지만 밖에서도 집필실의 정경이 잘 보인다. "참조용 도서와 사전들, 박스 안에 어지러이 담겨 있는 자료들, 둘둘 말아서 세워놓은 지도들, 바닥 융단 여기저기를 수놓은 담뱃불 자국, 그리고 삐딱하게 돌아가 있는 커다란 의

자". 그의 문학적 세례를 받은 작가 미야베 미유키가 "잠깐 자리를 비우신 것 같아요. 금방이라도 들어오실 것 같고"라고 묘사했던 그 모습 그대로다. 현관 오른쪽에는 편집자가 찾아와 상의를 하거나 원고를 기다리던 응접실이 있다. 되풀이하지만 그는 많은 원고를 동시에 썼고 마감을 밥 먹듯 어겼기 때문에 응접실은 항상 그의 원고를 받아가기 위해 잡지사와 출판사에서 찾아온 편집자들로 북적댔다고 한다.

그곳을 보며 잠시 상상해보았다. A문예지 편집자가 배달이 지체되어 불어터진 짬뽕 같은 모습으로 초조하게 담배를 피우고 있다. 한 시간쯤 지나자 B잡지 편집자가 내일 지구가 멸망한다는 소리를 들은 것 같은 얼굴로 들어온다. 서로 악수를 하며 안부를 물은 그들은 마주 앉아 잠시 세상 돌아가는 이야기를 한다. 그러다가 목소리를 낮춰 "세이초 선생님에게는 완전히 질렸다니까. 이번에도 원고를 안 주시면 회사에서 난리가 날 텐데"라며 한숨을 쉰다. 그러자 상대방이 그쯤은 아무것도 아니라는 표정으로 "이봐, 나는 오늘로 한 달째 회사 대신 이곳으로 출근하고 있어"라며 진저리를 친다. 하지만 두 사람 다 결국은 허탕을 치고 빈손으로 회사에 돌아가 편집장에게 싫은 소리를 듣지 않았을까.

나 역시 편집자의 신분으로 청탁한 원고가 마감일이 지나도 소식이 없으면 속이 타들어간다. 출간 일정을 잡아놓은 원고가 늦어지면 제때 마감한 원고의 스케줄까지 어그러지면서 손해도 막심하기 때문에 생명이 단축되는 기분마저 느낀다. 과장이 아니다. 그런 필자들에게는 일 년 정도 마쓰모토 세이초 같은 작가의 전담 편집자로 일하며 고통을 받게 해주고 싶다. 혹시 이 대목에서 찔리는 분들은 오늘도 하염없이 원고를 기다리고 있을 편집자의 심경을 헤아려서 '잠수 타지' 말고 최소한 전화만큼은 반드시 받아주시기를.

마감에 임하는 필자들의 태도

21

마쓰모토 세이초의 《푸른 묘점》이 흥미로
웠던 이유는 작가와 편집자의 관계가 잘 묘사되어 있었기 때문이
다. 소설은 첫 장부터 마감에 쫓겨 '도망'간 인기 작가와 그를 '잡
으러' 출동한 편집자를 등장시킨다. 당시 편집자들의 주요 일과 가
운데 하나는 마감을 앞둔 작가의 집을 방문하여 몇 시간이고 기다
리며 서성대는 일이었다고 한다.

나도 예전에 2년쯤 잡지를 만든 적이 있다. 두 달에 한 번씩 마감
이 돌아왔는데 한꺼번에 여러 필자들의 원고를 챙기다 보니 마감
일에 임박해서는 혼이 달아날 지경이었다. 필자들이 제각각 마감
에 임하는 태도가 달랐기 때문이다. 생각난 김에 몇 가지 유형에
대해 정리해보았다.

1

모범생형　　　　　마감을 칼같이 지키는, 모든 편집자의 로
망과 같은 필자들이다. 심지어 마감일 하루나 이틀 전에 원고를 주
기도 한다. 이런 필자들은 청탁한 원고가 35매면 대개 1매의 오차
도 없는 경우가 많다. 내가 겪은 필자 중에는 진중권 선생이 그런
타입이었다. 〈한겨레〉 권태호 기자가 쓴 다음과 같은 글을 보면 김
훈 선생도 비슷했던 모양이다.

> 김훈 선배는 또 마감 시간을 철저하게 지켰습니다. 거리의 칼럼은 오
> 전에 보내는 게 일반적이었고, 어떤 기사도 오후 3시를 넘기는 법이 없었
> 습니다. 일반적으로 조간신문의 1판 마감 시간은 오후 4~4시 30분입니
> 다. 김 선배는 식사자리에서 저희들에게 〈시사저널〉 편집장 시절, 마감 시
> 간을 넘긴 기사는 아예 읽어보지도 않고 그대로 쓰레기통에 처박아 넣어
> 버리고 그 지면은 광고로 메꿨다고 이야기했습니다. 그러나 그가 모든 기
> 사를 일필휘지로 쓴 건 아닙니다. 그는 사석에서 "오후에 갑자기 취재 지
> 시를 받을 때는 등줄기에 식은땀이 흘러내린다. 내가 이걸 할 수 있을까
> 라는 걱정이 큰 산처럼 밀려온다"라고 말한 적이 있습니다.
>
> 　　권태호, "김훈이 한겨레를 떠난 이유 1"

2

적반하장형　　　　　마감을 지키지 않은 필자가 도리어 화를 내
며 담당 편집자를 어리둥절하게 만드는 타입이다. 유명하거나 경력
이 오래된 필자와 아직 뭐가 뭔지 잘 몰라서 필자들을 대하는 일이
어렵기만 한 편집자 사이에서 흔히 볼 수 있는 풍경 중에 하나다. 언

젠가 이와 관련하여 내가 〈시사IN〉에 기고했던 글을 옮겨본다.

　　모 잡지사에 근무하던 때의 일이다. 첫 직장이었고, 나는 경력이 전무한 편집자였다. 모든 일에 미숙하던 시절, 그중에서도 가장 힘들었던 대목은 필자들의 원고를 받아내는 일이었다. 엄연히 마감 시한이 정해져 있건만 열에 두셋은 당연하다는 듯 시한을 넘기기 일쑤였다. 대개 유명한 필자들이라 나로서는 감히 독촉 전화를 할 엄두조차 내지 못했다. 그러던 어느 날, 편집부로 전화가 한 통 왔다. 상당히 오래전 일이긴 하지만 체면을 좀 지켜드리자는 차원에서 이분의 이름은 생략하는 게 좋으리라 생각하는데, 글쎄 이러시는 거다. 홍민 씨. 홍민 씨는 왜 나한테 독촉 전화를 안 해? 나는 독촉 전화를 자꾸 받아야 글이 써지는데 당신이 가만히 있으니까 한 글자도 안 써지잖아. 앞으로는 나를 좀 못살게 굴어줘. 제발. 내가 전화하지 말라고 해도 무시하고 전화해야 돼. 대략 이런 내용이었다. 잘 이해할 수 없었지만 당시의 나는 그런 사고방식도 있을 수 있겠구나 하며 고개를 끄덕였다.

〈시사IN〉, 제68호

3

천리안형　　　　　　　편집자는 필자에게 마감일을 속인다. 일종의 안전장치를 마련해두는 것이다. 아마 많은 편집자들이 그런 식의 안전장치를 마련해두지 않을까 짐작한다. 하지만 이런 안전장치도 출판사나 잡지사의 생리를 아는 필자들에게는 소용없다. 이날까지 꼭 달라고 하면 '에이, 거기 마감이 언제인지 아는데 거짓말하지 말고 다음다음 날까지 줄 테니까 걱정하지 말라'며 전화를 탕 끊어버린다. 그런 필자가 얼마나 많겠나 하고 의아해하는 독자들이 있을지도 모르겠다. 상당히 많다. 《푸른 묘점》에서 한 대목을 인용해본다.

> 노리코는 잡지 마감 직전이라 일에 쫓겨 다녔다. 필자들을 찾아다니며 원고를 받아오거나, 아직 다 쓰지 못한 필자에게는 원고를 재촉했다. 바쁜 인물일수록 원고 완성이 늦어져 애가 탔다. 사흘 후에는 인쇄소에서 출장 교정을 봐야 하는데 한 기고가는 수화기 저편에서 "아직 괜찮지?" 하고 여유롭게 나왔다.
>
> "곤란해요, 선생님. 모레가 마감이에요. 내일까진 주셔야 해요."
>
> "자네 잡지사는 교정이 끝날 때까지 아직 사흘이나 남았을 텐데. 속일 생각하지 마."
>
> 이렇게 닳고 닳은 작가들이 많았다.
>
> 마쓰모토 세이초, 《푸른 묘점》

4

읍소형   마감일 전에는 별 얘기가 없다가 마감이 지나 독촉 전화를 하면 그제야 왜 원고를 못 썼는지 설명하는 타입이다. 그 내용이 너무 구구절절하여 나는 사연을 듣다가 울기도 했다……는 건 농담이고, 쇄도하는 원고 청탁을 딱 부러지게 거절하지 못하는 마음 약한 필자들 가운데 많으며 이런 필자들에게는 편집자들의 지속적인 관심과 애정이 필요하다. 마침 《편집이란 어떤 일인가》에 적당한 팁이 적힌 문구가 있어서 발췌해본다.

청탁한 다음 편집자가 할 일은 때로는 저자를 격려하고 때로는 질타하며 때로는 힘이 되어주고 칭찬하기도 하고 응원하기도 하는가 하면 때로는 속이면서 어떻게든 원고를 완성시키는 것이다. 어떤 갖은 수단을 쓰든지 원고가 나오도록 해야 한다. 원고가 나오는 과정은 편집자로서도 시간을 요하고 부단한 노고가 필요한 작업이다.

와시오 켄야, 《편집이란 어떤 일인가》

도스토옙스키나 발자크 같은 굉장한 필자들도 마감일이 없었다면 저 위대한 소설들을 완성하지 못했을 거라 술회했다는 얘기와 함께 언젠가 그에 얽힌 가슴 찡한 일화들을 읽은 적이 있다. 그러고 보면 '마감'이란 무섭기도 하지만(영어로는 '데드라인') 한편으로 작가와 편집자 들에게 추억을 선사하는 단어가 아닐까 하는 생각도 든다. 이외에도 '의도적 기억상실증'형, '배째고 등따'형, '자수하여 광명 찾자'형 등등이 있는데 굳이 설명까지는 필요 없을 듯하다.

22

표지는 일단 눈에 띄는 것이
제일이지만

표지가 예쁘다는 이유만으로 책을 구입한 경험이 있으신지. 나는 있다. 며칠 전에도 광화문 교보문고에 진열된 책들을 구경하다가 우연히 발견한 신간의 표지가 마음에 들어서 무슨 내용인지 확인도 않고 덜컥 구입했다. 그건 독자의 입장이었다기보다 책을 만드는 사람으로서 '나도 이런 멋진 표지를 구현해보고 싶다'는 바람 때문이었다. 모방은 창조의 어머니인지 아버지인지 그런 말도 있으니까. 하지만 독자로서 전혀 관심도 없던 책을 표지가 마음에 든다는 이유만으로 구입한 적은 한두 번쯤 있었을지 모르지만 기억나지 않는다. 표지에 끌려서 '대관절 이게 무슨 책이지' 하고 유심히 들여다본 적은 있지만 아무런 맥락 없이 표지만으로 구입을 결정한 적은 없다. 어차피 사려던 책의 표지가 예쁘면 기분이 좋기는 하지만 말이다. 책을 만들어 먹고사는 업자로서의 나는 표지가 판매에 미치는 영향이 크지 않다고 생각한다. 해외의 어느 출판 단체가 했던 조사에서도 '표지가 구매에 미치는 영향은 4퍼센트에 불과하다'는 결과가 나온 걸로 알고 있다. 하지만 책을 만들 때는 표지에 공을 많이 들이는 편이다. 장기적으로 출판사 이미지에 영향을 미칠 거라고 보기 때문이다.

1935년 7월 30일에 첫 책을 펴낸 출판사 펭귄 Penguin Books 이 저가의 문고본 책으로 인기를 끌 때 가장 중점을 둔 대목은 디자인이었다. 초창기 펭귄의 북디자인은 '단순+명쾌'가 콘셉트였다. 북디자인에 관심이 없는 독자들도 펭귄의 표지는 한눈에 알아볼 수 있으리라 생각한다. 펭귄은 앞표지를 세 부분으로 나누고 서체와 로고만으로 채웠다. 표지 자체가 광고의 역할을 수행했다. 그 시절에 나오는 여타 출판사의 책 표지는 호화로운 장식과 일러스트로 꽉 차 있었다. 펭귄 표지의 '단순+명쾌'는 그에 대한 반발로서 구현된 것이다. 이러한 사실은 지금 책을 만드는 사람들에게도 시사하는 바가 있지 않을까.

《펭귄 북디자인 1935-2005》의 저자는 "서점에 진열된 펭귄 책들은 현대적이면서도 대담한 구성으로 굉장한 반향을 일으켰으며 이후 등장한 출판사에게 막대한 영향을 끼쳤다"고 적고 있다. 그와 같은 전통을 이어나가기 위해 펭귄은 늘 감각 있는 디자이너를 채용했다. 펭귄에서 추리소설과 과학소설의 표지를 총괄하던 디자이너 올드리지는 "표지란 어떤 수단을 써서라도 사람들의 이목을 끌 수 있어야 한다"고 얘기하곤 했다. 이를 위하여 그는 표지에 만화를 싣거나 팝아트적 요소들을 사용하는 등 파격적인 실험을 거듭했다.

나 역시 '표지란 어떤 수단을 써서라도 사람들의 이목을 끌 수 있어야 한다'고 믿고 있다. 때문에 《펭귄 북디자인 1935-2005》 같은 책을 읽고 있노라면 '표지가 책 판매에 영향을 끼치는지 안 끼치는지 장담할 순 없지만 일단은 예쁘게 만들고 볼 일이다'라고 생각하게 된다.

문득 몇 년 전 지하철에서 겪은 일이 떠오른다. 러시아워였는데도 다행히 자리가 나서 나는 느긋한 기분으로 책을 펼쳐 읽는 중이었다. 내 오른쪽 옆자리에는 나보다 서너 살쯤 어려 보이는 자매님이 꾸벅꾸벅 졸고 있었다. 앉으려던 순간에 힐끔 보면서 '상당히 미인이구나' 하고 감탄했던 기억이 난다. 물론 그때까지는 그분이 미인이라는 사실이 별로 중요하지 않았다. 그게 언제부터 중요했느냐 하면 어느 순간 내 오른쪽 어깨에 툭 하고 그분의 머리가 얹혔을 때부터다. 완전히 잠든 모양이었다. 그와 동시에 내 머릿속에서도 무언가가 툭 터지며 책의 활자들이 가물거리기 시작했다. 아아, 곤란하다, 그것도 상당히. 둘만 있는 것도 아니고 잠깐 잠든 것뿐인데 곤란하긴 뭐가 곤란하냐며 곤란해하지 않을 사람도 있을 것이다. 하지만 나는 곤란했다. 다른 사람들이 '저 자식, 은근히 즐기는 거 아니야' 하면서 이상하게 쳐다보는 것 같은 기분이 들었기 때문이다.

어쩔 수 없다는 표정을 지으며 슬쩍 어깨를 빼고 다른 칸으로 도망쳐버릴 수도 있었지만 만약 그렇게 되면 자매님의 머리가 좌석을 향해 곤두박질할 테니까 그건 그것대로 내키지 않았다. 그렇게 난감해하며 멍하니 입을 벌리고 있는 사이 아뿔싸 하고 뇌리를 때리는 게 있었다. 그때 내가 들고 있던 책의 제목이 《플레이보이 SF 걸작선》이었던 것이다. 물론 이 책은 최고 수준의 과학소설이 엄선된 단편집이다. 하지만 과학소설을 꾸준히 읽어온 팬이 아니라면 알기가 힘들뿐더러, 더욱 곤란한 문제는 책 표지에 'PLAY BOY'라는 글자와 '토끼 로고'가 선명하게 보인다는 점이었다. 빨간색으로 아로새겨진 제목과 황금 빛깔로 찬연히 빛나는 토끼. 이 책에 대한 정보가 없는 사람이라면 묘한 걸 연상하지 않을까.

잘못은 옆에 앉은 자매님이 했는데 왜 내가 곤란해해야 한단 말인가. 이런 곤란이 몸에 좋을 리 없다는 걸 알았지만 딱히 뾰족한 수도 없었다. 결국 어떠한 조치도 취하지 못한 채 이런저런 생각을 하는 동안 지하철은 여섯 개의 정거장을 지나며 사람들을 내리고 태웠다. 그런데 일곱 번째 정거장에 도착하기 직전 그야말로 공포 영화에서 오로지 관객을 놀래주겠다는 일념 하나로 부활하는 시체처럼 자매님이 벌떡 일어나더니 문이 열림과 동시에 후다닥 뛰어내리는 게 아닌가. 놀라긴 했지만 나도 무사히 내릴 수 있었다.

어쨌든 그리하여 이 경험으로부터 얻은 교훈은 무엇인가. 책 표지를 만들 때 "어떤 수단을 써서라도 사람들의 이목을 끌 수 있어야 한다"는 자세도 좋지만 자칫 잘못하면 독자가 곤란에 처할 수도 있으니 신중을 기해야 한다는 이야기다. 그건 그렇고 《플레이보이 SF 걸작선》은 훌륭한 책이니까 꼭 한번 읽어보시길.

23

제목 짓기의 어려움

　　　　　　　독자일 때는 몰랐다가 출판계에 들어와
일하면서 귀동냥한 말 가운데 재미난 것이 있다.

　Timing, Target, Title. 이 세 가지가 삼위일체 되어야 비로소 베
스트셀러가 만들어진다는 이른바 '3T의 법칙'이다. 베스트셀러가
되기 위한 전제조건이 세 가지뿐일 리는 없고 최근 몇 년간의 베스
트셀러 중에는 '어휴, 저런 얄팍한 수법으로 순위에 올랐다니 동종
업계 종사자로서 창피하구나' 싶은 책도 다수 있긴 하지만 책을 만
드는 이들이 타이밍, 타깃, 타이틀을 신경 쓰는 것만은 분명한 사
실이다. 구멍가게 수준의 조그만 출판사를 운영하고 있는 나는 베
스트셀러 따위에 관심도 없(다기보다는 엄두가 안 나니까 관심을 끊은
지 오래)고 한 분야의 책만 주야장천 만들기 때문에 다른 건 그다지
고려사항이 아니지만 타이틀, 즉 제목만큼은 오래 숙고하는 편이
다. 이 글을 마주할 독자 중에는 아마 '당신 출판사에서 나온 책들

의 제목을 일별해봤지만 대부분 후지던데'라고 여길 분들도 있을 거라고 생각한다. 그것은 내 감각이 후져서이지 제목에 대한 고민이 깊지 않아서가 아니다. 변명처럼 들리겠지만 그 얘기를 해볼까 한다.

그저 독자일 때만 해도 제목이 별로인 책을 보면 왜 제목을 저렇게 붙였을까 궁금해하곤 했다. 더 근사한 제목이었다면 잘 팔 수도 있었을 텐데. 애초에 작가가 그럴싸하게 짓지 못했다면 담당 편집자라도 나서서 바꿔야지. 하지만 편집자로서 경력이 쌓이고 나니 알겠더라. 그게 반드시 쉽지만은 않다는 것을. 일단 작가가 붙인 제목을 건드리기가 어렵다. 원작의 훼손 운운하는 얘기를 들을까 봐 겁도 난다. 제목을 바꿔서 잘되면 좋겠지만 그러리라는 보장도 없다. 원래 제목 그대로 두면 최소한 욕은 안 먹는다. 찾아보면 이유야 많다. 언젠가 《칼의 노래》를 만든 출판사의 편집장을 만난 적이 있다. 그 자리에서 재미있는 에피소드를 들었다. 《칼의 노래》는 처음 원고를 받아든 편집장이 김훈 선생을 어렵사리 설득하여 제목을 바꾼 거라고 한다. 선생의 차기작이 《현의 노래》였으니 작가 스스로도 바뀐 제목에 만족했다는 얘기이리라. 《칼의 노래》의 원래 제목은 '광화문 그 사내'였다. 로버트 스티븐슨의 모험소설 《보물섬》도 작가가 정한 제목은 '선상의 요리사'였지만 담당 편집자의 강력한 권유로 출간 직전에 바뀌어 호평을 받은 케이스다. '칼의 노래(보물섬)'는 '광화문 그 사내(선상의 요리사)'보다 좋은 제목인가. 두 권 다 명저의 반열에 올랐고 베스트셀러가 되었으니 그런 것 같기도 하다. 하지만 어디까지나 결과론일 뿐이다.

모 사회과학 출판사에 다닐 때의 일이 떠오른다. 제목을 정하는 문제로 저자와 편집자 사이에 의견이 일치하지 않아 고생한 적이 있다. 당시 저자는 모름지기 제목이란 원고의 내용을 오롯이 담고 있어야 한다는 입장이었고, 나는 내용보다 어감이 좋아 독자들이 부르기 용이하고 기억하기 쉬워야 한다는 생각이었다. 결국 저자, 사장, 편집자, 마케터까지 머리를 맞대고 고민한 끝에 모두의 입장이 절충된, 상당히 어중간한 제목으로 귀결되고 말았다.

지금 돌이켜봐도 저자의 주장은 옳다. 저자는 원고로 말하는 사람이다. 제목도 당연히 원고의 내용을 충실히 반영해야 한다. 눈속임은 안 된다라는 것은 저자로서 올바른 자세다. 하지만 독자들이 부르기 쉽도록 한다거나 제목이 주는 인상 자체를 고려하겠다는 편집자의 주장도 틀리지 않았다고 생각한다. 저자가 원고로 말하는 사람이라면 편집자는 책으로 말하는 사람이다. 제아무리 내용을 충실히 반영한 제목이라 하더라도 부르기 어렵고 어감이 나빠서 독자들에게 호응을 얻을 수 없으면 곤란하다.

물론 이 두 가지 요건이 기가 막히게 어우러지는 제목으로 저자와 편집자, 독자까지 삼위일체 된다면 다행이겠으나 무슨 엿장수도 아닌 마당에 세상일이라는 게 그리 녹록지가 않다. 조금 과장해서 말하면 나는 거의 매일 이 문제로 고민하고 있다. 세상에 왜 작명소가 존재하는지 알 것 같은 기분도 든다. 그런 와중에 흥미로운 사실 하나를 발견했다. 제목(이름)이라는 게 처음 지을 때는 마음에 안 들었지만 세월이 흐른 뒤에 보니 '거참 잘 지었네', '탁월한 선택이었잖아' 같은 말을 듣게 되는 일도 종종 있다는 것이다. 언젠가 《제목은 뭐로 하지》라는 책을 읽다가 무릎을 치며 고개를 끄덕인 적이 있다. 인용해본다.

피터 벤칠리는 이렇게 기억한다. '죠스'라는 제목은 나와 편집자가 마지막 순간에, 책이 인쇄에 들어가기 20분쯤 전에 필사적으로 도출한 타협안이었다. 그때까지 100개쯤 되는 제목을 가지고 만지작거렸을 것이다. 백상아리, 상어, 바다괴물의 출현, 죽음의 아가리 같은 제목에다 프랑수아즈 사강을 모방한 '바닷속 침묵' 따위까지. 아버지도 '내 발을 뜯어먹는 게 뭐지' 같은 그럴싸한 제목을 몇 개 제안했지만, 결국 편집자와 나는 마음에 드는 게 하나도 없다는 데 동의했다. 사실 온갖 방식으로 조합된 제목 후보들 속에서 우리가 좋아했던 유일한 '단어'는 아가리, 즉 '죠스'였다. 결국 내가 이렇게 말했던 것 같다. "빌어먹을, 그만하고 죠스로 해버리지요." 그러자 편집자도 말했다. "그렇게 갑시다, 젠장." 아버지는 그 제목을 싫어하셨고, 내 에이전트도 싫어했으며, 아내도 마찬가지였다. 나 역시 썩 좋지는 않았다.

앙드레 버나드, 《제목은 뭐로 하지》

여기서 '빌어먹을'과 '젠장'은 직접 제목을 정해본 경험이 없는 분들은 이해하기가 힘든 매우 미묘한 감흥을 담고 있다. '모름지기 제목이란 원고의 내용을 오롯이 담고 있어야' 하고 '독자의 눈길을 끄는 동시에 호기심을 자극'해야 하며, 움베르토 에코가 얘기한 것처럼 '누구나 알고 있는 뻔한 문장을 분해해 그 순서를 바꿔 다시 조합해야 생각지도 않던 새로운 이미지가 생긴다'는 것쯤은 나도 알고 있지만 안 되는 걸 어떡하란 말인가……. 이런 복잡한 생각들이 손으로 만든 매운 짬뽕처럼 뒤죽박죽 어우러지면서, 마침내 이처럼 저자의 "빌어먹을"과 편집자의 "젠장"으로 집약되고 마는 것이다. 나는 가끔 이런저런 매체에 잡문을 기고하곤 하는데, 기억을 더듬어보니 원고를 보낼 때 제목을 지어서 보낸 적이 거의 없다. 담당 기자나 편집자가 원고를 읽은 후에 제목을 붙여준다. 고로 이 책의 제목 역시 담당 편집자가 정했음을 굳이 밝혀둔다.

24

《갈리아 전쟁기》가 보여준 기획력

나는 강원도 철원에서 말단 소총수로 복무했다. 철책이 있고 확성기가 있는 곳이다. GOP는 여느 부대와 달리 소대별로 떨어져 주둔한다. 일종의 격오지다. PX도 외출도 면회도 없다. 휴가를 제외하면 6개월 동안 한곳에서 꼼짝없이 갇혀 지내야 한다. 하루에 한 번 들르는, 황금마차라는 이름의 과자와 설탕을 가득 실은 버스를 기다리는 일이 유일한 낙이다. 그리고 간혹 도착하는 편지나 소포도. 철책 근무 외에는 달리 할 일이 없기 때문에 마음만 먹으면 책은 얼마든지 읽을 수 있다. 그곳에서 나는 시오노 나나미의 《로마인 이야기》를 읽었다. 출간된 지 얼마 되지도 않은 신간이 부대에 있었을 리 없다. 책은 옛 은사가 보내주었다. 중학 시절에 국어를 가르쳐줬던 분이다. 미인이고, 꼭 그래서는 아니지만 내가 잘 따랐다. 다른 과목에 비하면 국어 성적이 가장 좋았다. 그때 영향을 받아 국문과에 진학했는지도 모른다. 국문과에 들어간 덕분에 출판사를 차렸는지도 모른다. 출판사를 차린 덕분에 오늘 이렇게 《로마인 이야기》에 대해 쓸 수 있는 건지도 모른다. 새삼스러운 얘기지만 인연이란 묘하다.

받은 책은 전부 일곱 권이었다. 나는 그 책을 읽고 또 읽었다. 부대 내에 읽을 만한 책이 적었던 탓도 있지만 2000년이나 지난 케케묵은 역사에서 끄집어낸 단서를 따라 편파적으로 서술해나가는 듯보이는 저자의 박력에 반했기 때문이다. 현장감 넘치는 묘사도 일품이어서 가만히 읽고 있으면 고대 로마의 무너진 돌기둥에 앉아있는 기분이었다는 건 물론 과장이다. 이 책에는 권마다 많은 군인들이 불려 나온다. 상대의 허를 찌르기 위해 알프스를 넘어 이탈리아로 쳐들어간 한니발(2권)도, 탁월한 지략으로 지중해 동쪽 소아시아를 평정한 술라(3권)도 매력적이었지만, 가장 마음을 끈 인물은 4권과 5권에 걸쳐 압도적인 존재감을 자랑한 카이사르였다. 시오노 나나미는 이 책을 비롯한 이런저런 칼럼을 통해서도 카이사르에 대한 애정을 노골적으로 드러낸다. 《로마인 이야기》에서는 '카이사르와 여자'라는 챕터가 흥미롭다. 저자는 카이사르가 왜 여자들에게 그토록 인기가 많았는지, 수많은 여자들과 동시에 사귀었음에도 어떻게 그녀들 중 누구한테서도 원한을 사지 않았는지에 대해 고찰한다. 나는 제대가 까마득한 군인이었지만 그래도 역시 솔깃할 수밖에 없었다. 이런 책이야말로 자기계발서에 포함시켜야 하는 게 아닌가 싶다.

로마 시대 여성들이라고 하면 영화 〈300〉에서 구경할 수 있는 우락부락한 근육질에 터프하게 생긴 얼굴형을 선호했을 것 같은데, 의외로 당시에는 단정한 용모의 꽃미남이 인기를 끌었다고 한다.

폼페이우스나 아우구스투스가 그 기준에 들어맞는 인물이었던 모양이다. 율리우스 카이사르는 꽃 같은 외모와는 거리가 멀었다. 정치적 입지가 탄탄해지기 시작한 40대부터는 머리숱도 눈에 띄게 줄어들었다. 명문가의 자제였지만 집안에 재력이 풍부했던 것도 아니다. 입신한 후에도 늘 빚에 쪼들렸다.

"왔노라, 보았노라, 이겼노라"라든가 "주사위는 던져졌다" 같은, 일류 카피라이터도 부러워할 명언을 다수 남겼던 이답게 '말빨'은 좋았지만 그때는 키케로를 비롯하여 뛰어난 웅변술을 가진 남자들이 발에 차일 만큼 많았으니 이 점도 결정적 사유라고 보긴 어렵겠다. 평범한 외모에 평범보다도 한참 아래를 밑돌았던 재력의 이 남자는 그럼에도 늘 염문이 끊이지 않았다. 당대 최고의 부자였던 크라수스의 아내도, '마그누스(위대한)'라는 영웅의 호칭을 받을 만큼 인기를 누렸던 폼페이우스의 부인도, 미인의 대명사로 회자되는 클레오파트라도 모두 "자기 차례가 오기를 기다리며" 카이사르에게 눈길을 주었다. 그런 와중에 "부르투스, 너마저"에 등장하는 부르투스의 어머니와는 20년 동안이나 연인 관계를 유지했다고 하니 대단하다.

갑자기 카이사르 이야기를 꺼낸 이유가 그의 인기 비결을 알아보고자 함은 아니다. 그는 걸출한 군인이자 정치가였으며 같은 남자가 보기에도 감탄할 정도의 로맨티시스트적 자질을 갖추었지만 정작 내가 부러웠던 대목은 따로 있다. 통찰력을 지닌 문장가로서의 면모다. 시오노 나나미는 여러 차례에 걸쳐서 카이사르가 얼마나 뛰어난 작가였는지를 환기시키고 전쟁의 와중에 카이사르가 직접 기술한 전쟁기를 극찬한다. "지난 2000년 동안 카이사르의 업

적에 관해서는 역사가의 관점에 따라 의견이 달라지기도 하지만 카이사르의 문장에 관해서는 칭찬 일색이었다"라는 식으로.

《로마인 이야기》는 일본에 이어 한국에서도 베스트셀러의 반열에 올랐다. 많은 기획자와 편집자들이 문무를 겸비한 이 사나이의 성취에 감탄했으리라. '그가 썼다는 글을 한 번쯤 구경해봤으면 좋겠다'고 생각한 이도 더러 있었을 것이다. 하지만 나와 같은 필부필부들은 거기가 끝이었다. 찾아봤으면 좋았겠지만 그렇게까지는 하지 않았다. 반면 똑같은 책을 읽고 액션을 취한 누군가도 있다. 사이 출판사의 권선희 대표다. 훗날 그는 이렇게 적었다. "《로마인 이야기》를 뒤늦게 읽기 시작했다. 카이사르와 사랑에 빠져 로마로 달려갔다는 나나미 여사가 《갈리아 전쟁기》에 대해 극찬을 해놓았다. 카이사르가 쓴 책이 있다니 궁금하지 않을 수 없었다. 인터넷을 검색해보니 그가 쓴 책에 대한 자료가 넘치고 넘치고 또 넘쳤다. 읽고 싶어졌다. 다른 사람들도 읽고 싶어 하리라는 기대감이 생겼다."

그렇게 해서 한국에도 《갈리아 전쟁기》, 《내전기》라는 제목으로 카이사르가 쓴 두 권의 책이 어엿하게 출간되었다. 이 글을 쓰기 직전에 나는 다시 한 번 그 책을 뒤적거려보았다. 그러다가 문득 이런 생각을 했다. 똑같은 책을 보며 나는 감탄만 하고 지나쳤지만 그는 이렇게 근사한 책을 만들어냈구나. 2000년 전에 살았던 사람의 책이기에 저작권이 소멸된 귀중한 공유 자산이기도 하다. 이런 게 바로 여러 자기계발서들이 얘기하는 '기획력'이 아닐까. 나 같은 얼치기 기획자에게는 없는 능력이다. 앞으로도 이 책이 '대관절 카이사르의 문장이 얼마나 뛰어나기에'라며 궁금해할 수많은 독자들의 갈증을 해결해주길 바란다. 아울러 카이사르의 인기 비결을 궁금해

책마가 없으면 위기도 없다

할 독자들도 있을 것 같아서 덧붙여두자면, 그런 건 권선희 대표처럼 어렵사리 인터넷에서 자료를 모으지 않아도 《로마인 이야기》에 얼마든지 나와 있으니까 지금 가까운 서점으로 달려가시면 된다.

25

공모전을 노리는 분들께
드리는 팁 1

중학교 3학년에 올라가던 무렵부터였다고 기억한다. 글쓰기에 도움이 될 것 같은 책은 닥치는 대로 읽었다. 소설을 쓰고 싶었다. 잘 알지도 못하면서 장래희망을 조사하는 시험지에 '소설가'라고 적었다. 초등학교 때 과학자가 되고 싶어 했던 것과 비슷한 맥락이었으리라. 좀 더 오래 꿈꿨다는 건 다르지만.

국어국문학과에 적을 두면 소설가가 될 줄 알았다. 하지만 막상 대학에 입학해보니 '용비어천가', '훈민정음', '향가' 같은 것만 가르쳤다. 그게 싫었다는 게 아니다. 소설을 어떻게 쓰는지 배우지 못했다는 것이다. 적어도 전공 시간에는. "쯧쯧, 이놈아, 그런 걸 배우려면 문예창작과에 갔어야지"라는 핀잔만 잔뜩 들었다. 할 수 없다. 혼자 쓰자.

그러나 한 번이라도 '제대로 된 글'을 써보신 분이라면 동의해주겠지만 무작정 책상 앞에 앉아 있다고 해서 글이 써지는 건 아니다. 그런 건 레이먼드 챈들러 같은 대가에게나 가능할 뿐, 얼마간의 물리적인 압력이 필요하다. 도스토옙스키나 발자크 같은 대천재들도 "마감일이라는 존재에 강요당해 이성적인 정신이 어려운 일을 해내고 지금까지 존재하지 않았던 작은 세계를 창조할 수 있었다"고 하지 않았던가.

그러던 중 '소설 습작'이라는 2학점짜리 강의가 있다는 얘기를 들었다. 교양 선택 과목이다. 현직 소설가가 수업을 진행하고 학기 중에 소설 두 편을 써내는 것이 과제라고 한다. 이거다 싶어 당장 신청하고 구상에 들어갔다. 장르는 미스터리. 나는 밤마다 책상에 앉아 갉작갉작 원고지를 채워나갔다. 이상적인 미인과 이해하기 어려운 타입의 범인과 깜짝 놀랄 만한 반전과 도마뱀을 넣어 휘휘 저으면서.

여름밤은 길었다. 하지만 그렇게 보낸 긴긴 밤이 죄다 '뻘짓'임을 깨닫는 데는 탈고하고 채 하루도 걸리지 않았다. 주위의 몇몇 친구들은 단지 도입부를 읽는 것만으로도 범인을 알아맞혀버렸다. 나 혼자만 깜짝 놀란 반전이었던 것이다. 막연히 예상했던 것보다 허들은 훨씬 높았다. 걸려 넘어진 정도가 아니라 까마득해서 보이지도 않을 만큼.

결국 포기하기로 했다. 세상 사람들은 이를 두고 근성이 없다고 하겠지만 애초에 재능도 독서량도 턱없이 부족했다. '언젠가는' 하는 마음가짐으로 후일을 도모하자. 그때부터 마음에 드는 소설을 읽고 나면 작가 약력에 적힌 나이를 유심히 보는 버릇이 생겼다. '이 사람은 나보다 빨리 태어났네. 아직 안 늦었어.' 이런 생각을 하면서.

그런데 재작년부터 본의 아니게 이런저런 공모전에서 심사를 맡을 일이 생기곤 했다. 북스피어가 내는 책이 책이다 보니 아무래도 장르소설을 쓰는 작가 지망생들의 작품을 읽을 일이 많아졌다. 한때 소설가를 꿈꿨던 인간으로서 그들의 작품을 읽다 보면 어쩔 수 없이 부러운 마음이 든다. 세상에 소설을 쓰고 싶어 하는 사람이 이렇게 많구나. 이들은 적어도 나처럼 도망치지는 않았구나.

한편 그와는 별개로 작품을 심사하는 과정에서 생기는 아쉬움도 있다. 물론 몇 편의 습작 경험이 전부인 내가 '당신도 소설을 쓸 수 있다'는 식의 매뉴얼을 설명해줄 수 있을 리 만무하다. 설령 알고 있다 하더라도 나 정도의 인간이 그런 글을 쓰다니 당치도 않은 일이다. 어떻게 하면 좋은 소설을 쓸 수 있느냐. 그 답은 세계문학전집에 전부 나와 있으니까 열심히 읽으면 된다.

다만, 어떻게 해야 좋지 않은 소설을 안 쓸 수 있느냐에 대해서라면 나도 여러 공모전의 심사에 참여하면서 깨달은 바가 조금 있으니 떠오르는 대로 몇 마디 적고자 한다. '너 따위에게 소설 강의를 듣고 싶진 않다'는 분들은 패스하셔도 무방하다. 읽으실 분들이라면 '심심풀이 삼아' 하는 정도로 여기고 고까워하진 말아주시기를. 그럼 슬슬 시작해보자.

1

장면 전환을 위해
전화를 이용하는 것은
피하는 게 좋다　　　　　공모전에 출품된 작품들을 읽다가 "갑자기 전화벨이 울렸다"는 문장을 사용하는 지원자가 많아서 놀랐다.

많아도 보통 많은 게 아니다. 주로 도입부나, 단락 사이에서 드라마틱한 장면 전환을 위해 사용한다. '갑자기＋전화벨이＋울렸다'는 어절의 순서까지 똑같다. 전화기가 발명되지 않았으면 어쩔 뻔했냐고 멱살이라도 잡고 싶었다. 이런 문장을 만나면 그다음 내용을 읽고 싶은 마음이 싹 사라진다. 한순간의 뻔한 연출로 인하여 작품 전체가 부정적으로 인식될 수도 있음을 기억하자.

2

진부한 비유는
피하는 것이 좋다 　　가령 "그는 마치 망부석처럼 앞쪽에 끊임없이 늘어선 차량의 행렬을 입을 꾹 다물고 바라보았다"라는 문장을 보자. '망부석처럼'은 재미도 없고 의미도 없는 비유다. "그는 마치 뱃머리에 서서 불길한 물때를 읽어내는 노련한 어부처럼 앞쪽에 끊임없이 늘어선 차량의 행렬을 입을 꾹 다물고 바라보았다"는 정도의 비유를 구사할 자신이 없으면, 삼가는 게 좋다. 세련된 비유를 쓴다는 것은 쉬운 일이 아니다. 굳이 사용해야겠다면 진부한 비유를 비틀어서 사용하자. '좀처럼 보기 힘든 천사 같은 웃음' 대신에 '평소에는 열리는 일 없는 서랍의 깊숙한 곳에서 *끄집어낸* 듯한 웃음' 같은 식으로 말이다.

3

평범한 보통명사를
제목으로 쓰는 일은
피하는 것이 좋다 　　어떤 소설이든 마찬가지겠지만 특히 신인을 대상으로 한 공모전에서 제목은 중요하다. 한데 의외로 '농담'이 나 '미인' 같은 제목으로 출품하는 경우가 많다. 작품의 내용과 부합 하는가와 상관없이 이처럼 '단순+평범'한 보통명사를 제목으로 사용해버리면 성의가 없다는 느낌을 주기 쉽다. 밀란 쿤데라 정도 의 대가쯤 되면 이런 제목도 얼마든지 심오해 보이겠지만 작가 지 망생에게는 틀림없이 마이너스 요인이다. "산은 산, 물은 물"이라 는 말은 성철 스님이 했으니까 '역시 굉장하구나' 하고 느끼는 거 지, 만약 내가 했다면 '미친놈' 소리나 들을 뿐이다. 내용을 고려하 지 말고 제목을 지으라는 건 아니지만, 어떻게든 읽는 이가 궁금하 게 만들어야 한다.

공모전을 노리는 분들께
드리는 팁 2

모든 공모전의 사정을 두루 알지는 못하니까 일반론을 이야기할 수는 없지만 내가 심사를 맡았던 공모전의 경우 작품의 양에 비해 읽고 판단할 시간은 부족했다. 원고를 대하는 자세도 공정했다고는 말하지 못하겠다. '이건 어디까지나 신인들이 쓴 소설이야, 이 중에서 《카라마조프 가의 형제들》에 버금갈 걸작이 나올 리 없어'라는 선입견이 있었다. 그러다 보니 뻔한 설정이나 허술한 문장이 반복해서 눈에 띄면 읽기를 중단했다. 잔뜩 쌓인 원고들 앞에서 마음이 조급했기 때문이다. 미안한 말이지만 끝까지 읽는 일이 고역이겠다 싶은 소설은 설령 시간이 남아돌았다 해도 읽지 않았으리라. 그런 관점에서 보면 '나는 지금 굉장한 이야기를 하고 있으니까 지엽적인 부분은 신경 쓰지 않겠다'는 자세보다 '나는 아직 대가가 아니니까 구성이나 문장에서 어이없는 실수를 하지 않겠다'는 자세로 공모전에 임하는 편이 낫다고 본다.

이야기를 이어가 보자.

4

명확한 의도 없이
불필요한 묘사로
소설을 시작하는 것은
피하는 게 좋다   '소설이니까 도입부에는 당연히 묘사가
있어야지'라는 식의 응모작이 많았는데, 독자 입장에서는 지루할
뿐이다. 서두는 사람으로 치면 첫인상이다. 우리가 면접에서 첫인
상의 중요성을 강조하듯, 공모전에 출품하는 소설도 첫인상이 중요
하다. 〈과학 하고 앉아 있네〉라는 이름의 팟캐스트도 있던데 소설의
주제와 동떨어진 묘사를 마주하고 있노라면 '문학 하고 앉아 있네'
라는 생각이 든다. 공모전에서 보여줘야 할 것은 '재미있는 이야기'
이지, '나는 지금 문학을 하고 있다'는 포즈가 아니다. 의미 없는 묘
사 대신 궁금증을 불러일으킬 만한 수수께끼로 시작하는 것이 훨씬
효과적일 수 있다. 이를테면 루스 렌들은 《활자 잔혹극》이라는 추
리소설에서 첫 단락 첫 문장에 범인의 이름을 밝힘으로써 독자의
흥미를 이끌어냈다. 이런 소설의 도입부를 눈여겨봐 주면 좋겠다.

5

뻔한 기관을
주요한 소재로 삼는 것은
피하는 것이 좋다   추리소설 공모전의 경우 추리적 분위기를
풍겨야 한다는 강박 때문인지 '국정원'과 '중앙정보부' 같은 기관

이 등장하는 작품이 많았다. 'CIA'와 'FBI'도 있었다. 이런 기관들에 대해 충실히 조사하여 읽는 이의 감탄을 자아낼 정도의 독창적인 묘사가 뒤따른다면 좋겠지만, 영화나 드라마에서 본 내용을 짜맞추어 '적당히 그런 느낌만 주면 되겠지'라는 식의 설정은 곤란하다. 꼭 이런 기관을 등장시켜야겠다면 대중적으로 알려지지 않은 곳을 찾거나 직접 창조하는 방법이 있겠다. 참신한 기관을 등장시키는 것만으로도 좋은 인상을 줄 수 있다.

6

영화의 한 장면을 옮기듯
문장을 서술하는 것은
피하는 게 좋다　　　　당사자가 허락할 리 없으니 하나하나 예로 들기는 어렵지만 '이건 드라마의 지문이 아닌가'라는 의구심이 드는 문장으로 점철된 소설이 많았다. 오로지 주인공의 시선과 행동만을 쫓아 소설을 전개해나갔을 때 벌어지는 일이다. 내가 지금 소설을 읽는 건지 시나리오를 읽는 건지 구별이 안 될 지경이었다. 읽는 이에게 '머릿속에 떠오른 장면을 그냥 옮겨 적었구나'라는 인상을 줄 수 있는 문장은 쓰지 말도록 하자.

7

짧은 장을 반복해서
만드는 일은
피하는 게 좋다　　　　'한 줄 띄어쓰기'나 '1, 2, 3' 하는 식으로
장을 나누는 형식은 자신의 블로그에서 단상을 적을 때나 구사할

일이다. 인터넷 글쓰기에 익숙해졌기 때문인지, 장면의 전환을 문장으로 만들지 않고 단락을 구분하거나 한 줄 띄어쓰기로 처리하려는 응모자가 많았다. 본인이 박민규 작가쯤 되면 "이 냉장고의 전생은 훌리건이었을 것이다"라는 한 문장만 턱 써놓고 "이게 한 단락이다"라고 주장해도 가타부타할 사람이 없겠지만 데뷔를 앞둔 신인이 무턱대고 이렇게 쓰면 역량이 부족해 보일 뿐이다. 실험적인 소설을 쓸 요량이 아니라면 평범한 문장이어도 괜찮으니 단락을 띄지 말고 시간의 흐름과 장면 전환을 서술하는 습관을 기르도록 하자.

8

문맥을 고려하지 않은 유머나 지나친 과장은 삼가는 게 좋다

대부분의 사람들이 자신은 평균 이상의 유머감각을 가졌다고 생각하지만 오늘 트위터나 페이스북을 들여다보면 알 수 있듯 지나친 개그욕심이 관계를 망치는 법이다. 본인에게나 재미있을 뿐이고, 읽는 이에게는 재밌기는커녕 유치하거나 불쾌하게 느껴지지 않으면 다행이다. 과장이나 유머도 천명관 작가 수준으로 구사할 수 있다면 얘기가 달라지지만. 그런데 정말 이렇게 쓸 수 있겠나? "이날 쏟아진 구호 가운데, '벽돌을 못 쓰게 죄다 깨뜨려버립시다!'나, '가마를 부숴버립시다' 혹은 '공장에 불을 질러버립시다!'와 같은 주장은 잔뜩 화가 난 일꾼들 사이에서 일견 나올 법한 얘기였지만 어디선가 튀어나온 '파쇼에게 죽음을! 노동자에게 생존권을!'이나 '재벌독재 타도하여 노동자 천국 이룩하자!'

와 같은 구호는 산골짜기에 있는 벽돌공장에서 써먹기엔 다소 유
난스런 감이 없지 않았으며, '조선민주주의 인민공화국 만세!'나
'수령님의 영도 따라 미제를 박살내자!'와 같은 구호는 다소 수상한
감이 없지 않은 데다 '아름다운 금수강산에 벽돌공장 웬 말이냐!'나
'생태계를 파괴하는 개발독재 물러가라!'와 같은 구호는 다소 때
이른 감이 없지 않았는데, 또 어디선가 느닷없이 튀어나온, '영숙아,
사랑해!'나 '씹할, 그때 홍싸리를 먹는 건데'와 같은 소리는 그야
말로 구호도 아니고 뭣도 아닌, 분위기도 제대로 파악하지 못한 자
들이 내지른 잡소리에 불과했다 아니할 수 없다."

9

글쓴이가 먼저 흥분해서
주관적인 표현을 쓰는 것은
자제하는 편이 좋다　　　예를 들어 "그녀는 말로 표현하기 힘들 만
큼 섹시했다"라는 문장을 보자. 관건은 어떻게 하면 '섹시'라는 단
어를 쓰지 않고 '독자로 하여금 그 여자가 섹시하다고 느끼게 할 수
있을까' 하는 것이다. 이런 대목을 제대로 묘사할 수 있는가 없는가
가 소설의 무게감을 결정한다. "말로 표현하기 힘들 만큼 섹시했다"
는 쓰는 사람만 납득할 수 있는 문장이다. '아름답다', '그림 같다'
고 표현하기 전에 그것이 어떻게 생겼기에 아름다운지, 얼마나 아
름답기에 그림 같은지 독자가 알 수 있도록 설명할 줄 알아야 한다.
　비난이 날아올 것 같으니 이쯤에서 변명을 좀 해두겠다. '이런 것
을 피하라'며 내가 위에서 가타부타한 몇 가지 원칙은 나도 잘 지
키지 못한다. '말로 표현하기 힘들 만큼 섹시하다'라는 식의 문장

을 나 역시 곧잘 사용한다. 하지만 만약 내가 공모전에 소설을 출품한다면 사용하지 않을 자신이 있다. 지금 내가 끼적이고 있는 것은 소설이 아니라 잡글일 뿐이고 어디에 출품하는 것도 아니니까 재수 없게 여기진 말아주시길.

27

공모전을 노리는 분들께
드리는 팁 3

윌러드 헌팅턴 라이트^{Willard Huntington Wright}에 관한 일화로 시작해보자. 그는 문학과 그림, 예술 전반에 걸쳐 해박한 지식을 소유한 평론가였다. 〈로스앤젤레스 타임스〉에서 문학 편집자로 일하기도 했다. 벌이는 신통치 않았다. 모아놓은 재산이 많은 것도 아니었다. 남들보다 더 가진 것이라곤 글 쓰는 재주뿐이었다. 어쩔 수 없이 쓰고 또 썼다. 늘 마감에 시달렸다. 집필 노동이 임계점을 넘은 어느 날 그는 신경쇠약으로 병상에 드러눕는다. 라이트의 작업량을 옆에서 지켜본 이라면 누구든 고개를 끄덕일 만한 결과였다. 담당 의사는 '독서 금지'라는 처방을 내렸다. 다만 미스터리 소설을 읽는 것은 허락했다고 한다.

투병 기간 동안 그는 수천 권에 달하는 미스터리 소설을 독파했다. "현재 살아 있는 사람 가운데 나만큼 미스터리를 많이 읽고 나만큼 주의 깊게 연구한 사람은 없다고 해도 지나친 말이 아닐 것이다"라고 자부했을 정도다. 한편 '이렇게 형편없는 소설들이 팔리다니, 어이없다'고 느꼈다. 그는 자신이 읽은 미스터리 소설이 가진 문제점들을 연구하기 시작했다. 시장에서 호평받는 미스터리 소설들의 결점을 총체적으로 정리하다 보니 더 나은 작품을 쓸 수 있겠다는 자신감이 생겼다.

퇴원하고 이듬해부터 라이트는 잇따라 세 편의 미스터리 소설을 발표한다. 모두 베스트셀러가 됐다. 그는 일약 코난 도일을 잇는 미스터리 소설계의 총아로 떠올랐다. 《그린 살인 사건》은 한 달도 채 안 되어 6만 부나 팔렸다. 이 작품으로 받은 인세가 15년에 걸쳐 원고와 기사를 쓰며 받았던 고료보다 많았다고 한다. 밴 다인이라는 필명으로 더 유명한 그는 자신의 연구와 경험을 바탕으로 '탐정소설을 쓰기 위한 스무 가지 규칙'을 남기기도 했다.

그중 스무 번째 규칙은 이렇게 시작한다. "자존심이 있는 미스터리 소설 작가라면 결코 쓰지 말아야 할 몇 가지 수법을 열거해둔다. 너무나도 자주 쓰여서 미스터리 소설을 사랑하는 독자들에게는 지극히 익숙한 요소들이다. 이것들을 쓴다면 독자에게 무능함과 독창성의 결여를 고백하는 꼴이 된다." 그가 반세기도 훨씬 전에 세운 규칙은 여전히 유효하다. 길지만 뜻이 있는 사람이라면 읽어봐도 좋겠다.

또 공모전 얘기다. 내가 앞의 글에서 'A는 피하는 게 좋다'는 식으로 글을 전개한 이유는 두 가지였다. 하나는 공모전을 위한 소설에 A와 같은 수법이 지나치게 자주 쓰이니까. 다른 하나는 좋은 작가의 좋은 작품을 따라 하기보다 나쁜 작가의 나쁜 작품을 따라 하지 않는 편이 더 효율적일 거라 판단했기 때문이다. 타산지석의 사전적 의미를 잠깐이라도 떠올려주기 바란다.

'A는 피하는 게 좋다'는 것은 대가라면, 아니 대가가 아니더라도 등단한 작가라면 무시해도 상관없다. 진부한 비유, 주제와 동떨어진 묘사, 갑자기 전화벨이 울리는 상황, 얼마든지 써도 무방하다. 그것은 최종적으로 독자가 평가할 문제다. 갑자기 전화벨이 울리는 상황도 납득해주겠다는 독자가 많다면 그게 무슨 대수겠나. 하지만 공모전은 다르다고 생각한다. 잠깐의 실수도 금세 시선을 끌어 부정적인 평가로 이어질 확률이 높다. 되풀이하지만, 심사위원에게 주어진 시간은 짧고 읽어야 할 작품은 많기 때문이다. 장점보다는 단점을 줄일 필요가 있다. 그런 차원에서 마지막으로 다음과 같은 당부를 드리고 싶다.

10

부사(어)의 남발은
피하는 게 좋다

문장에 자신이 없을 때 부사와 형용사를 자주 사용하게 된다. 딱 부러지게 서술하기 어려우니 어물쩍 넘어가려는 것이다. 당연히 문장의 의미가 애매해지고 박자감도 떨어진다. 어떤 글쓰기 책도 부사와 형용사의 사용을 권장하진 않는다. 헤밍웨이의 초기 작품이 높은 평가를 받는 이유 중 하나도 대개의 묘사가 주어, 동사, 목적어만으로 이루어져 있기 때문이다. 쓸모없는 부사(어)를 얼마나 많이 삭제할 수 있느냐가 소설의 성패를 좌우한다고 생각한다.

레이먼드 카버는 《쓴다는 것에 대하여 On Writting》에 이렇게 적었다. "작가 제프리 울프가 문학도들을 향해 '값싼 트릭은 안 된다'고 말하는 것을 들은 적이 있다. 그 말 역시 카드에 적어서 붙여둘 생각이다. 나 같으면 '값싼'이라는 단어도 빼버리겠다. 그저 '트릭은 안 된다'고 한 뒤에 마침표를 찍으면 된다. 트릭이란 결국에는 지겨운 것일 수밖에 없다. 극도로 현란하게 기교를 부린 문장, 또는 시시한 농담 같은 글은 나를 금방 잠들게 만든다. 작가에게는 트릭이나 교묘한 잔머리가 필요 없다."

카버에 관해 알고 있는 작가와 비평가들이 한목소리로 하는 얘기가 있다. 그가 늘 자신이 쓴 문장에서 불필요한 장식을 걷어내기 위해 노력했다는 것이다. 저렇게 지우다가 남아나는 게 없지 않을까 걱정이 됐을 만큼 지웠다고 한다. 오에 겐자부로 역시 3000매짜리 소설을 써놓고 그중 1000매를 삭제하는 일이 다반사였다. 카버나 오에 같은 대가들이 공들여 쓴 문장도 출간 직전에는 3분의 1 넘게 살아남지 못하고 삭제되었다. 프로작가가 아닌 우리의 자세가 어떠해야 할지 자명해 보인다. 나 같은 얼치기 심사위원이 어느 한 대목도 시시하게 여기지 못하도록 과감하게 삭제해야 한다.

최근 일 년가량 일간지에 칼럼을 썼다. 주어진 지면이 200자 원고지로 8.9매(1700자)였는데 주의주장을 전개하기에 넉넉한 분량이 아니었다. 항상 넘쳤다. 뭔가 잘라내야 했다. 이때 가장 만만한 게 부사(어)였다. 쓰기보다 고치는 데 품이 더 들었다. 그런 과정을 몇 번이고 반복한 끝에 깨달았다. 부사(어)가 없어도 문장이 성립한다는 것을. 논지가 분명해진다는 것을. 글이 깔끔해진다는 것을. 소설의 경우도 비슷하지 않을까. 작법서에서 단문이 강조되는 이유도 같은 맥락일 거라고 생각한다.

여기까지가 내가 느낀, '공모전을 위한 소설을 쓸 때 피하면 좋을 몇 가지 것들에 대한 단상'이다. 소설 한 권 출간한 적 없는 인간이 이러쿵저러쿵 너무 떠들었다. 마뜩잖게 여긴 분들도 적지 않았으리라. 다만 이 정도 분량의 글을 읽는데도 같잖은 대목이 눈에 띄더라는 분들께는 몇 날 며칠에 걸쳐 100여 편이 넘는 장편소설을 읽어야 했던 얼치기 심사위원의 심정도 조금쯤 헤아려주었으면 한다는 바람을 전하고 싶다. 나 역시 좋은 공부가 됐다. 다시는 심사위원 같은 걸 하면 안 되겠다는 반성도 했다. 나에게만 유효한 공부가 아니었기를. 모든, 공모전을 위한 소설을 쓰려는 분들의 건투를 빈다.

28

어렵도다, 한글 맞춤법이여

다음 예문을 읽고 물음에 답하시오.

❶ 온갖 나쁜 놈, 치사한 놈, 못된 놈들도 '사실 알고 보면 불쌍해'라는 〈서울의 달〉 비슷한 풍미를 물씬 풍길 뿐더러 ❷ '암, 이런게 세상 사는 이야기지' 하고 감탄하게 만든 〈유나의 거리〉를 뒤늦게 몰아서 시청하느라 이틀 밤을 뜬눈으로 지새웠어요. ❸ 저는 이 드라마를 마저 보고 나갈 테니 두 시간 후에 봬요. ❹ 굉장히 재미있으니까 이번 마감 끝나면 박민지 편집자님도 속는 셈 치고 한 번 보시길.

위 문장에서 띄어쓰기가 틀린 부분을 모두 고르시오.

❶에서 '들'은 '나쁜 놈, 치사한 놈, 못된 놈'을 전부 가리키기 때문에 의존명사로 보고 '못된 놈 들'처럼 띄어 써야 한다. 한편 '~

ㄹ뿐더러'는 그 자체가 어미이므로 '풍길뿐더러'처럼 붙여 쓴다. ❷에서 '게'는 '것이'의 줄임말이므로 '이런 게'로 띄어 쓴다. '것, 것이, 것을'로 바꾸어 써도 무방한 '거, 게, 걸'의 띄어쓰기는 주의할 필요가 있다. ❸에서 '뵈요'는 '뵈+어+요'이므로 '봬요'라고 쓴다. '썸'을 타는 이성(혹은 동성)에게 만나자고 문자 메시지를 보낼 때는 '뵈요' 말고 '봬요'를 쓰도록 하자. ❹에서 '번'은 차례나 일의 횟수를 나타내는 경우 '한 번', '두 번', '세 번'과 같이 띄어 쓴다. 즉 '한번'을 '두 번', '세 번'으로 바꾸어 뜻이 통하면 '한 번'으로 띄어 쓰고, '어떤 일을 시험 삼아 시도함' 또는 '기회 있는 어떤 때'의 뜻으로 사용하려면 '한번'으로 붙여 쓰는 것이 적절하다.

뜬금없지만 이 글을 마주할 독자들도 알아주었으면 하는 띄어쓰기에 대해 몇 자 적어보았다. 10여 년을 공부해온 나도 늘 헷갈리는데('헷갈리다/헛갈리다'는 복수 표준어로 둘 다 맞다) 독자들은 오죽하랴. 더구나 다들 바쁘다 보니 맞춤법에 관한 공부를 따로 할 시간이 있는 것도 아니다. 그렇더라도 요즘에는 트위터나 페이스북, 스마트폰을 사용할 때 순간적으로 올바른 맞춤법과 띄어쓰기가 요구되는 경우가 있으니까 이런 식으로 막간을 이용하여 자잘한 용례를 알아두면 다소나마 도움이 되리라 생각한다.

내가 책을 팔아 먹고살기 전, 일반 독자였을 때 어느 큰 출판사에서 펴낸 신작 소설을 읽다가 꽤 많은 오탈자(와 틀린 띄어쓰기)를 발견한 경험이 있다. 원고지로 6000매가 넘는 소설이었는데, 처음에는 그러려니 넘어갔지만 자꾸 눈에 거슬려서 이내 마음을 고쳐먹고 눈에 띄는 부분을 표시해보았다. 비전문가가 보기에도 대략 열다섯 군데 정도는 치명적이었다. 이를 알려주기 위해 해당 출판사의 게시판에 들어갔더니 어느새 거기에는 독자들의 항의성 글이 빼곡하게 게시되어 있었다. 그에 대한 담당 편집자의 사과 댓글도 드문드문 눈에 띄었다.

책을 팔아 먹고살기 시작한 이후에는 이런 풍경을 더 자주 접하게 되었다. 당연히 편집자에게 교정·교열 실력이 중요하지만, 이런 풍경을 마주하고 있자면 잘해야 본전이라는 생각이 들어서 서글프기도 하다. 가령 재미있는 소설을 읽었다 치자. 제아무리 오탈자 없고 띄어쓰기가 완벽한 책이었다 해도 "와! 이 책은 틀린 대목 하나 없이 깔끔하네"라는 식의 반응이 독자들의 입에서 나오기란 요원하다. 만약 그런 책이 존재한다면 결과물의 몇 퍼센트는 분명히 편집자의 공일 텐데.

오해는 마시라. 독자들에게 그런 칭찬을 듣자는 마음으로 책을 만드는 것은 아니니까. 대다수의 편집자들이 칭찬은 그만두고 인쇄 직전까지 교정지에서 맞춤법에 어긋나는 대목이 발견되지 않기를, '이번에 내가 만든 책에 오탈자가 있으면 어쩌나, 띄어쓰기가 틀렸으면 어쩌나'를 항상 걱정하며 전전긍긍 살아가고 있다. 한데 그런 삶을 사는 와중에 틀리지도 않은 대목에 대하여 '항의에 가까운 지적'을 받으면 아무래도 기분이 좋지 않다. 다른 편집자들은 어떨지 모르겠지만 나는 좋지 않다.

편집자로서의 소양이 부족한 나는 단어나 띄어쓰기가 틀렸다는 지적을 받으면 언제나 겸손한 자세로 그 지적을 수용할 마음이 충만하다. 지적받은 부분은 곧장 체크하고, 잊기 전에 교정용 책자에 표시해두고, 늘 신경을 쓰고, 다음 쇄를 인쇄할 때 틀림없이 반영한다. 애당초 완벽한 문장이 될 때까지 교정·교열을 보고 책을 펴내는 것이 마땅한 일이지만 현실적으로 어쩔 수 없는 측면이 존재한다.

그런데 간혹 출판사 홈페이지에 무척 불쾌한 언사를 곁들여 맞춤법에 대해 지적하는 이들이 있다. 내가 이렇게 지적해줬으니 신간을 한 권 보내 달라는 식으로 뭔가 보상을 요구하기도 한다. 기분 좋은 방법은 아니지만 충분히 그럴 수 있다. 잘못은 출판사가 먼저 했으니까. 문제는 그 지적이 타당하지 않을 때다. 가령 ❶ ❷ ❸ ❹ 는, 내가 편집한 책에서 올바르게 사용했음에도 '이건 틀렸다'며 몇몇 독자가 출판사 게시판에 올린 적이 있는 사례들이다. 확실히 '풍길 뿐만 아니라'에 익숙한 이들에게 '풍길뿐더러'는 띄어쓰기가 틀린 것처럼 보인다.

내 생각은 이렇다. 혹시 책을 읽다가 '풍길뿐더러'의 띄어쓰기가 올바르지 않아 보였다면, 그래서 꼭 출판사에 그걸 알려주고 싶은 마음이 들었다면 먼저 다음과 같은 자세를 가져보자. ❶ 포털의 국어사전에 들어가 '뿐더러'로 검색해본다('뿐더러'와 '뿐만 아니라'의 차이를 알게 된다). ❷ 한국어 맞춤법 검사기를 이용해본다(사이트 주소는 http://speller.cs.pusan.ac.kr). ❸ 이런 절차(❶, ❷)가 귀찮다면 그냥 무시하고 지적하되 동네방네 떠들기보다는 출판사 게시판에 비밀글로 귀띔해주시길('귀뜸'은 틀리고 '귀띔'이 맞다).

변명처럼 들리겠지만, 나도 항상 인쇄에 들어가기에 앞서 '이번 책에서는 절대로 실수하지 않으리라'는 각오로 눈에 불을 켜고 교정지를 읽고 또 읽지만 어찌 된 일인지 제대로 확인하고 넘어갔다 생각한 대목에서 어이없는 오자가 나오는 일이 부지기수다. 그러고 보면 오자는 하늘이 내리는 게 아닌가 싶기도 하고, 인쇄 과정에서 스멀스멀 자동 생성하는 것 같기도 하다. 이 책에도 아마 맞

춤법에 어긋나는 문장 혹은 오자가 있겠지. 어크로스 출판사의 담
당 편집자가 잘 고쳐주리라 믿는다. 끝으로, '띄어쓰기'는 붙이고,
'띄어 쓰다'는 띄어 쓴다. 아아, 어렵도다, 맞춤법의 세계여.

29

책의 마지막 페이지는
왜 4의 배수일까

혹시 당신의 책상에 놓인 책들의 마지막 페이지가 항상 4의 배수로 끝난다는 사실을 알고 계시는지. 253쪽이나 162쪽으로 끝나는 일은 없다. 252쪽이나 164쪽으로 끝나게 마련이다. 이는 인쇄기 한 대에 들어가는 인쇄용지에 한 번에 인쇄할 수 있는 페이지의 수가 4×4쪽이기 때문이다. 그래서 인쇄를 위해 필요한 필름도 4×4쪽으로 출력한다. 본문이 끝나고 뜬금없이 자사의 다른 책 광고가 인쇄되어 있는 경우를 간혹 본 적이 있을 텐데 이건 본문의 편집을 다 마치고도 페이지가 남아서 하는 수 없이 광고나 해당 출판사의 도서목록을 넣은 거라고 보면 된다. 전문용어로는 '대수를 맞춘다'고 표현한다. 대수를 맞추지 못해 마지막이 빈 페이지로 남는 경우도 있다.

나는 휑한 채로 페이지를 남겨두는 게 내키지 않아서 예전에는 거기에다 이스터에그를 빙자한 장난을 치곤 했다. 지금도 포털에

독자와 맺는 물질적인 것들

'북스피어 이스터에그'로 검색하면 확인할 수 있는데, 발견한 독자들이 좋아해 주어서 3, 4년쯤 책을 펴낼 때마다 만들었던 기억이 난다. 어쨌거나 저자는 자기가 쓰고 싶은 이야기를 쓰고 싶은 분량만큼 쓰기 때문에 마지막 페이지가 4의 배수로 나누어떨어지든 말든 신경 쓰지 않는다. 당연하다. 대수를 맞추는 일은 편집자의 몫이다.

대학을 졸업하자마자 들어간 출판사에서 편집자로 일하는 2년여의 기간 동안 나는 '단행본은 항상 4의 배수로 페이지가 끝나야 한다'는 명제에 대해 아무런 궁금증도 가지지 않았다. 그렇게 배웠고 습관적으로 그에 맞게 편집했을 뿐이다. 원리를 제대로 이해한 것은 출판사를 차리고 나서다. 내 손으로 직접 필름을 출력하고 인쇄기가 돌아가는 모습을 지켜보며 비로소 왜 그런지 알게 되었다. 편집자로 책상 앞에 앉아만 있을 때는 몰랐던 사실이다.

책이란 저자가 원고만 쓰면 '펑' 하고 만들어지는 줄 아는 독자도 있을 텐데(나도 그런 독자 가운데 한 명이었다) 결코 그렇지 않다. 집필보다 어렵다고야 할 수 없겠지만 집필 이후의 과정도 지난하긴 마찬가지다. 책은 집필-편집-제작의 단계를 거쳐 만들어진다. 곤충으로 치면 머리-가슴-배와 같은 구성이다. 이때 집필은 저자가, 편집은 편집자가 하고, 제작은 출판사의 규모에 따라 다르다. 전담 제작자가 있거나 마케터 혹은 디자이너가 담당하기도 한다. 작은 규모라면 편집자나 사장이 맡는다. 나는 제작의 원리를 알게 된 이후 책을 바라보는 시각이 넓어졌다고 할까, 편집자가 제작을 알아 두면 다양한 아이디어를 구현해볼 여지도 많아지는 등 여러 모로 유익하다고 생각하게 되었다.

다만 제작을 제대로 알게 되기까지는 현실적인 어려움이 따른다. 제작에 관한 공부를 위해서는 제작처, 그러니까 제지업체나 인쇄소를 여러 번 방문하여 직접 보고 느끼는 과정이 필요한데 내 경험에 비추어보면 편집자가 필자를 만나거나 서점을 방문하는 것보다 제작처에서 담당자를 만나 뭔가를 배우기란 쉽지 않다. 접근성 문제도 있고 예전에는 '책상물림이 왜 여기 와서 귀찮게 하느냐'며 묘하게 배타적으로 굴기도 했다.

그러고 보니 출판사를 차리고 얼마 지나지 않아 400그램짜리 용지를 인쇄할 일이 있어 고민했던 기억이 난다. 일반적으로 단행본 출판사에서는 80그램이나 120그램짜리 종이를 사용하니까 400그램이면 이만저만 두꺼운 종이가 아니다. 창업하고 열 번째로 만든 책에 사용할 박스용 종이였는데 기존에 거래가 있던 인쇄소에 의뢰했다가 거절당했다. "그렇게 두꺼운 종이를 인쇄하려면 기계를 전부 다시 세팅해야 하는데 그게 상당히 귀찮은 일"이라는 것이 이유였다. 꽤나 쌀쌀맞고 매정한 답변이었다. 하긴 당시의 북스피어는 겨우 아홉 종의 책을 낸, 언제 망해도 이상하지 않을 출판사였으니까 인쇄소 입장에서 따져보면 매출에 도움이 되지 않는 존재였다. 게다가 문제의 용지는 분량이 적어서 찍어봤자 마진이라곤 전혀 남지 않으니 거절해도 할 말은 없다.

어쨌거나 그건 인쇄소 사정이고 나는 난감했다. 지금처럼 알고 있는 거래처가 많았던 것도 아니다. 겨우 한 군데 인쇄소와 안면을 튼 상황이어서 달리 알아볼 만한 데도 마땅치 않았다. 어떻게 해야 하나 고민하던 중에 우연히 A출판사에 놀러 갔다가 마침 거기에 와있던 B인쇄소 직원과 만나게 되었다. 단행본은 본격적인 제작에 들어가기 전에 시험 인쇄를 하는데 인쇄소에서 막 인쇄한 접지물을 출판사에 전해주기 위해 들고 왔던 모양이다.

A출판사는 한해 매출액이 북스피어와는 도저히 비교가 되지 않을 만큼 큰 출판사고, 이런 거래처를 다수 확보한 B인쇄소에서야 아쉬울 게 없으니 뭐하러 이문도 남지 않는 번거로운 작업물을 인쇄해주겠나 싶었지만, 나중에 단둘이 얘기할 기회가 있을 때 슬쩍 "제가 400그램짜리 종이를 찍을 수 있는 인쇄소를 찾지 못해서 애를 먹고 있는데" 하고 말을 꺼내보았다. 그러자 B인쇄소 직원은 인쇄물이 어떤 용도로 쓰이는지, 찍어야 할 분량이 얼마나 되는지 등을 체크하더니 사람 좋은 얼굴로 "별거 아니네요, 이번 주말까지 해드릴게요"라고 시원시원하게 말해주었다. 그러더니 정말 후다닥 찍어서 며칠 후에 인쇄 샘플을 직접 사무실로 가져왔다. 담당자는 그 인쇄소의 상무라고 했다.

상무라면 꽤 높은 직책 아닌가. 그래서 그런 건지 데이터를 넘겨주고 샘플을 받을 때까지 B인쇄소의 누구로부터도 "귀찮다"든가 "번거로운 일"이라는 식의 싫은 소리는 듣지 않았다. 샘플이 도착했을 때 나는 그간의 마음고생을 떠올리며 눈물을 흘렸……는 건 과장이지만 상당히 감격한 것만은 사실이다. 2007년 무렵의 일이다. 이후로 나는 B인쇄소와 거래를 해오고 있다. 그사이에 제법 많은 책을 만들어서 출간종수도 100종가량 되었고 종수가 늘어남에 따라 여러 인쇄소로부터 (심지어 맨 처음 400그램짜리 종이를 찍어줄 수 없다던 곳까지) 일거리를 좀 달라는 부탁을 받았지만 꾸준히 B인쇄소에 일을 맡긴다. 왜냐하면 지금으로부터 8년 전 내가 변변찮아 보이는 출판사의 대표로 곤란한 상황에 처했을 때 두말없이 도와

주었기 때문이다. 인생에서 이런 사례들은 꽤 빈번하게 발생하는 듯하다. 보답을 받기 위해 도와주는 건 아니지만 도와주면 언젠가는 좋은 일도 생긴다. 그런 이유로 다른 업체와 관계를 맺을 때는 가급적 그 일을 되새겨보곤 한다.

30

대관절 파본은
왜 만들어진단 말인가

며칠 전 아침에 일어난 일이다. 어느 독자가 출판사로 전화해서 "내가 너네 책을 샀는데 파본이더라. 중간까지 읽다가 김 빠져서 그만 읽기로 했다. 어떻게 책을 이 따위로 만들 수 있느냐"며 상기된 목소리로 불쾌함을 표시했다. 일단은 사과했다. 그러고는 구입한 서점에서 교환해주십사 부탁을 드렸다. 그래도 내내 기분 나쁘다는 어조였다. 진심으로 미안했다. 파본은 전적으로 출판사가 책임을 져야 할 문제다. 그럼에도 조심스럽게 변명을 하자면 얼마간 불가피한 측면이 있다. 그 얘기를 해볼까 한다. 말로 하면 금방인데 글로는 어떨지 모르겠다. 최선을 다해보겠다.

일단 샘플부터 구경하자. 오른쪽 사진은 로저 젤라즈니의 《별을 쫓는 자》다. 자세히 보면 거꾸로 인쇄된 16쪽 다음에 제대로 인쇄된 17쪽이 나온다. 이것은 1~16쪽까지 열여섯 페이지가 제본 과정에서 뒤집혀 섞여 들어갔기 때문에 생긴 현상이다. 이 경우는 섞 첫 장부터 16쪽까지가 뒤집혀 들어간 파본.
파본은 대개 열여섯 페이지씩 잘못되어 있는 경우가 많다.

여 들어갔으니 그나마 다행이라고 할까. 중간에 열여섯 페이지가 빠져버린 경우도 있다. 미스터리 소설을 읽다가 한창 정점에 이르렀는데, 마지막 범인이 밝혀지는 부분의 페이지가 온데간데없이 사라졌다면. 아아, 상상만으로도 불쾌한 기분이 스멀스멀 솟구치는 듯하다. 여하튼 '1쪽부터 16쪽까지 열여섯 페이지'라는 대목을 눈여겨봐 주시길. 일반적으로 열여섯 페이지씩 빠지거나 뒤집히거나 한 번 더 인쇄돼 있는 경우가 많다.

그럼 대관절 왜 이런 책이 만들어지는가. 앞서도 말했지만 당신은 혹시 모든 책의 마지막 페이지가 4의 배수로 끝난다는 사실을 알고 계셨는지. 지금 아무 책이나 펼쳐보시라. 마지막 페이지가 4로 나누어떨어질 것이다. 그 이유는 인쇄 전 필름의 출력 방식 때문이다. 필름을 직접 보면 이해가 더 빠르겠다. 아래 사진은 덴도 아라타의 《영원의 아이》 필름이다. (《별을 쫓는 자》의 필름 사진을 찍지 못해서 《영원의 아이》 때 찍은 필름 사진으로 대체한다. 어차피 만드는 방식이 같기 때문에 똑같다고 보면 된다.) 열여섯 페이지가 한 장의 필름에 출력된다.

책을 인쇄할 때 사용하는 필름. 본문 열여섯 페이지가 한 장의 필름에 들어간다.

가령 마지막 페이지가 160쪽에서 끝나는 단행본이라면 열여섯 페이지가 인쇄된 필름 열 장으로 이루어진다. 하지만 출판사에서 필자에게 "저기, 선생님. 저희가 필름 출력을 위해서 페이지를 맞춰야 하니까 160페이지에서 딱 끝나도록 집필해주세요" 하고 주문할 수는 없다. 여기서 질문 하나. 그렇다면 본문을 편집할 때 마지막 페이지가 158쪽이나 159쪽에서 끝나면 어떻게 해야 할까. 그럴 경우 글자를 키우거나 줄 간격을 늘이는 식으로 편집하여 페이지를 160페이지로 맞춘다. 혹은 남는 페이지에 자사 책 광고를 넣기도 한다. 읽기를 마쳤는데 본문이 끝나지 않고 뜬금없이 자사 책 광고 페이지가 들어가 있는 것을 본 기억이 있지 않나. 혹은 빈 페이지로 남겨두기도 한다.

하지만 한두 페이지를 늘이거나 줄이는 게 아니라 다섯 페이지나 열 페이지 정도를 늘이거나 줄여야 할 때도 있다. 이럴 경우 열여섯 페이지를 기준으로 맞추는 게 아니라 여덟 페이지나 네 페이지를 기준으로 맞춘다. 즉 열여섯 페이지짜리 필름에 여덟 페이지

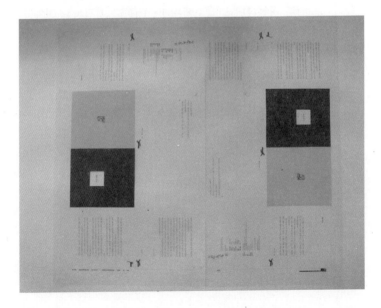

필름 한 장에 본문 열여섯 페이지가 들어가기 때문에 사진처럼 여덟 페이지를 두 번 넣기도 한다.

를 두 번 찍는 것이다. 이를 '돌려찍기'(업계 용어로는 '돈땡')라고 한다. 가령 어느 독서 모임에서 A4 사이즈 종이에 주소록을 인쇄한다고 가정해보자. 모임의 인원은 총 여덟 명. 전부 기록해도 A4 용지의 반도 채우지 못했다면 어떨까. A4 용지 여덟 장을 복사해서 나눠줄 수도 있지만 A4 용지 위쪽 절반에 여덟 명의 주소를, 아래쪽 절반에 여덟 명의 똑같은 주소를 기록해서 네 장만 출력한 다음 반을 잘라 나눠주면 용지를 아낄 수 있는 것과 비슷한 원리다. 여하튼 이렇게 출력된 필름을 인쇄하면 열여섯 페이지가 한 묶음인 인쇄물을 얻을 수 있는데 이 한 묶음씩을 '한 대'라고 한다. 첫 대는 1~16쪽, 두 번째 대는 17~32쪽, 세 번째 대는 33~48쪽, 네 번째 대는 49~64쪽. 이렇게 열여섯 페이지씩 접지가 되는 것이다. 신간을 3000부 찍었다면 인쇄소에는 1~16쪽까지 접지된 인쇄물이 3000개, 그다음 17~32쪽까지 접지된 인쇄물이 또 3000개 하는 식으로 쭉 쌓인다. 이 인쇄물들을 차례대로 하나씩 빼서 한 권의 책을 완성한다. 문제는 여기서 생긴다. '이 인쇄물들을 차례대로 하나씩 빼서' 작업하는 와중에 접지물이 섞이기도 하고 떨어진 접지물을 다시 벨트에 올리기도 한다. 게다가 한 번 제작할 때 책을 몇천 부씩 만들다 보니 그중 한두 권은 접지물이 거꾸로 들어가는 경우가 생긴다. 안타까운 일이다.

　다만 이런 종류의 파본은 2000~3000권 가운데 소수의 몇 권일 확률이 높다. 희귀하다는 얘기다. 물론 원칙적으로는 모든 책의 제작이 끝났을 때 출판사(혹은 제본소)에서 직접 한 권 한 권 확인하면서 '검책'을 하는 게 맞다. 하지만 매번 몇 천 권이나 되는 책을 일일이 넘겨서 살펴볼 수가 없다는 현실적인 문제가 있다. 이는 규모와

제본되기 전 단계인 접지물. 본문 열여섯 페이지씩이 한 묶음으로 되어 있다.

상관없이 모든 출판사가 마찬가지일 것이다. 노파심에서 되풀이하자면 '그러니까 읽는 데 지장 없으면 거꾸로 인쇄된 책도 그냥 넘어가자'는 말을 하려는 게 아니다. 책을 잘못 만들었으니 출판사는 욕을 먹어 마땅하다. 다만 현실적으로 어려운 부분이 있다는 변명이었다. 대신 파본은 책을 구입하신 서점에 요청하면 신속하게 교환해준다. 출판사에 연락하면 오히려 책을 더 늦게 받을 수도 있다. 해당 책이 출판사에 있으면 다행인데 전부 창고에 들어가 있는 경우도 있으니까. 결코 귀찮아서 '서점에서 교환하시라'고 말씀드리는 게 아니라는 점을 알아주시길 부탁드린다.

31

판권 페이지에 관하여

판권版權

1. 〈법률〉 저작권법에 의하여 인정된 재산권의 하나. 도서 출판에 관한 이익을 독점하는 권리로 저작권자가 출판물을 맡은 사람에게 설정한다.

2. 〈출판〉 [같은 말] 판권장(책의 맨 끝 장에 인쇄 및 발행 날짜, 저작자·발행자의 주소와 성명 따위를 인쇄하고 인지를 붙인 종이).

        북스피어 책의 판권 페이지에 관한 문의를 몇 번 받았다. 예전에 한번 정리해두려고 했는데 귀찮다는 핑계로 계속 미루다가 마침 독자 한 분이 댓글로 물어보시기에 이참에 간단히 기록해두기로 한다. 어차피 남아도는 게 시간이니까.

판권 페이지란 책의 서지사항과 저작 및 출판권에 관해 기록해둔 면面을 말한다. 책의 맨 앞이나 맨 뒤에 배치하는데, 그 위치는 출판사가 정한다. 언젠가 출판 관련 수업 도중에 "왜 어떤 책은 판권 페이지가 앞에 있고 어떤 책은 뒤에 있나요"라는 질문을 받은 적이 있다. 전통적으로 영미권 도서는 앞에, 일본어권 도서는 뒤에 있는데, 한국은 일본의 영향을 받아 과거에는 대부분 권말에 판권 페이지를 인쇄했으나 최근 몇 년 사이 권두에 인쇄하는 출판사들도 많아진 것으로 안다.

판권 페이지에는 저작권을 존중하자는 차원에서 저작권자의 이름이 맨 위에, 그 아래로 출판권자와 출판사 주소, ISBN 등이 들어간다. 저작권과 출판권을 위해 꼭 필요한 내용 이외에도 발행 부수라든가 출판에 참여한 스태프의 이름을 넣어 출판사의 개성을 드러내는 책들이 많아졌다. 바람직한 일이라 사료된다.

스태프가 너무 많을 경우 발행인의 이름만 넣기도 하는데, 북스피어는 출판에 참여한 스태프와 협력업체 들의 이름을 전부 기재하는 걸 원칙으로 한다. 이야기가 잠깐 옆으로 빠지지만 예전에 출판사에 다닐 때 내가 만든 책에 내 이름이 안 들어간 적이 있었다. 그때는 기분이 좋지 않았다. 내가 만든 책이란 느낌도 들지 않았다. 그래서 이다음에 출판사를 차리면 판권 페이지에는 반드시 관련된 모든 사람의 이름을 넣자고 다짐했다……라는 건 그때 출판사를 창업할 생각은 꿈에서도 해본 적이 없으니까 그냥 해본 소리다. 여하튼 판권 페이지에는 해당 책을 만드는 데 기여한 사람의 이름을 전부 넣는 게 좋지 않을까 싶다. 물론 이건 그냥 개인적인 의견일 뿐이니까 그렇게 하지 않는 출판사 분들이 기분 나빠하지 않았으면 좋겠다.

북스피어의 판권 페이지가 좀 특이한 점이 있다면 독자교정에 참여한 분들의 이름을 넣는다는 것과 '쇄'를 명시한 부분이리라.

'쇄'에 관해 설명하기 위해 다시 사전을 찾아보았다.

쇄刷

같은 책의 출간 횟수를 세는 단위.

판版

책을 개정하거나 증보하여 출간한 횟수를 세는 단위. 1판은 초판, 2판은 중판 또는 재판이라고도 한다.

간혹 '판'과 '쇄'의 개념을 혼동하여 쓰기도 하는 듯하다. 간단히 말해 '1판1쇄'로 인쇄한 책을 또 찍기 전에 책의 내용을 대폭 개정하여 필름을 다시 출력하면 2판이 되고, 내용의 수정 없이 증쇄를 했을 경우는 2쇄가 된다. 그러니까 (내용을 수정하지도 않았는데) '출간 즉시 재판 돌입!' 같은 문구는 잘못된 표현이다.

초판(1판1쇄)을 찍을 때의 제작 부수는 정해져 있지 않다. 출판사가 손익 분기를 고려하여 알아서 찍으면 된다. 많이 찍어도 되고 적게 찍어도 상관없다. 초판이 500부가 될 수도 있고, 5000부가 될 수도 있다. 증쇄의 경우도 마찬가지다. 1000부를 다시 찍어도 2쇄고 단 100부만 다시 찍어도 2쇄다. 그러니까 쇄가 많다고 그 책이 '반드시' 많이 팔렸다고는 볼 수 없다.

예전에는 쇄가 많으면 독자들이 많이 팔린 것처럼 느낀다고 여겨서 그랬는지 1쇄, 3쇄, 5쇄 하는 식으로 2쇄, 4쇄는 생략하고 찍기도 했다고 한다. 요즘에도 그러는지는 모르겠다. 독자들이 판권 페이지의 '쇄' 부분을 얼마나 주의 깊게 보는지도 잘 모르겠다(혹시 대부분 주의 깊게 보는데 나만 까맣게 모르고 있었던 걸까?). 나야 업자니까 책을 손에 들면 반드시 판권을 먼저 보긴 하지만.

이때 1쇄를 찍고 증쇄할 경우 오탈자나 내용의 변화가 없다면 2쇄를 찍기 전에 판권 페이지만 따로 필름을 출력해야 한다. 대수가 딱 떨어지지 않아서 '돈땡 혹은 돌려 찍기'를 할 때는 이를 감안하여 판권 페이지 필름을 두 장 출력해야 한다(나중에 착각하고 한 장만 출력하기도 한다). 아무튼 이게 의외로 번거로운 작업이다.

출력한 필름은 전체 열여섯 페이지 가운데 판권 페이지 부분에 붙인다. 지금이야 데이터만 전송하면 각 제작처에서 필름을 가져다주기도 하지만 예전에는 필름 출력소에서 직접 인쇄소에 가져다줘야 했다. 아니면 택배로 보내든가. 그래서 북스피어가 어떻게 하기로 했냐면.

쇄 부분에 10 9 8 7 6 5 4 3 2 1을 쭉 늘어놓고 증쇄를 할 때 따로 필름을 뽑을 필요 없이 1부터 지워가는 형식으로 만들기로 했다. 필름을 직접 볼 수 있다면 이해가 더 빠를 텐데 필름에서 필요 없는 부분을 칼로 긁어내면 인쇄할 때 나타나지 않는다. 그 점을 감안해 10 9 8 7 6 5 4 3 2 1쇄를 쭉 늘어놓은 것이다. 2쇄를 찍을 경우 인쇄소에 '1'을 지워주세요하고 전화만 하면 되니 퍽 간단하다. 단, 발행일을 표기할 수 없다는 단점이 있다.

혹시 왜 1 2 3 4 5 6 7 8 9 10쇄가 아니라 10 9 8 7 6 5 4 3 2 1쇄인지는 군이 설명하지 않아도 이해하셨으리라 본다. 왠지 이것조차도 어째서인지 모르겠다는 분들이 계실 것 같은데……. 그럼 그냥 설명할까. 아니, 역시 귀찮으니까 관둔다. 그럼 10까지 다 지우면 어떻게 되나(정확하게는 '9까지 지우면 어떻게 되나' 라고 물어야겠지).

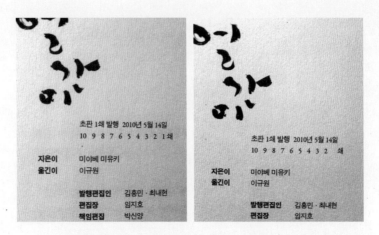

왼쪽은 《얼간이》의 1쇄 판권 페이지. 필름상에서 숫자 '1'을 지우는 방법으로 오른쪽과 같은 2쇄 판권 페이지를 인쇄한다.

어떻게 되긴 뭐가 어떻게 돼, 판권 페이지 필름을 다시 뽑아야지. 이번에는 20 19 18 17 16 15 14 13 12 11쇄…… 이렇게.

아직까지 북스피어는 10쇄까지 찍은 책이 단 한 권도 없기 때문에 그런 귀찮은 일을 겨우겨우 피하고 있으며 앞으로도 그런 귀찮은 일은 일어나지 않기를 내심 바라고 있다. 써놓고 보니 상당히 우울한 농담이다.

이런 방식은 영미권 원서를 보다가 발견했다. 처음에는 나도 대관절 이게 뭔가 싶었지만 이리저리 궁리하다가 무릎을 탁 치며 감탄하고 말았다. 이런 방법이 있었단 말인가. 전 고려원 편집장으로부터 옛날에는 고려원도 그렇게 하다가 관두었다는 얘기를 들은 적이 있다. 그러나 한국에서 인쇄된 책 가운데 내가 직접 확인한 바는 없다.

요즘에는 북스피어도 대부분의 책을 CTP 방식으로 출력하기 때문에 이런 설명은 본사에서 적어도 일 년 전에 나온 책들에 해당되겠다. 말이 나온 김에 설명하자면, CTP란 '편집→필름 출력→인쇄'의 과정을 거치던 종래의 방식에서 '필름 출력'을 생략하고 곧바로 인쇄판을 만드는 방식을 말한다. CTP^{Computer To Plate}는 예전에는 잡지나 신문 등 한 번만 인쇄하면 되는 출력물에만 사용했으나 최근에는 상당수 단행본 출판사들도 CTP 방식으로 책을 만든다. 필름 출력비를 절약할 수 있고 따로 필름을 보관하는 번거로움이 없다는 이점이 있다. 한편, 초판을 찍은 후에 2쇄를 찍는 책들이 그만큼 줄어들었기 때문이기도 하다. 쇄를 거듭하는 책이 줄어들었다니, 필름을 뽑지 않아서 제작비가 아무리 줄어든다 해도 그다지 즐거운 얘기는 아니다.

"우리는 좀 더 소심해져야 한다"

정은숙 마음산책 대표 인터뷰

대학에 다닐 때 알고 지낸 선배 얘기를 한 자락 해볼까 한다. 내가 입학했을 때 그는 대학원생이었다. 나보다 여덟 살 많았다. 까마득 했다. 말을 붙이기도 쉽지 않아 보였다. 한데 의외로 쉽게 친해졌 다. 나뿐만이 아니다. 동기와 선배, 훗날 입학한 후배 들과도 격의 없이 지냈다. 학내에서 어려운 일이 생기면 가장 먼저 떠오르는 사 람이었다. 이유가 뭘까. 다들 그의 어떤 모습에 그토록 끌렸을까. 면밀히 관찰(이라고까지 얘기하면 조금 우습지만)해본 결과 나는 그가 다른 이들과 다르게 인사한다는 사실을 알게 되었다.

강의실을 이리저리 옮겨 다니다가 혹은 도서관에 책을 빌리러 가 는 도중에 누군가를 만났을 때 우리의 인사는 대개 정해져 있었다. "밥 먹었어?" 혹은 "오늘 수업 있어?" 이것은 딱히 그(녀)가 밥을 먹 고 다니는지, 오늘 수업이 있는지 궁금해 죽겠어서 물어본 거라기보다 그저 바람처럼 스치는 말일 뿐이다. 영어로 치면 "Hello"나 "Good Morning" 정도가 되겠다. 때문에 질문을 받은 상대방도 적당히 대답하고 만다. "응, 대충"이라거나 "어, 있어"라는 정도로.

선배는 그러지 않았다. 누군가를 만나면 상당히 구체적인 질문으로 인사했다. "너, 오늘 생일이지? 미역국 먹었어?" "요즘 아르바이트 구한다며? 내가 생협에 알아봐줘?" 늘 이런 식이었다. 마치 드라마《미생》의 한석율처럼, 자기 주변에 있는 사람들에 관해 모르는 게 없었다. 대수롭지 않은 표정으로 지나가듯, 하지만 다정하게 물어봐준다. 무슨 사해동포주의자도 아닌 마당에 어떻게 그럴 수 있지? 누군가는 그의 책상 앞에 커다란 달력이 붙어 있다고 했다. 거기에 날짜별로 주변 사람들의 근황이 다닥다닥 기록되어 있다고.

정은숙은 여우다

사회에 나와서 선배와 닮은 사람을 만났다. 아니, 연배는 이쪽이 더 많으니까 닮았다고 하긴 좀 그런가. 아무튼 비슷한 부류의 인간이라 하겠다. 적어도 내가 지근거리에서 관찰(이라고까지 얘기하면 역시 조금 우습지만)한 바에 따르면 그렇다.

그는 늘 구체적으로 인사를 건넸다. 마치 그것이 삶의 중요한 목표이기라도 한 것처럼. 내가 아무리 노력해도 손에 넣을 수 없는 '재주'에 가까워 보였다. 어쩌면 그런 '재주'가 오늘의 마음산책을 만든 게 아닐까. 당사자에게는 어이없이 들릴지도 모르지만 정은숙 대표를 인터뷰해달라는 청탁을 받자마자 내 머릿속에 떠오른 의문이다.

인터뷰 준비를 위해 이리저리 인터넷을 뒤적이다 보니 남궁산 선생이 쓴 칼럼이 눈에 띈다. 지금으로부터 10년 전, 그는 이렇게 적었다. "정은숙은 '여우'다"라고. 아아 여우라니, 두말없이 한 표를 던지고 싶어지는 비유다. 그렇게 느꼈던 게 나뿐만은 아니었구나.

"지인들은 그를 이렇게 부른다. 물론 좋은 의미로 말이다. 맵시 있는 옷차림에 자신감이 묻어 있는 야무진 표정, 똑 부러지는 행동거지와 지혜로운 처신, 그러나 타인에게 자신을 잘 드러내지 않는다. 특히 일에 있어서 그는 균형 감각을 가지고 있는 프로다." 과연.

굳이 따지자면 이것은 "매우 교활한 사람"을 이르는 사전적 의미로서의 '여우'가 아니라 "여우하고는 살아도 곰하고는 못 산다"에 나오는 속담적 의미로서의 '여우'에 가깝다고 하겠다.

한편으로 "타인에게 자신을 잘 드러내지 않는다"는 말에도 한 표. 이것은 사생활을 노출하지 않는다는 것과는 다른데, 아마도 그의 어린 시절과 관계가 있는 듯하다. 일단은 거기서부터 시작하기로 했다.

'글 쓰는 사람'이 되고 싶었다

'정은숙은 어떤 아이'였는지 물었다. '자폐에 가까웠다'고 한다. 이 경우는 사전적 의미의 자폐가 맞다. 현실과 동떨어져 자기 내면에 틀어박히려는 심리다. 중학교 1학년 때까지는 집에 손님이 오면 다

ⓒ 곽민혜

정은숙 마음산책 대표.

락방에 숨어서 내려오지도 않았다고 한다. 손님이 오지 않아도 그는 많은 시간을 다락방에서 보냈다. 그 좁은 공간에서 무언가를 읽거나 그렸다. 《소공녀》 같은 책도 그때 훌쩍이며 읽었을 게 틀림없다.

아버지는 공무원이었다. 공무원이 잡지 구독과 무슨 상관이 있는지는 모르겠다만, 그의 집에는 이런저런 잡지가 많이 배달되었다. 늘 쌓여 있었다. 〈새농민〉 같은 전문지부터 〈주부생활〉 같은 여성지까지. 그 잡지들을 보며 무엇을 했을지 상상하는 건 그리 어렵지 않아 보인다. 다만 다락방에 배를 깔고 엎드린 채로 다리를 까닥거리며 〈새농민〉을 읽고 있는 어린 여자아이의 모습을 상상하니 살짝 웃음이 난다.

집안에서는 막내였다. 오빠도 있었지만 기질은 언니와 잘 맞았다. 언니는 일찍부터 시를 썼다. 그가 언니로부터 받은 영향은 크고 넓다. 심지어 언니는 그가 다닌 대학의 선배였다. 그가 대학에 들어갔을 때 언니가 같은 학교 대학원의 조교였다. 언니는 늘 문학에 대해, 글쓰기에 대해 많은 얘기를 해주었다고 한다. 본인이 읽고 깊은 인상을 받게 되면 반드시 동생에게도 권해주었다.

어린 시절부터 읽어온 잡다한 잡지들, 언니로부터 영향을 받은 책 읽기와 글쓰기, 이런 것들이 복합적으로 어우러져 그는 막연하게 '글을 쓰는 사람'이 되고 싶었다고 한다. 언니가 영문학을 공부하고 있으니, 자신도 영문과나 불문과 진학을 꿈꿨다. 하지만 어느 날인가 언니가 "문학도 좋지만 이왕이면 사회에 효용 있는 글을 쓰는 데 도움이 되는 전공을 찾아보는 것도 괜찮겠다"고 조언해 주었다.

자기 내면에만 갇혀 있지 말고 밖으로 나와보라는 뜻이었을 거라고, 정은숙 대표는 담담하게 말했다. 그는 뭐가 뭔지 모르는 채로 막연하게 '그렇다면 기자는 어떨까' 하는 생각을 했다. 세상과 사회에 대해 발언하고 글을 쓰는 직업이다. 요즘은 '기레기' 같은 말도 난무하는 모양이지만.

어쨌거나 이를 위해 정치외교학과에 진학했다. 그의 전체 이력에서 다소 어울리지 않는 행보였다 싶었는데. 궁금증이 풀렸다.

누구를 만나든 집중한다

이쯤에서 물어보았다. '정은숙은 여우다'라는 세간의 평가에 대해 어떻게 생각하는지. '그렇지 않아요'라며 손사래 칠 줄 알았는데 의외로 웃으면서 고개를 끄덕인다. 여우가 맞단다. 그는 '뭐 어때'가 잘 되지 않는 인간이다. 무슨 얘기냐. 잘못되면 어때, 잘 안 되면 어때, 이런 게 안 된다. 시작했으면 잘해야 한다. 실수하면 안 된다. 잘못이라는 말은 100명 중 한 명에게도 듣기 싫다.

완벽주의자가 되겠다는 게 아니다. '못했다'는 말을 듣는 게 두려운 거다. 두려움을 이기기 위해 강박적으로 사전준비에 집착했다. 하지만 사람들은 모른다. 그가 평소 얼마나 많은 준비를 하는지. 스스로도 티를 내지 않는다. '아니, 뭘 그런 걸 준비까지 하고 그래'라는 얘기를 듣는 건 또 싫으니까.

언젠가 일간지 기자 몇 명과 밥을 먹은 적이 있다. 어쩌다 보니 나도 말석에 끼게 되었는데 그때 정은숙 대표는 앞에 앉은 기자들이 최근에 무슨 기사를 썼는지 줄줄이 꿰고 있었다. 나는 처음 듣는 얘기였다. 관심이 없었던 거다. 갑작스럽게 마련된 자리여서 예습을 했을 리는 없다. 뿐만 아니라 출판과 관련된 일이라면 어떤 화제가 떠올라도 막힘이 없었다.

출판 관련 팟캐스트도 전부 찾아 듣는다고 한다. 무슨 일만 생기면 기자들이 마음산책으로 전화하는 이유를 알 것 같은 기분이 들었다. 비결? 그런 게 있겠나. 다만 일간지를 하나도 빼놓지 않고 구독한다. 회사에 나와서 제일 오래 하는 일 가운데 하나가 신문을 읽는 거다. 몇 시간이고 읽는다고 한다. 이것은 세상을 이해하기 위한 방편이기도 하지만, 짐작건대 누구를 만나든 화제가 떨어지면 안 된다는 강박이 빚은 습관인 듯도 싶다. 대답의 말미에 그는 이렇게 덧붙였다.

"하지만 그런 만큼 내가 하루에 두 사람을 만나면 하루에 두 번 다리에 힘이 빠진다고 보면 된다. 엄청 긴장하고 만난다. 내가 긴장하고 있다는 걸 상대방이 느끼지 못하도록 또 애쓴다. 그렇게 시간을 보내고 나면 다리에 힘이 빠진다. 체력적으로도 정신적으로도 부담이다. 가장 힘든 건 차를 가지고 나갔을 때다. 필자나 기자, 일 관계로 누군가를 만나고 나서 아, 이제 혼자만의 시간이구나 한숨을 돌리는데 '차 몰고 오셨네요. 어느 방향으로 가세요? 저도 거기까지만 태워주세요.' 이러면 환장한다(웃음). 같이 가야 되니까. 아직 끝나지 않았구나."

누군가를 만날 때 그만큼 집중한다는 뜻이리라. 어라, 그러고 보니 나도 예전에 일 관계로 정은숙 대표를 만나고 헤어질 무렵 "합정역까지만 태워달라"고 부탁한 적이 있다. 그때 그가 한숨을 쉬었던가. 알겠다. 앞으로는 그러지 않겠다. 이 글을 마주하고 계실 출판 관련 종사자분들도 각별히 주의해주시기를 당부드린다. 어지간하면 택시 타시라.

남다른 인간관계로 시작한 기획 정보

정은숙 대표와 함께 스타편집자로 이름을 날렸던 김학원 휴머니스트 대표의 《편집자란 무엇인가》에 이런 내용이 있다.

일본의 격월간지 〈편집회의〉 2000년 12월호에 흥미로운 특집 기사가 실렸다. 1995년부터 2000년까지 종합 베스트셀러 30위 안에 들었던 신간을 기획한 일본의 편집자 100명에게 설문조사를 실시하여 '기획 정보는 주로 어디에서 얻는가? 기획 정보원 베스트 3을 적어라'라는 물음에 대한 답변을 추렸다. '사람으로부터 얻은 정보', '남다른 인간관계로 시작한 기획 정보'가 가장 많았다.

김학원, 《편집자란 무엇인가》

"남다른 인간관계로 시작한 기획 정보"라는 대목이 눈길을 끈다. 정은숙 대표가 독립을 결심했을 때 주위에서 말리지 않았던 이유는 그가 구축해온 '인간관계'가 '남다르다'는 걸 다들 알고 있었기 때문이 아닐까. 처음 창업할 당시 상황에 대해 물었다.

"계획이 있을 거라고 생각한 사람들이 많았던 것 같다. 하지만 아니었다. 오래 편집자 일을 하고 싶은데, 그러려면 일단은 그만둬야겠다고 생각했다. 열림원 주간으로 일하다가 대책 없이 그만뒀다. 무더운 여름이었다. 한 달 정도 쉬면서 계획을 세우려고 했다. 그런데 사표가 수리되자마자 곧바로 푸른숲 김혜경 선배한테서 연락이 왔다, 차나 한잔 하자고. 그때 푸른숲에서 영업을 해줄 테니, 내고 싶은 책을 마음껏 내라는 제안을 받았다."

본인은 그저 '럭키'한 일이었다고 말하지만, 이 또한 얻어걸린 '럭키'가 아니라 남다른 인간관계가 가져다준 '럭키'다. 김혜경 대표가 단지 친한 후배라는 이유만으로 그런 제안을 했을 것 같진 않다. 한 달 후로 미뤄뒀던 창업은 급물살을 탔다. 그제야 본인이 뭘 잘할 수 있을지 생각해보았다.

문학을 하고 싶었지만 시와 소설은 이미 잘하는 출판사들이 워낙 많았다. 산문은 어떨까. 당시만 해도 산문을 경주^{傾注}하는 출판사는 드물었다. 유명 소설가의 산문이 가끔 나오는 정도. 이 분야를 특화해서 전작 산문 시리즈를 내보고 싶었다. 2000년 8월의 일이다.

첫 책으로 김영하 씨가 〈씨네21〉에 연재하던 글을 눈여겨보았다. 영화를 소재로 삼은 산문이었다. 당시 그는 가장 핫한 젊은 작가였다. 소설은 전부 계약돼 있었지만 연재하던 산문은 계약 전이었다. 영화 얘기였기 때문에 책에 이미지를 넣기에도 안성맞춤이었다. 디자인이 뛰어난 책, 산문이되 소장하고 싶은 책을 만드는 것이 목표였다.

"연락을 해서 마음산책의 출간 방향을 설명하고 당신의 글을 첫 책으로 내고 싶다고 하니 바로 오케이 했다." 김영하 씨와는 이미 전 직장에서 작가와 편집자로 신뢰를 쌓아두었다. 한 달 보름 남짓한 기간에 열 권의 산문을 기획했다. 김영하의 책에 이어 고종석, 구효서, 최승호의 글이 차례로 출간되었다. 모두 전작 산문이었다. 이 쟁쟁한 작가들과도 오래전부터 든든한 신뢰관계를 구축해왔다는 것은 굳이 거론할 필요가 없겠다.

현장 편집자를 오래 하려면

고종석, 구효서, 최승호 모두 글 잘 쓰기로 손꼽히는 작가들이다. 이들과 함께 색깔 있는 산문 시리즈를 만들면 그다음은 푸른숲이라는 조직이 뒤를 받쳐주었다. 신생 출판사로서 이보다 더 좋은 그림이 있었겠나 싶다. 불과 두 해 만에 마음산책은 자리를 잡을 수 있었다. 그즈음 정은숙 대표는 비슷한 시기에 창업한 푸른역사 박혜숙 대표, 이마고 김미숙 대표와의 어느 대담에서 이런 속내를 털어놓았다.

> 나는 진짜 편집자가 되고 싶어서 독립했다. 출판 16년차가 되던 해였는데, 현장 편집자를 오래 하려면 경영자가 되어야 한다고 봤다. 소규모로나마 시작하면 가능하다 싶었다.
>
> 〈한겨레〉, 2002년 12월 31일

이 대목은 몇 번을 읽어도 이해가 되지 않았다. 현장 편집자를 오래 하려면 경영자가 되어야 한다니. 경영자야말로 현장 편집자로부터 멀어지는 거 아닌가. 그래서 물었다. 진짜 편집자가 되려면 독립하라는 게 무슨 뜻인지. 그는 잠시 생각에 잠겼다가 말문을 열었다.

"말단 편집자로 시작해 주간이 되고 보니, 책 만드는 일보다 경영과 관련된 일을 더 많이 하게 되었다. 원고 고민보다 회사 고민, 즉 회사를 어떻게 운영해야 하는지에 관한 고민이 깊어졌다. 나는 책을 만들고 싶어서 편집자가 되었는데 점점 책하고 멀어지고 있었다. 그래서 그만둔 거다."

하지만 독립이야말로 본격적인 경영의 시작 아닌가?

"아니, 내가 주간으로 있을 때 아침에 출근하면 제일 먼저 하는 일이 대표의 기후氣候를 살피는 거였다. 최종 결재자에 대해 끊임없이 신경 써야 했다. 내가 꼭 하고 싶은 책이 있어도 결정을 기다려야 했다. 하지만 내가 대표가 되면 이런 것들로부터 자유로워진다. 나만, 내 마음만 살피면 된다. 경영? 이런 말이 어떻게 들릴지 모르지만, 책 한 권 만드는 데 경영의 논리가 다 들어가 있지 않나. 책 한 권 만들 때 정가를 책정하고 인세를 조정하고 단가를 따지고 손익분기를 계산한다. 그건 내가 주간일 때도 늘 하던 일이다. 책에 관한 고민은 늘 똑같다. 내가 중요하게 생각했던 건 눈치 보지 않고 내고 싶은 책을 낼 수 있는가였다. 독립은 그걸 가능하게 해주었다."

하나 마나 한 소리가 되겠지만, 직원으로 출판사에서 일할 때는 내고 싶지 않은 책도 내야 한다. 정작 만들고 싶은 책은 대표의 반대로 만들지 못하는 경우도 있다. 그는 생각했다. 오래 편집자로 일하려면 만들고 싶은 책을 만드는 일에만 에너지를 쏟아야 하지 않을까. 그러한 자신의 '신념'을 담아 정 대표는 앞의 대담에서 후배 편집자들을 향해 "사장을 꿈꾸라"고 주문했다.

"편집자들이 기획거리, 자본까지 마련해놓고 창업 상담을 해오는 경우가 많다. 나는 중요한 것은 '자기애'라고 이야기한다. 승진 탈락 같은 '부정적인' 지점이 아니라 '긍정적인' 힘, 오래도록 출판을 해야겠다고 생각할 때 시작하라고 말이다."

이 얘기를 하고 10여 년이 지났다. 생각에 변함이 없는지 물었다. 변함없다는 대답이 돌아왔다. 그런가. 그렇다면 마음산책 직원들이여, 당신들도 슬슬 독립을 꿈꿔보시길. 마침 내가 진행하는 출판창업 강좌도 있고 수강료도 그리 비싸지 않은데.

일단 내고 보자는 생각은 버린다

마음산책은 2007년 《짐 자무시》 편을 시작으로 2014년 《쿠엔틴 타란티노》 편까지 총 여덟 권의 영화감독 인터뷰 시리즈를 펴냈다. 어떻게 기획했는지는 궁금하지 않은데, 이걸 어떻게 팔 것인가에 대해 어떤 고민을 했는지는 궁금했다. '책 한 권 만드는 데 들어가는 경영의 논리'에 관한 대답도 들을 겸해서 물었다.

"애초에 수요가 뻔한 시리즈라고 생각했다. 그래도 하고 싶었다. 이럴 때는 제작비를 줄이는 게 관건이다. 시리즈의 첫 권인 《짐 자무시》를 계약할 때 한 권만 하지 않고 뒤에 낼 책까지 한꺼번에 계약했다. 이렇게 하면 오퍼 금액을 낮출 수 있다. 선인세 2000달러로 다섯 권을 각각 계약하면 1만 달러지만, 멀리 보고 묶어서 계약하면 각 권을 1500달러에 계약할 수 있다. 단순한 논리다."

한편 영화감독 인터뷰 시리즈는 단순 번역만으로 만들기보다 각각의 감독에 대한 풍부한 자료를 더 집어넣고 싶었다. 하지만 재수록에 필요한 자료의 판권은 전부 해외 매체들이 가지고 있었다. 출판권을 사려면 꽤 많은 비용이 필요했다. 그래서 판권 담당자에게 일일이 '레터'를 썼다. 한국 출판시장의 특수성, 영화 관련서의 시장성, 그럼에도 꼭 한국어판 도서에 귀사의 자료를 포함시키고 싶다는 열망을 담아.

자꾸자꾸 보냈다. 결국 취지를 이해한 상대방이 별도의 비용 없이 한국어판에 추가로 수록하는 걸 허락했다. 표지에 들어갈 사진도 최소의 비용으로, 본문도 단도로. 마음산책은 디자인을 중요하게 생각하지만 이 시리즈는 디자인에서 이미지로 승부할 생각을 버렸다. 최저 사양으로, 단 본문의 글맛은 살리기로 했다.

"일단 내고 보자라는 생각으로 책을 만들지 않는다. 그렇다고 무조건 저가의 제작사양을 고집하는 것도 아니다. 가령 이해인 수녀의 책은 초판 1만 부가 보장되니까, 이 책을 만들 때는 디자인이나 이미지 구입에 비용을 아끼지 않는다. 제작비가 많이 들어도 콘셉트에 맞으면 쓴다."

절판본에 대한 마음산책의 감각

마음산책의 출간 목록을 훑다보면 '재미있는' 책이 한 권 눈에 띈다(그렇다고 다른 책이 재미없다는 얘기는 아니지만).《스밀라의 눈에 대한 감각》(이하《스밀라》)이라는 추리소설이다. 내가 북스피어를 차린 그해에 나왔다. 하필 추리소설이라서 눈여겨보았다.《스밀라》는 출간하자마자 공전의 히트를 기록했는데, 오랜 추리소설 독자인 내가 볼 때 의아한 점이 몇 가지 있었다.

우선 이 책은 까치글방이《눈에 대한 스밀라의 감각》이라는 제목으로 시장에 선을 보인 바 있다. 하지만 팔리지 않았고 이내 절판의 운명을 맞았다. 어찌 보면 당연한 일이다. 덴마크 출신의 작가인 페터 회가 한국 독자에게 낯설었을 뿐만 아니라 '추리소설=대중적'이라는 관점에서 볼 때 만만한 내용이 아니었기 때문이다. 정대표는 당시를 이렇게 회상했다.

"《눈에 대한 스밀라의 감각》은 문단에서 꽤나 화제가 됐던 책이다. 소설가들이 모인 술자리에서 '그 책 읽어봤어?'가 인사였을 만큼. 까치 판이 절판돼서 다들 아쉬워했다. 그러던 어느 날, 자주 들어가던 헌책방 동호회에서 이 책이 희귀본으로 거래되고 있다는 사실을 알게 됐다. 5만 원인가 6만 원인가 그랬을 거다.

'저거 우리가 만들면 다들 1만 5000원에 살 수 있을 텐데'라는 생각이 들었다. 혹시나 싶어서 판권을 알아봤더니 살아 있었다. 아무도 관심을 가지지 않았다. 담당 에이전트가 까치 출판사에 물어보기도 했는데, 까치에서는 안 팔렸기 때문에 다시 낼 생각이 없다고 했다. 그럼 우리가 내자, 왜냐하면 사람들이 찾으니까. 소박했다."

까치 판 《스밀라》는 이름난 번역가 정영목 선생이 작업했다. 하지만 마음산책은 새 술을 새 부대에 담고 싶었다. 수소문 끝에 챈들러 전집을 완역하고 번역가 경력을 쌓아가기 시작한 박현주 선생을 만날 수 있었다. 박현주 선생은 언어학을 전공했기 때문에 영역본과 덴마크어본으로 작업하는 일이 가능했다. 물론 판매에 크게 기대를 걸진 않았다. 초판은 2500부만 찍었다. 창업하고 만들어 온 책 가운데 초판이 가장 적었다. 그럼에도 좋은 책이니까 잘 팔고 싶다는 욕심이 없지 않았다.

문득 김연수 작가가 《스밀라》에 대해 했던 얘기가 기억났다. 이 소설의 여자 주인공 캐릭터는 정말 최고라고, 어느 출판사든 《스밀라》를 다시 내기만 하면 자기가 반드시 그 책에 관해 무슨 얘기든 쓰겠다고 했다. 김연수 작가에게 전화를 걸었다. 《스밀라》를 다시 펴내겠다고. 며칠 후 그가 추천사를 써서 보냈다.

'김연수표' 추천사였다. 오랫동안 피력해온 얘기들이 무색하지 않게 정말《스밀라》에 대한 애정이 듬뿍 담긴 원고였다. 책도 시대를 잘 만나야 팔리는 법인데,《스밀라》의 경우는 김연수 작가와 잘 만났던 게 아닌가 싶다. 추천사 덕분에 책은 기대 이상으로 팔렸다고 한다.

내가 기억하기로도 당시《스밀라》는 많은 출판사들이 절판된 책을 다시 들여다보게 만드는 계기가 됐을 정도로 독자들의 호응을 얻었다. 이게 모두 김연수 작가 덕분이라고 정 대표는 말했다. 이런 정보를 얻어들을 수 있었던 여러 작가들과의 그 시절 술자리가 새삼 그립다고 한다.

인연이 인연을 낳고 책이 책을 낳고

《스밀라》는 출판계의 리메이크 붐을 이끌었다. 이에 고무된 마음산책은 로맹 가리를 비롯하여 몇 권의 리메이크작을 내놓았는데 그중 박찬욱 감독의《영화 보기의 은밀한 매력: 비디오드롬》(이하《비디오드롬》)을 빼놓을 수 없다. 이 책 역시 희귀본으로 헌책방에서 고가에 거래되고 있었다.

다시 만들고 싶었다. 마음산책은 산문이 전공이다. 자신만의 세계를 구축하고 필력까지 겸비한 박찬욱 감독의 산문을 얼마나 매력적으로 느꼈을지 짐작이 간다. 하지만 좀처럼 박 감독과 연락이 닿질 않았다. 이번에는 시를 쓰며 오래 친분을 쌓아온 유하 감독이 도움을 주었다.

친구인 유하 감독에게《비디오드롬》의 복간을 타진해달라고 부탁했다. 부탁이라고는 하지만 그저 박찬욱 감독에게 하나만 물어봐 달라는 거였다. "그 책 다시 내면 어떻겠냐"고. 이내 박찬욱 감독으로부터 대답이 돌아왔다. "내주면 고맙지."

하지만 문제가 생겼다. 〈올드보이〉로 인해 감독이 바빠진 것이다. 책 진행은 더뎠고 박찬욱 감독과 만나는 일은 어렵기만 했다. 마냥 기다릴 수도 없었다.

마침 칸에서 돌아온 박 감독이 씨네큐브에서 열리는 '〈올드보이〉 다시 보기' 행사에 참석한다는 소식을 들었다. 영화사에 전화를 걸어 "(이만저만한 일로) 예전부터 박찬욱 감독과 약속이 되어 있었으나 〈올드보이〉로 인해 미뤄졌으니 '다시 보기' 행사가 끝나면 잠시 미팅할 수 있도록 약속을 잡아달라"고 부탁했다. 마음산책 편집부가 모두 출동해 표를 사서 〈올드보이〉를 다시 보았고 행사를 마친 박 감독과 겨우 만날 수 있었다. 그때 박찬욱 감독이 이런 말을 했다.

"《비디오드롬》 안에 내가 쓴 평론이 70편쯤 있을 거다. 한데 그 책 나오고 내가 더 많이 썼다." 이렇게 되면 '브라보'를 외칠 수밖에 없다. 완전히 새롭게 만들기로 방향을 잡았다. 그렇게 만든 책이 《박찬욱의 오마주》다.

《박찬욱의 오마주》를 만드는 동안 박찬욱 감독은 지나가듯 또 이런 말을 했다고 한다. "그러고 보니 내가 산문도 꽤 많이 썼는데." '단순 리메이크'로 출발한 기획이 《박찬욱의 오마주》를 낳았고, 《박찬욱의 오마주》가 《박찬욱의 몽타주》를 낳는 순간이었다.

이 책에는 뒷얘기가 있다. 정은숙 대표는 김홍희 사진작가에게

《박찬욱의 몽타주》표지로 쓸 박 감독 얼굴이 '빤질빤질'해 보이도록 찍어달라고 부탁했다. 그리하여 정말 '빤질빤질'하게 결과물이 나왔다. 한데 박찬욱 감독이 책을 못 들고 다니겠다고 했단다. 무슨 분유 광고 사진도 아닌 마당에 자신의 피부가 애기 속살처럼 나왔다고 창피해하더란다. 2쇄부터 바꿔달라고 진지하게 부탁하더란다.

하지만《박찬욱의 몽타주》는 '매력적으로 뻔뻔한'이 부제다. 뻔뻔한 게 콘셉트인데, 표지를 바꾸긴 뭘 바꾼단 말인가. 하여 바꿀 수 없다고 버텼다. 결과는? 정은숙 대표의 판정승. 하지만 박찬욱 감독은 여전히 만날 때마다 "표지만 바꿔준다면 뭐든 할게요"라는 농담을 건넨다고. 이런 표현은 송구하지만, 박찬욱 감독이나 정은숙 대표나 상당히 귀여우시다.

편집자는 지지 않는다

《박찬욱의 몽타주》에 대해 얘기하는 동안 정은숙 대표의 얼굴은 다소 상기되어 있었다. "박찬욱 감독과 책을 만드니 얼마나 좋던지"라며 기쁨을 감추지 않았다. 이거, 나도 약간 알고 있다. 편집자가 아니면 느끼기 힘든 기분이다.

다른 많은 걸 감수하더라도 끝까지 편집자로 남고 싶다는 바람은 이런 소소한 즐거움을 통해 증폭된다. "편집자는 지지 않는다"라는 말이 있다. 방금 내가 지어낸 말이다. 좋아하는 책을 만들며 소소한 즐거움을 누릴 수 있다면 편집자는 지지 않는다. 아니, 질 수가 없다.

그러나 즐거움만 이야기하기에는 지금 부는 바람이 너무 싸늘하다. 이 인터뷰가 진행된 시점은 2014년 11월 11일. 개정된 도서정가제가 시행되기 열흘 전이다. 이 문제로 다들 수런거리고 있다. 어떨까, 마음산책은.

"글쎄, 어떻게 될지 누가 알겠나. 조심스러운 얘기지만, 마음산책은 개정된 도서정가제를 지지하는 쪽이다. 힘들었다, 그동안. 할인 경쟁 때문에. 아마 대부분 힘들었을 거라고 생각한다. 마일리지를 붙여야 하나 말아야 하나, 붙이면 얼마를 책정해야 하나. 서점에서 공급률 인하를 요구하면 거절해야 하고. 더 싸게는 안 된다고 하면 분위기 딱딱해지고. 적어도 그런 고민에서는 벗어날 수 있을 것 같다. 약간은 틈도 있고 걱정되는 대목이 없는 건 아니지만 변함없이 좋은 책을 만들면 괜찮지 않을까 싶다."

나 역시 마찬가지 생각이다. 이것은 좀 단순하게 말하면 '같은 책을 두고 정가를 5,000원으로 매겨서 판매할 때와 정가를 1만 원으로 매겼다가 50퍼센트 할인해서 판매할 때 과연 어느 쪽이 잘 팔릴까' 하는 문제와 같다. 돌이켜보면 지금까지가 이상했던 것 같기도 하다. 베스트셀러 경쟁이 지나치게 과열됐다. '별것도 아닌 책'들이 싸다는 이유로 너무 많이 팔렸다. 차라리 이제부터야말로 필요한 책이 필요한 만큼만 팔리는 풍토가 조성되는 편이 낫지 않을까.

하지만 누군가는 또 "좋은 책만 만들면 만사 오케이인가" 하고 코웃음 칠지도 모르겠다. 만사 오케이라고까지 주장하진 않겠지만 지금 상황에서는 오히려 섣부른 대안이나 비전의 제시가 더 나쁜 결과를 초래할 수도 있다고 생각한다. 한때 소박한 출판철학을 가지고 자그마한 규모로 시작한 출판사들이 매출이 늘고 규모가 커지자 그 불어난 몸집을 유지하기 위해 각종 무리한 편법을 동원해 가며 어떤 식으로 출판을 망쳐왔는지 한번 곰곰이 생각해 보기 바란다.

만약 다른 사람이 "좋은 책을 만들면 괜찮지 않을까"라고 말했다면 '무슨 하품 나오는 소리냐'고 마음속으로 중얼거렸겠지만 그가 한 말이라면 믿을 수 있다. 지난 10년간 지근거리에서 내가 그를 지켜봐왔기 때문이다. 이야기가 잠시 옆으로 새지만, 일전에 그와 함께 류승완 감독을 만난 적이 있다. 무슨 얘기 끝에 류승완 감독이 이렇게 말했다. 어떤 자리든 술값을 '진심으로' 먼저 내는 사람을 존경한다고.

그 말을 들으며 나도 고개를 끄덕였다. 아아, 몰랐는데 그래서 내가 정은숙 대표를 존경하는 거구나. 그는 정말이지 진심으로 먼저 술값을 내는 사람이니까.

"출판에 대해 큰 그림을 생각해야 한다고들 말하는데, 꼭 그렇지 않을 수도 있다. 작은 걸 많이 생각해야 된다. 더 소심해져야 된다. 더 크게 미래를 볼수록 헛다리를 짚는다는 게 내 생각이다."

인터뷰를 마치고 이 글을 끼적이는 오늘까지 이 말을 자주 떠올린다. 그래, 우리는 좀 더 소심해져야 한다. 소심하게 만들고 소심하게 팔아야 한다. 출판을 망치고 관계를 망치는 것은 어쩌면 '큰 그림'일지도 모른다. 문득 그런 생각이 든다. 소심한 편집자는 지지 않는다. 아니, 지지 않는다고 믿겠다.

어쨌거나 내 취향대로

─마포 김 사장의 장르문학 탐방

잘못은 우리 줏대에 있어

32

대학에 다닐 때 학비의 일부라도 벌 요량
으로 액세서리 장사를 한 적이 있다. 동기는 단순했다. 친구의 언
니가 액세서리를 팔아 등록금 마련하는 걸 보았기 때문이다. 남대
문에서 물건을 떼다 여고 앞에서 팔았다는데 들어보니 어려울 것
도 없는 듯했다. 종잣돈으로 20만 원을 들고 남대문으로 향했다.
머리 묶는 끈 종류가 그리 많은 줄 미처 몰랐다. 나는 예뻐 보이는
액세서리를 잔뜩 구입해 인근 여고에 자리를 잡았다. 그날 하루 종
일 머리핀 두 개 팔았다. 의정부여고까지 내려가 보았지만 소득이
없었다.

장사를 접기까지 한 달이 걸렸다. 남은 물건은 과 친구들에게 나
눠주었다. 공짜 선물을 받은 이들의 분석에 따르면 잡다하게 종류
만 많고 '잇 아이템'이 없었다는 것이 패인이었다. 하지만 그들이
예를 들며 보여준 '잇 아이템'이 뭐가 예쁘다는 건지 나로서는 도통

이해하기 힘들었다. 알지도 못하는 분야에서 남이 잘됐다니까 무턱대고 따라 하는 건 망신의 지름길이라는 게 내가 얻은 유일한 깨달음이었다.

10년 전 책 장사를 시작하고 두 가지 점에서 놀랐다. 하나는 내용이 좋다고 판매가 보장되진 않는다는 것과 이런 점을 악용해 출판사들이 자사 책을 되사들이는 편법을 동원한다는 것이었다. 나는 줄곧 이와 같은 책 사재기가 횡행하는 이유는 일차 출판사들의 잘못이지만 근본적인 문제는 '취향이 없는' 사람들이 베스트셀러라는 이유만으로 무턱대고 책을 구입하는 것이라고 여겨왔다.

그러다가 '다른 사람들이 사는 책은 나도 사고 싶다'는 것 역시 하나의 취향이라는 걸 인정하게 된 순간이 있었다. 모든 분야에서 나 자신만의 기준을 갖기가 얼마나 요원한 일인지 체감했을 때였다. 그것은 '베스트셀러 따위 읽지 않아'라고 생각하는 것과 비슷한 맥락의 취향이라고도 할 수 있겠다. 그래서 나처럼 사람들의 취향을 파악할 눈치가 없는 업자는 '내 취향대로 만드는 수밖에 없겠다'고 판단했다.

다소 마니아틱하다는 핀잔을 듣긴 하지만 나는 '내 취향대로'를 일종의 원칙으로 여기고 이를 고수하기 위해 노력해왔다. 내가 소신이 뚜렷한 인간이어서가 아니다. 그것 외에는 달리 방법이 없었기 때문이다. 사람들이 좋아할 만한 책을 고를 수 있는 안목을 가졌다면 양상은 달랐을지 모르지만 불행히도 그러지 못했다.

하지만 덕분에 내가 원하는 책을 만들 수 있었다. 거대한 담론을 다루고 사회를 변혁할 책을 만드는 건 아니지만 이쪽저쪽 눈 돌리지 않고 한 분야에서 일관된 목록을 만들어가는 것도 의미 있는 일이라 여기고 혼자 뿌듯해하고 있다. 게다가 나는 내가 좋아하는 책을 좋아해주는 독자들과 만나 어울리는 일이 즐겁다. 가능하면 오랫동안 이 일을 하고 싶다.

개정된 도서정가제로 인해 책이 더 안 팔릴 거라는 전망이 독자들 사이에서 나온다. 할인판매로 서점마다 도서의 가격이 천차만별인 건 물론 부당하다. 하지만 그 부당은 어디까지나 업계 종사자들만 느끼는 부당일 뿐이다. 이런 사정을 이해해줄 의무가 없는 독자들의 불신은 뿌리 깊다. 《아프니까 청춘이다》가 팔리면 힐링서를, 《정의란 무엇인가》가 팔리면 하버드 관련 책을 너 나 없이 우르르 따라 내고 승부를 조작해가며 제 밥그릇만 챙긴 결과다. 이런 무취향의 출판이야말로 '다 같이 죽자'는 것 외에 아무것도 아니다. 즉효성이 없더라도 부화뇌동하지 말고 '제대로 된' 책을 만드는 것 외에 대안이 있을까 싶다. 우리, 다 같이 살자.

터무니없는 책들을 좀 더
부지런히 읽어왔더라면

33

처음 만난 상대방의 취향 내지는 교양을 가늠해볼 방법은 여러 가지가 있을 텐데, "당신에게 영향을 주었던 책은 어떤 겁니까"라는 질문도 그중 하나가 아닐까 싶다. 요즘 같은 때 누가 이런 걸 물을까 싶겠지만, 명색이 출판 편집자여서 그런지 나는 지금까지도 심심치 않게 이런 질문을 받곤 한다. 대답은 상대방이 누구냐에 따라 달라진다. 한때는 무난하게 넘어가고 싶은 마음에 고전을 주워섬겼다. 헤밍웨이, 카프카, 보르헤스 같은 작가들 말이다. "요즘 도스토옙스키를 다시 읽고 있는데 정말 좋더군요"라는 정도가 딱 적당하다.

그렇다면 나는 왜 "도스토옙스키를 처음 읽었는데"가 아니라(처음이면서) "다시 읽고 있는데"라고 말했을까. 도스토옙스키를 처음 읽는다고 얘기하려니 뭔가 창피한 기분이 들었기 때문이다. 어째서 창피한 기분이 들었느냐. 자격지심일 가능성이 크다. 한데 '고전이란 무엇인가'에 대해 이탈로 칼비노가 내린 첫 번째 정의를 보니 이런 식으로 대답한 사람이 나 혼자만은 아니었던 듯하다. 《왜 고전을 읽는가》에 그는 이렇게 적었다. "고전이란 사람들이 보통 '나는 ~를 다시 읽고 있어'라고 말하지, '나는 지금 ~를 읽고 있어'라고는 결코 이야기하지 않는 책이다." 즉 그가 보기에 '다시'란 "유명 저작을 아직 읽지 않았음을 부끄러워하는 사람들의 궁색한 위선"을 드러내는 부사인 것이다.

그러고 보니 고전에 관한 유쾌하지 않은 기억이 떠오른다. 초등학생 때였다. 여름방학을 맞아 독후감을 써오라는 과제가 주어졌다. 목록의 절반은 위인전이었고 나머지 절반은 고전문학이었다. 그때 내가 자의 반 타의 반으로 선택했던 책은 《모비딕》이었다. 나는 이 책을 방학 내내 붙들고 있어야 했다. 문제는 읽기는 읽지만 내가 뭘 읽고 있는 건지 도통 알 수가 없었다는 것이다. 대관절 고래는 언제 나오나 싶어 읽다가 남은 페이지를 확인하고 있노라면 한숨이 절로 나왔다. 지겹기 짝이 없었다. 해설을 베껴서 독후감은 썼지만 덕분에 나는 한동안 책과는 담을 쌓고 살았다. 두 번 다시 그런 경험을 하고 싶지 않았다. 내가 다시 책 읽기에 재미를 붙인 건 중학교에 진학하고 무협지에 푹 빠지면서다. 먹고 자는 시간을 제외하곤 하루 종일 김용의 《영웅문》을 붙들고 살았다.

사회에 나와서 책깨나 읽는다는 이런저런 사람들과 어울릴 일이 많은데, 여느 자리에서는 듣기 힘든 독창적인 견해를 개진하거나 '대관절 어떻게 저런 아이디어를 생각해낸 거지?' 하고 감탄하게 되는 상대를 만나면 혹시나 싶어 "당신에게 영향을 주었던 책은 어떤 겁니까"를 물어보곤 한다. 이른바 '사회적으로 핍박받아온 책'

들을 어려서부터 탐독해왔다는 대답이 많았다. SF나 판타지, 특히 만화 따위 말이다. 그런 인간을 만나서 대화를 나누다 보면 어김없이 부러운 마음이 든다. 나에게도 누군가 그런 '터무니없(다고 평가받)는 책'들을 일찌감치 권해주었더라면 내 사고의 폭이 지금처럼 옹색하진 않았을 텐데 하고 생각했을 정도다.

고전의 중요성을 부정하자는 건 아니지만, 가끔은 '터무니없는 책'으로 채워진 추천도서 목록을 구경해보고 싶다. 혹은 공중파의 책 소개 프로그램에 나온 '셀러브리티'가 라이트노벨을 척 꺼내 들며 "최근에 이 책을 읽고 문학의 새로운 가능성에 눈을 떴다"는 식으로 얘기해주면 재미있겠다는 상상도 해본다. 음, 그랬다간 진지한 시청자들의 항의로 프로그램이 폐지되려나.

라이트노벨에
주목해야 하는 이유

극장에 들어가기 전까지만 해도 이렇다 할 기대는 없었다. '그래도 톰 아저씨가 나오니까 평타는 치겠지'라는 정도. 영화보다는 같이 간 미인을 어떻게 유혹하느냐에 더 관심이 있었던 탓이기도 하다. 한데 두 시간 내내 유혹이고 나발이고 까맣게 잊었을 만큼 영화는 졸, 아니 무척 재미있었다. 특히 그 설정이. 하여 찾아보면 도처에 널려 있을 〈엣지 오브 투모로우〉의 줄거리를 굳이 소개해보고자 한다.

영화의 배경은 근미래이고 오늘 지구는 '미믹'이라 불리는 외계인들의 침공을 받아 고전하는 중이다. 와중에 전투에 나가지 않으려고 비전투병과의 장교가 된 빌 케이지(톰 크루즈)는 상사의 눈 밖에 나서 전장으로 내몰릴 지경에 처한다. 그는 탈영을 감행하지만 쫓아온 헌병들의 테이저건(전기충격기)에 맞아 기절한다. 잠시 후 정신을 차린 케이지는 자신이 눈뜬 곳이 최전선 부대의 막사 앞이라는 사실을 깨닫는다. 그리고 하루가 지난 다음 날 다짜고짜 실전에 투입된다. 무기 조작법은커녕 안전장치 푸는 법도 모르는 채로. 결과는? 전투가 시작되자마자 엉겁결에 외계인 한 명을 사살함과 동시에 장렬히 전사. 본격적인 스토리는 여기서부터 시작이다.

다음 순간 케이지가 눈을 떠보니 '어제' 헌병들의 테이저건을 맞고 기절했다가 깨어난 막사 앞에 자신이 널브러져 있는 게 아닌가. 꿈을 꾸는 건가 싶었는데 '다음 날 실제 전투에 투입→곧장 개죽음→눈을 뜨니 막사 앞'이라는 상황이 계속된다. 한두 번 반복되는 게 아니라 몇 번이고 이어지는 것이다. 어제(오늘)와 오늘(내일)을 무한 루프 하는 사이('엣지 오브 투모로우'는 '오늘과 내일의 경계'라는 뜻) 그는 두 가지 사실을 깨닫는다. 하나는 '끝없이 반복되는 오늘과 내일'의 고리를 끊으려면 자신의 힘으로 전쟁을 승리로 이끌어야 한다는 것이고 다른 하나는 반복되는 전투 경험이 그대로 자신의 몸에 축적되어간다는 것이다. 즉 전투를 치를수록 케이지의 신체는 레벨업된다. 평범한 타임트래블 SF인 줄 알았던 스토리는 이 대목에서 빛을 발한다.

일반적인 SF의 논리에 따른다면, 〈사랑의 블랙홀〉처럼 의식(기억)은 계속해서 이어질 수 있지만 오늘 전투력이 레벨업되었더라도 어제로 타입슬립하는 순간 몸의 기능은 원점으로 돌아가는 것이 맞다. 그런데 케이지는 '다음날 전장에 투입→같은 전투 반복→개죽음→눈을 뜨니 막사 앞→같은 전투를 반복하지만 어제 싸운 경험을 바탕으로 더 강해져 있음→그래도 개죽음→눈을 뜨니 또 막사 앞'이 되는 것이다. 이 '같은 전투를 반복하지만 어제 싸운 경험을 바탕으로 더 강해져 있음'은 SF를 접하지 않은 관객이 보기에는 아무 문제가 없을지 모르지만 SF를 계속해서 접해온 관객이 보기에는 어딘가 모순적인, 혹은 SF로 규정하기엔 과학적이지 않은 설정이다. 이에 대한 설명 내지는 해명이 어딘가에 있을까 싶어 인터넷을 이리저리 뒤지다가 나는 이 영화가《올 유 니드 이즈 킬 All You Need Is Kill》이라는 일본의 라이트노벨을 원작으로 삼았다는 걸 알게 되었다.

라이트노벨이란 무엇인가. 여기서 잠시 일본의 평론가 아즈마 히로키에 대해 이야기해보자. 한국 문학 비평계의 문제아······라기 보다 '문제적 인물'인 조영일에 따르면, 아즈마 히로키는 스물셋의 나이에 프랑스 철학자 자크 데리다에 관한 연구서를 써서 화려하게 데뷔한 사상가이자 비평가였다. 한국에서도 가라타니 고진의 뒤를 잇는 후계자로 인식될 만큼 적지 않은 팬을 보유하고 있는데, 이 사나이가 자기 앞에 펼쳐진 탄탄대로를 '포기'하고 난데없이 만화, 애니메이션, 게임 같은 오타쿠 문화(서브컬처)에 대한 연구를 시작했다고 한다. 그러고는 그에게 기대를 걸었던 많은 사람들의 실망과 의문에 대해 이렇게 답했다.

"내가 데리다에 관한 책을 낸 것은 사상 연구가가 되기 위해서라기보다는 서브컬처 비평가로서 활동하는 데에 지명도가 필요했기 때문이다. 연구가나 비평가들은 오늘날 엄청나게 생산되고 소비되고 있는 특정 문화를 어떻게 이해해야 할지에 관심을 기울이지 않고, 여전히 서구 사상을 학습하는 과정에서 얻은 몇몇 개념들을 그럴듯하게 자국 상황과 짜 맞추는 데에 만족하고 있는 것 같다. 그런데 나는 그런 길을 걷고 싶지 않았다."

〈프레시안〉, 2012년 5월 25일

양질의 라이트노벨이 다수 등장한 1990년이 일본 문학사의 중요한 분기점이 되리라 짐작한 아즈마는 그 작품 세계를 기존 비평의 틀로 규정하기 힘들다는 판단에 따라 라이트노벨에 대한 이론화를 시도한다. 그 결과물이 《게임적 리얼리즘의 탄생》(전작은 《동물화하는 포스트모던》)이다. "어떤 의미에서 라이트노벨은 아즈마 히로키라는 이론가를 얻음으로 비로소 그에 합당한 이름을 갖게 되었다"는 조영일의 평가에 동의하며, 그럼 다시, 라이트노벨이란 무엇인가.

라이트노벨은 대개 문고본 판형으로 표지에 만화적이거나 애니메이션적인 일러스트가 더해진, 중고생을 주요 독자층으로 하는 일본만의 독자적인 엔터테인먼트 소설이라 할 수 있다. 미스터리, 판타지, 로맨스, SF가 혼재되어 있지만 '장르소설'로 분류할 수는 없다. 왜냐하면 미스터리와 SF 등이 성립하는 것과 같은 일정한 기준(예를 들어 "이것은 미스터리(SF)가 맞네, 아니네" 할 때의 그 기준)이 라이트노벨에는 없기 때문이다. 라이트노벨의 범위는 매우 넓어서 때로는 장르나 순문학까지 커버한다. 표지의 꾸밈이 암시하듯, 글로 옮겨진 만화, 글로 옮겨진 애니메이션이라고 봐도 무방할 듯하다. 라이트노벨은 가상(만화적, 애니메이션적) 현실을 바탕으로 쓴 소설인 것이다.

이 파편적인 설명들을 좀 더 자세히 들여다 보자. 뛰어난 SF를 가늠하는 기준이라면 크게 두 가지 정도가 있을 것 같다. 뭐고 하니 '그것이 얼마나 논리적인가'와 '지금-여기를 얼마나 잘 형상화하고 있는가'다. 전자의 경우 '〈스타워즈〉는 SF인가 아닌가'와 같은 논쟁들에서 일단을 확인한 바 있다. "SF 작가가 노벨 문학상을 받는다면?"이라는 물음에 어슐러 르 귄이 늘 거론되는 이유는 이 노 작가가 미지의 우주를 배경으로 삼으면서도 철학적 성찰을 통해 우리가 당면한 문제들, 이를테면 전쟁이나 환경, 인간복제에 관해 다루기 때문일 것이다. 이를 바라보는 시선이 예리할수록, 그것이 현실적일수록 상찬을 받고 문학성을 획득한다. 라이트노벨 작가이 자 평론가이기도 한 오쓰카 에이지는 《캐릭터 소설 쓰는 법》에서 르 귄과 같은 SF 소설가들이 "현실을 있는 그대로 그리고 있다"고 적었다. 비현실적인 소재를 사용하고 비논리적인 사건이 일어나더 라도 이는 어디까지나 현실에 기반한 '사생寫生'이라는 것이다. 그리 고 이를 '자연주의적 리얼리즘'이라는 용어로 표현한다.

한편 그는 라이트노벨의 기원을 1970년대부터 나오기 시작한 주브나일Juvenile(청소년) 소설과 10대 소녀 대상의 사랑과 성을 다룬 코발트문고에서 찾았으며 1988년에 등장한 스니커문고(주니어 소 설)가 현재 라이트노벨의 특징을 결정짓는 데 큰 역할을 했다고 여 겼다. 그러한 과정을 거치며 마침내 1990년대에 이르러 양질의 라 이트노벨이 다수 등장하기 시작하자 오쓰카 에이지는 이 작품들이 애니메이션이나 만화의 세계 속에 존재하는 허구(혹은 가상현실)를 사생한다고 보고, 이를 '만화-애니메이션적 리얼리즘'이라는 용어 로 '자연주의적 리얼리즘' 작품들과 구분하고 있다. 즉 장르적 범주 에서는 같은 SF 소설이더라도 '현실'에 기반을 두느냐, '허구(가상현 실)'에 기반을 두느냐에 따라 자연주의적 리얼리즘과 만화-애니메 이션적 리얼리즘의 두 방향으로 분리해서 볼 필요가 있다는 것이 다. 전자의 예로 어슐러 르 귄의 《어둠의 왼손》을, 후자의 예로 다 니가와 나가루의 《스즈미야 하루히의 소실》을 읽어보면 좀 더 쉽게

감을 잡을 수 있겠다.

아즈마 히로키는 오쓰카 에이지의 주장에서 한 걸음 더 나아가 만화-애니메이션적 리얼리즘과는 또 다른 '게임 같은 소설'에 대한 분석의 이론적 틀을 마련한다. 이를 이해하기 위해 앞서 했던 영화 얘기를 떠올려보기로 하자. 〈엣지 오브 투모로우〉의 주인공인 케이지는 '다음 날 전장에 투입→같은 전투 반복→개죽음→눈을 뜨니 막사 앞→같은 전투를 반복하지만 어제 싸운 경험을 바탕으로 더 강해져 있음→그래도 개죽음→눈을 뜨니 또 막사 앞'을 끝없이 반복한다. 그리고 나는 이것이 (자연주의적 리얼리즘에 기반한) SF라고 하기에는 다소 이상하다고 얘기했다. "왜냐하면 이 영화에서 타임슬립하는 것은 빌 케이지의 의식뿐이기 때문이다." 즉 의식(기억)은 계속해서 이어지지만 오늘 전투력이 레벨업되었더라도 어제로 타임슬립하는 순간 몸의 기능은 원점으로 돌아가는 것이 맞다고 봤다. 하지만 케이지의 무한루프를 게임적 리얼리즘에 기반을 둔 SF로 본다면 어떨까.

내가 중학생일 때 크게 유행했던 게임 가운데 〈스트리트 파이터II〉가 있었다. 류와 켄을 비롯한 캐릭터 여덟 명을 골라 플레이할 수 있는 대전형 격투 게임인데, 종래의 게임들이 1레버 2버튼을 쓰던 것과 달리 〈스트리트 파이터II〉는 1레버 6버튼을 사용해야 하는 등 조작법이 복잡했다. 당연히 이 게임을 처음 플레이했을 때는 시작과 동시에 정신없이 얻어맞은 다음 '게임 오버 GAME OVER'라는 문구를 마주할 수밖에 없었다. 캐릭터가 허망하게 죽음을 맞자 오기가 생긴 나는 다시 동전을 넣고 처음부터 (리셋) 플레이하기 시작했다. 이번에는 적에게 한두 번 타격을 입힐 수 있었다. 하지만 신속하게

개죽음을 맞는 운명을 피하기는 어려웠다. '대전 시작→개죽음→
다시 동전 투입, 리셋→같은 대전을 반복하지만 아까 싸운 경험을
바탕으로 더 강해져 있음→그래도 개죽음→다시 동전 투입, 리
셋'의 과정이 수십 번 반복되었다. 그렇게 시간이 지날수록 나는
캐릭터를 조작하는 데 익숙해졌고 복잡한 커맨드(동작을 지시하는
명령)를 통해 마침내 필살기를 구사하여 간단히 적을 물리치기에
이르렀다. 이 대목, 〈엣지 오브 투모로우〉의 루프와 흡사하지 않나.
그렇다면 〈엣지 오브 투모로우〉와 원작인 라이트노벨《올 유 니드
이즈 킬》은 '게임의 비유'로서의 이야기라고 할 수 있겠다. 아즈마
가 얘기한대로 "게임 같은 수법에 전면적으로 의거하면서 역으로
그것을 이용해 이야기 속에서 '게임적=메타 이야기적' 경험을 불
러들이는 것을 시도한 소설"인 것이다.

　　다소 설명이 어려워졌는데, 게임적 리얼리즘이나 자연주의적 리
얼리즘이 뭔지 이해하지 못해도 상관없다. 실은 나도 내가 제대로
이해한 건지 모르겠다. 중요한 것은 오쓰카 에이지든 아즈마 히로
키든, 누군가가 라이트노벨처럼 "가볍고 마이너하며 독자층도 한
정된 오타쿠들의 문학"을 진지하게 바라봤고 그 세부를 이해하기
위해 노력했다는 사실이라고 생각한다. 덕분에 왜 지금 (일본의) 젊
은 세대가 이러한 이야기(라이트노벨)에 열광하고, 어떻게 그것을 2
차 3차로 확장하여 소비하는가에 대한 분석이 가능해졌으니까. 아
즈마 히로키 역시 "하이컬처다 서브컬처다, 학문이다 오타쿠다, 예
술이다 엔터테인먼트다라는 구별 없이 자유롭게 분석하고 자유롭
게 비평해보고 싶다"는 바람을 담아《게임적 리얼리즘의 탄생》을
썼다고 한다. "라이트노벨? '오덕'들이나 읽는 만화 같은 소설이잖

아 편가르나 너 취향대로

아" 하고 치부해버리면 그뿐일 수도 있다. 하지만 우리가 새로운 흐름에 대한 연찬 없이 지내는 동안 일본의 라이트노벨 시장은 엄청나게 커졌고 이제는 한국의 서점에서도 상당히 많은 지분을 보유하기에 이르렀다. 요즘은 교보문고의 문학 코너가 한국문학과 세계문학 그리고 라이트노벨로 구분되어 있는 듯한 기분이 들 정도다. 인터넷 서점 알라딘의 문학 베스트 10위 안에 절반 이상이 라이트노벨이다. 상황이 이렇다면 라이트노벨이 한국의 독자(아마도 청소년)들에게 어떻게 소비되고 있는지, 그것이 어떤 의미이고 장차 어떤 영향을 끼칠 것인지 등에 대한 논의가 조금쯤은 필요한 시점이 아닐지. 지금으로부터 꼭 10년 전 장르소설도 라이트노벨 같은 흐름으로 '수입'되기 시작했다. 하지만 그에 대한 아무런 논의도 없다가 뒤늦게 '한국의 스티븐 킹을 키워야 한다느니', '한국의 서점 매대가 외국 추리소설로 뒤발해 있다느니' 하는 호들갑과 개탄이 여기저기서 쏟아졌던 기억이 난다. 언제까지 '한국 소설의 경쟁력' 타령만 할 것인지, 한번쯤 진지하게 생각해볼 일이다.

SF는 공상과학소설인가

얼마 전 SF, 미스터리, 로맨스 소설을 기획하고 만드는 이들과 함께 조촐한 행사를 치렀다. 연배가 비슷하고 취향이 겹치고 (나를 포함하여) 다들 성격도 나쁘고 특이해서 가끔 어울려 노는데, 어느 날 그중 한 명이 '이렇게 술만 마시지 말고 생산적인 뭔가를 해보자'고 해서 벌인 일이다. 우리끼리 재밌자고 쿵짝쿵짝 작당했지만 대관료와 번다한 비용을 충당하기 위해 강연 프로그램은 유료로 기획했다. 이 대목에서 잠시 고민해보았다. SF나 미스터리에 관한 얘기를 과연 제 돈 들여가며 듣고 싶어하는 사람이 있을까?

있었다. 게다가 몇몇 매체에서 호의적으로 다뤄주는 바람에 좌석 예매는 일찌감치 끝났다. 그사이에 모 신문사 기자에게 이런 질문을 받았다. "강연자가 네 분이네요. 두 분은 출판사 대표고 한 분은 에이코믹스 편집장. 그런데 박상준 씨는 뭐 하는 분이죠?" 아, 박상준. 그는 뭐 하는 사람인가. 잠시 말문이 막혔다. 오래 알고 지냈지만 나도 그가 무슨 일을 하는 사람인지 딱 부러지게 정의하지 못한다.

"어디 보자, 그러니까 그게 SF와 관련된 이런저런, 거의 모든 일을 하는 사람이라고 할 수 있을 것 같아요." 젠장, 밑도 끝도 없는 대답을 하고 말았다. 그냥 SF 아카이브 대표라고 할걸. "모든, 일을요?" 재차 물어보는 기자의 말머리를 적당히 돌리고 나중에 시간이 나면 '나에게 박상준은 어떤 사람인가'를 고찰해봐야겠다고 생각했다.

박상준 씨와의 인연은 지금으로부터 12~13년 전으로 거슬러 올라간다. 당시 나는 집총거부자, 성폭력과 성매매 피해자, 이주노동자 등 소수자 문제를 다루는, 한마디로 안 팔리는 잡지의 편집자였다. 하지만 의미 있는 잡지였고 어떻게든 팔고 싶었다. 그래서 안 돌아가는 머리로 겨우 떠올린 게 만화와 SF에 관한 글을 싣는 거였다. 둘 다 문화적으로 왕따 비슷한 걸 당하는 신세였으니 매체의 정체성에도 어긋나지 않겠고 무엇보다 내가 관심이 있었다. 만화는 이 방면으로 해박한 지식과 발랄한 필력을 자랑하는 〈딴지일보〉 함주리 기자면 충분했다. SF에 관해 써줄 필자로는 누가 좋을까. 그때 내가 자문했던 모든 이들이 '너는 뭘 그런 걸 물어보느냐'는 얼굴로 "당연히 박상준이지" 하고 얘기해주었던 기억이 난다.

글을 청탁하기 위해 박상준 씨를 처음 만난 곳은 서울대 교정이었다. 대학원에서 SF에 관한 논문을 쓰는 중이라고 했다. 그는 학자 타입의 점잖은 인상에 말투도 느릿한 데다 나는 겨우 6개월이 지난 얼치기 편집자 신분으로 나이도 아홉 살이나 차이가 났으니 아무래도 어려울 수밖에 없었다. 청탁 취지를 제대로 설명하지 못해 쩔쩔매고 있자니 그가 "쓰죠, 뭐"라며 오뉴월에 수박 쪼개듯 시원시원하게 대답해주었다. 선수였다. 하긴, SF에 관해 무지한 이들로부터 어슷비슷한 청탁을 얼마나 많이 받았겠나.

이제는 구할 길도 막막한 잡지에 실린 그 글을 오늘 팔랑팔랑 넘기다 보니, 여기에 이런 내용이 있었나 싶어 새롭기도 하고 예나 지금이나 이 분야는 관심이 있는 사람만 관심이 있고 관심이 없는 사람은 관심이 없구나 하는 생각이 들어 조금 서글프기도 하다. 와중에 몇몇 대목이 눈에 띄었다.

한국 SF 출판은 동서추리문고와 아이디어회관이 왕성하게 소설을 쏟아내던 1970년대를 전성기로 본다. 하지만 이때 나온 책들은 "철저하게 일본어 중역판"이었다. 즉 이 시기에 SF의 세례를 받았던 세대는 "일본 편집자들의 취향과 시각으로 걸러진 작품들만을 2차적으로 접해왔던 것"이다. 이 분야에 관한 한일 격차는 컸고, 당연한 얘기가 되겠지만 그 과정에서 왜곡되어 전해진 것도 많다. 이를테면 '공상과학소설'이라는 명칭이 그렇다. 〈The Magazine of Fantasy and Science Fiction〉이라는 미국 잡지의 일본어판을 만들 때 일본의 편집자들은 'Fantasy'와 'Science Fiction'을 아우르는 표현으로 공상과학소설지空想科學小說誌라는 한자를 병기했다. 그런데 이 말이 그대로 수입되면서 한국에서는 'SF소설=공상과학소설'로 굳어진 것이다. "우리나라에서 SF가 질적 성숙을 누리지 못하는 이유 가운데 하나는 바로 이 '공상'이라는 말이 갖는 부정적인 뉘앙스도 적잖게 작용했으리라"고 그는 적고 있다. 굳이 이 대목을 요약한 이유는, 앞에 언급했던 행사 소개 기사에 'SF소설'이 전부 '공상과학

소설'로 번역되어 있었기 때문이다. 'SF소설'은 '과학소설'로 번역하는 게 맞다.

동서추리문고와 아이디어회관에서 펴낸 문고본 SF를 읽으며 흥미를 느꼈던 박상준 씨가 대학에 입학한 뒤로 헌책방을 들락거리며 알게 된 것은 자신이 그간 읽었던 SF들이 "일본의 문고판 SF의 해설까지 그대로 베꼈다"는 사실이었다. 충격이었다. 그때부터 그는 아무도 관심을 갖지 않는 자료들을 모으기 시작한다. 한편 영어 원서를 읽으며 새롭게 바라보게 된 SF는 "과학공상 차원이 아니라 사회적 발언을 담을 수 있는 미디어(《한겨레》 인터뷰)"이기도 했다. 그는 SF로 먹고살 방편을 고민하다 직접 기획과 번역에 뛰어들었다. 모아온 자료는 차츰 방대해져 아카이브를 구축할 수 있었고 기획자로서, 필자로서의 명망도 생겨 여기저기 불려다니기 시작했다. 출판 관련 일뿐만 아니라 영화와 각종 전시에도 호출되었다. 한때는 SF 전문 출판사의 대표이기도 했다. 과학자는 아니지만 과학 비슷한 일에도 관여한다.

그가 사람들에게 보여주고 싶은 건 SF가 문학이냐 아니냐 같은 게 아니라 이 장르가 가지고 있는, 르 귄이 "밤의 언어"라고 얘기했던, 커다란 잠재력일 거라고 생각한다. 그 토대를 구축하기 위해 발품을 팔아가며 남들이 알아주든 말든 유실될 뻔한 자료들을 모아왔다. 돈도 시간도 늘 부족했지만 포기하지 않을 수 있었던 건 그의 느긋한 품성에 기인한 듯하다. 덕분에 나 같은 독자들이 이만큼이나마 양질의 SF를 소비할 수 있는 것일 테니, 나에게 박상준 씨는 고마운 사람이다.

마무리는 관심을 좀 가져달라는 의미를 담아 그가 나를 처음 만

낮을 때 건네주었던 책을 소개하는 것으로 갈음하겠다. "많은 이들이 SF에 대해 가지고 있는, 딱딱하고 정서적으로 메마른 이야기들이라는 선입견은 대니얼 키스의 《엘저넌에게 꽃을》에 의해 여지없이 무너지게 마련이다. 이 소설을, 가령 SF가 줄 수 있는 정서적 감동에는 한계가 있기 때문에 절대로 SF를 읽고 눈물을 글썽일 수는 없다고 생각하는 사람에게 권한다."

철학 천재가 감탄한 책

　　얼마 전 별 볼일도 없이 서점에 들렀다가 《비트겐슈타인 평전》을 구입했다. 비트겐슈타인에 대해 알고 싶었던 건 아닌데 책이 근사해 보여서 충동적으로 사고 말았다. 원래 평전 읽기를 좋아하는 편이기도 하고. 아무튼 그런 연유로 밤마다 이 (지지대가 없으면 손목이 저릴 지경인) 두꺼운 책을 배에 턱 올려놓고 조금씩 읽어나가고 있다.

　　"지적인 명료함이 윤리적 완전성으로 이어진다는 결벽에 가까운 철학적 신념"을 가진 이 천재가 어떻게 살았는지를, 몇몇 어려운 부분을 대충 넘기며 따라가는데 이런 대목이 눈에 띈다. 1948년 무렵 비트겐슈타인이 아일랜드에 머물 때의 일이다. 당시 그는 건강이 나빠져 더블린의 관광명소인 로즈에서 요양 중이었다. 그곳 생활의 작은 즐거움 가운데 하나는 제자 맬컴이 보내주는 미국의 대중 잡지에 실린 추리소설을 읽는 일이었다고 한다.

그러던 어느 날 그는 우연히 마을의 한 상점에 들렀다가 노버트 데이비스라는 작가가 쓴 추리소설 《두려운 접촉 Rendezvous with Fear》을 발견한다. 케임브리지 대학교에서 철학을 가르치던 시절에 이미 읽고 주위에 권하기도 했던 이 소설에 대해 비트겐슈타인은 이렇게 평가했다. "나는 수백 권의 소설을 읽었고 읽는 것을 좋아했지만, 내가 생각하기에 좋은 책이라고 부를 만한 것은 아마 두 권일 것이다. 그중 하나가 데이비스의 책이다."

다시 한 번 읽기를 마친 후에 그는 맬컴에게 두 가지를 부탁한다. 하나는 데이비스의 책을 구할 수 있는 대로 구해달라는 것이었고, 다른 하나는 자신의 소감을 편지로 써서 저자에게 전하고 싶으니 주소를 알아봐 달라는 것이었다. 하지만 맬컴은 데이비스의 행적을 찾지 못했다.

영국에서 발전한 추리소설은 일어날 것 같지 않은 살인사건을 저지른 자가 누구인지 찾아내는 지적인 과정을 서술하는 데 중점을 둔다. 대개 상류사회를 배경으로 하고 있으며 직업 탐정보다는 교수나 귀족이 직접 범죄를 해결하기도 한다. '황금기' 영국 추리소설이 엘리트주의적이고 문학적 성격을 띠는 데 반해 미국의 '하드보일드' 소설은 행동적이며 남성적 매력을 지닌 직업 탐정을 등장시켜 보다 구체적이고 현실적인 혹은 비정한 세계를 그린다. 미국의 하드보일드 소설이 왜 그런 세계를 그렸는가 하면, 구태여 부연할 필요도 없는 얘기지만, 현실은 '황금기' 영국 추리소설들이 보여주는 현실과는 다르기 때문이다. 노버트 데이비스는 해밋이 개척하고 챈들러가 가다듬은 하드보일드 소설을 썼던 작가로 1930년대 초반에 변호사를 그만두고 〈블랙 마스크〉라는 펄프 매거진을 통해

어쩌거나 내 취향대로

데뷔했다. 하지만 10여 년의 경력이 무색하게도 생활고로 1949년 세상을 떠나고 만다. 동료에게 돈을 빌리는 생활을 전전하다 끝내 "가난을 벗어나지 못"하고 죽은 것이다. 살아생전에 비트겐슈타인의 편지를 받았다면, 비트겐슈타인 같은 슈퍼스타가 엄지손가락을 추켜세울 정도의 소설을 쓴 작가였음이 기록으로 남았다면 오늘날까지 문학사에 찬연히 빛났을지 모르는데. 안타까운 일이다.

그건 그렇고 비트겐슈타인은 왜 노버트 데이비스의 소설을 높게 평가했는가. 그 이유가 궁금하신 분은 책을 사서 읽어주기 바란다. 정작 내가 하고 싶은 말은 이런 것이다. 문학에 대해 논할 때 추리소설에 좀처럼 후한 점수를 주지 않는 것은 어느 나라나 마찬가지다. 다만 우리의 경우는 그에 대한 선입견이 좀 더 강하지 않나 싶다. 추리소설은 뭘 모르던 시절에나 읽는 (무익한) 책이라는 것이 대체적인 인식이리라. 하지만 비트겐슈타인도, 헤밍웨이도, 카뮈도 추리소설을 읽고 영감을 얻었으며 굳이 그걸 숨기지 않았다. 모두가 추리소설을 읽을 이유는 없지만 추리소설 읽는 것을 무익 내지해악으로 평가절하할 필요는 없다고 생각한다. 매년 여름이면 등장하는 "국내 서가를 또 일본 추리소설이 점령했다"는 식의 논평이나 기사가 슬슬 지겹기도 하다. 소개했다시피 철학과 문학의 대천재들도 추리소설을 읽고 영감을 받았다고 하니까, 일단은 추리적영감이 확실히 필요해 보이는 정부의 고위 관계자들부터 읽어주었으면 하는 바람이다.

재미가 없으면 의미도 없다

같은 책을 두 번 사지
말라는 배려

37

하드보일드 소설의 계보를 이어갔다고 해
도 "대실 해밋의 샘 스페이드가 여성을 물건처럼 다루고, 챈들러의
필립 말로는 여성을 싫어해서 여성이 앉아 있던 자리를 소독할 정
도로 사디스트적인 모습(《하드보일드 센티멘털리티》)"을 보인 반면
존 D. 맥도널드의 주인공들은 여성을 동등한 파트너로 보고 결혼
이나 미래에 대해 진지하게 생각했다. 이러한 차이는 어디에서 비
롯되었을까. 나는 맥도널드의 자서전 《불타는 타자기 The Red Hot
Typewriter》를 읽으며 약간의 힌트를 얻을 수 있었다.

진주만 공습을 18개월 앞둔 1940년 6월 존 D. 맥도널드는 군에
입대한다. 입대 후에는 무기 검수나 통계 작성 등 실제 전투와는
상관없는 일을 했지만 타지에서 2년여의 시간을 보내는 동안 그는
비위생적인 환경과 명령에 복종해야만 하는 조직 생활에 전혀 적
응하지 못했다. 유일한 낙은 아내와의 서신 교환이었다고 한다. 맥

도널드와 편지를 주고받던 아내 도로시는 그가 육체적으로나 정신적으로 지쳐 있음을 깨닫고 소설을 써서 편지로 부칠 것을 권유했다. 소설적 글쓰기를 통해 억눌려 있던 감정을 발산할 수 있지 않을까 기대한 것이다. 몇 달 뒤, 맥도널드는 아내의 권유에 따라 〈인도에서의 한때 Interlude in India〉라는 단편을 썼고 편지를 받은 도로시는 문장을 타자기로 옮겨 잡지 〈에스콰이어〉에 보냈다. 하지만 분량이 너무 짧아 게재할 수 없다는 답변이 돌아왔다. 포기하지 않았다. 이번에는 〈스토리〉에 투고했다. 마침내 단편을 게재하겠다는 연락을 받았다. 제대 후 자신이 쓴 소설의 원고료로 25달러가 입금되었다는 사실을 알게 된 맥도널드는 이렇게 말했다고 한다. "정말 기분 좋았다. 세상에, 만약 내가 일주일에 이야기 네 편을 쓴다면 잘살게 될 거란 뜻이었으니까."

존 D. 맥도널드의 주인공들이 하드보일드의 전통을 따르면서도 샘 스페이드나 필립 말로와 달리 다정다감한 히어로의 모습을 보여줄 수 있었던 까닭은 군 생활의 고달픔을 달래고 훗날 작가로 데뷔하는 데 아내인 도로시의 도움이 컸기 때문인 듯하다.

작가로서의 삶을 시작하고 여러 도시를 전전하던 맥도널드는 여행차 들른 플로리다에 반해 그곳에 자리를 잡는다. 그리고 첫 장편소설 《황동 컵케이크 The Brass Cupcake》(1950)를 발표, 이후 10여 년간 40편이 넘는 작품을 집필하는 기염을 토한다. 바라던 대로 돈도 많이 벌었다. 하지만 그의 작가적 위상은 그저 그랬다. 싸구려 페이퍼백이나 쓰는 작가로 인식되었다. "재미있긴 하지만 작품성도 없고 하나같이 한 번 읽고 버리는 소설뿐이란 말이야"라는 것이 세간의 평가였다. 하지만 맥도널드는 신경 쓰지 않았다는 대목이 흥미롭다.

그가 얼마나 자신감에 충만한 작가였는지를 말해주는 에피소드를 하나 들어보고자 한다. 같은 동네에 사는 친구이자 《앤더슨빌Andersonville》로 퓰리처상을 수상한 맥킨레이 캔터는 어느 날 맥도널드와 한잔하는 자리에서 이렇게 충고한다. "싸구려 페이퍼백 말고 진짜 소설, 이를테면 하드커버로 출간되고 영화로도 만들어질 수 있을 만큼의 작품성을 획득하려면 더 천천히 써야 해." 친구의 충고에 대해 맥도널드는 "그건 시간의 문제가 아니야"라며 호언장담하고, 불과 한 달 만에 《사형 집행자들The Executioners》을 써서 주위를 놀라게 했다. 《사형 집행자들》은 세계적인 출판그룹 사이먼앤슈스터에서 하드커버로 출간되었고 평론가들의 상찬을 받았으며 두 번 영화로 만들어졌다.

이후 포셋 출판사로부터 시리즈물 의뢰를 받은 맥도널드는 전통적인 하드보일드에 자신만의 감성을 덧붙여 매력적인 캐릭터를 만든다. 바로 트래비스 맥기다. 챈들러의 필립 말로와 대실 해밋의 샘 스페이드는 혼자 살고 친구도 없으며 매일같이 사무실로 출근하는 '실패한 경찰(전직 경찰)' 출신 탐정으로 작고 쓸쓸한 시내 아파트에 살면서 싸구려 음식을 먹는다. 반면 맥도널드가 만든 맥기는 플로리다의 태양이 내리쬐는 하우스보트 '버스티드플러시'에 살고 픽업 트럭으로 개조한 롤스로이스를 몰며 수많은 친구와 어울리고 여자들을 사귀며 좋은 음식을 먹고 가능한 한 적게 일한다.

첫 번째 맥기 시리즈는 1964년에 탄생했다. 원래 이름은 댈러스 맥기였으나 케네디(1963년에 댈러스에서 저격당했다) 대통령 암살 사건으로 인해 안 좋은 이미지를 줄 수 있음을 고려하여 바꾸었다고 한다. 이 시리즈는 작가가 책의 제목을 정하기까지의 과정이 재미

있다. "나는 다른 작가의 시리즈들과 어떻게 차별화할 건지에 대해 고민했다. 제목에 독자가 기억하기 쉬운 패턴이 들어가면 좋겠다고 생각했다. 요일이 들어간다든가, 달이 들어간다든가, 다양한 보석 이름이 들어간다든가. 결국 제목에 색깔을 넣기로 했다."

출판사는 1964년에 완성한 소설의 출간을 잠시 보류하고, 세 권이 완성되었을 때 한 달에 한 권씩 출간했다. 결과적으로 첫 번째 소설인 《푸른 작별 The Deep Blue Good-bye》을 포함해 1964년에는 총 네 권의 책이 발간되었다. 시리즈의 제목에는 《푸른 작별》, 《분홍빛 악몽 Nightmare in Pink》, 《죽음을 위한 보랏빛 공간 A Purple Place for Dying》, 《외로운 은빛 비 The Lonely Silver Rain》와 같이 모두 색깔이 들어가 있다.

하버드 비즈니스 스쿨 출신답게 그는 "특히 금전 사기에 대한 깊은 이해를 바탕으로" 한 작품을 많이 썼다. 이에 대해서는 《하드보일드 센티멘털리티》의 저자인 레너드 카수토의 설명을 듣는 편이 좋겠다. "트래비스 맥기 연작 중에는 복잡하게 계획된 경제 범죄를 주요 소재로 삼은 소설이 여럿 있다. 그는 약탈적 자본주의에 관한 해박한 지식을 바탕으로 트래비스 맥기를 도구 삼아 당시 격동기를 거치던 미국 사회에 대한 비판을 제기했다. 출발 때부터 인기를 끈 트래비스 맥기 연작은 마침내 존 D. 맥도널드에게 경제적인 보상과 하드커버 출판계의 존경을 가져다주며, 모두 일흔다섯 권이라는 엄청난 수량의 소설을 발표한 이 다산 작가의 삶을 빛내주었다." 그렇게 그는 하루 열네 시간씩 일주일 내내 거의 하루도 쉬지 않고 마음껏 소설을 쓰다가 일흔의 나이로 세상을 떠났다. 존 D. 맥도널드의 책상 서랍 어딘가에는 그가 쓰려던 맥기 시리즈의 진짜 마지막 원고가 잠들어 있다는 소문이 있으며 "맥기의 최후를 다룬 이 작품의 제목은 《맥기에게 검은 테두리를^{A Black Border for Mcgee}》"이
라고 하는데 아직 발견되지 않았고 사실인지도 불분명하다.

무엇을 써도
걸작을 만들어내는
터무니없는 작가

다양한 장르를 넘나들며 척 보기에도 압도될 만큼 많은 소설을 썼지만, 질적으로도 어느 하나 떨어지는 작품이 없다는 게 미야베 미유키의 뛰어난 점이다. 특히 사회적으로 열악한 상황에 처해 있는 사람들의 존재를 부각하는 쪽으로 이야기를 구사할 줄 아는 능력은 발군. 그러면서도 진부하거나 평범한 느낌을 주지 않고 따뜻하고 세련된 태도를 유지하는 것이 미야베 미유키 소설의 특징이라고 하겠다. 이해를 돕기 위해 단순 비교를 하자면 일본에서의 작가적 위상이나 판매량은 무라카미 하루키와 비슷하며, 한국에서는 2006년부터 본격적으로 번역되기 시작하여 현재 50종에 육박하는 번역본이 출간되었다. 미야베 미유키의 작품은 범죄란 사회가 갈구하는 형태로 일어나기 마련이라는 전제 하에 지극히 현실적인 설정을 출발점으로 삼아 범죄가 일어나게 된 사회적 동기를 추적해가는 '사회파 미스터리'와 에도 시대를 배경으로 한 괴담이나 범죄사건을 소재로 삼은 '시대 미스터리'로 구분할 수 있다.

미야베 미유키는 1960년 도쿄의 변두리인 고토 구, 예전 혼조 후카가와 지역에서 태어났다. 가족은 부모와 언니뿐이었지만, 어려서부터 외가 쪽 식구들과 함께 살아서 집 안에는 항상 사람이 많았다. 이웃끼리의 왕래도 잦았던 탓에 많은 사람들과 어울리며 자란 것이 인간의 세부적인 심리 묘사에 도움이 됐을 거라고 얘기한 적이 있다. 소설을 쓰기 전에는 고등학교를 나와 평범하게 직장 생활을 했다. 속기사로 일하다가 법률 사무실로 자리를 옮겼는데 그때 6년가량 강연회나 판례 연설 등의 녹취록을 문자로 바꾸면서 다른 사람들에게 자기 생각을 전하는 것에 흥미를 느꼈다고 한다. 한편 개업한 지 얼마 되지 않은 젊은 변호사의 어시스턴트 일을 맡은 관계로 일이 많지 않았기 때문에 남는 시간에 미스터리 소설을 잔뜩 읽을 수 있었다. 그러던 중 우연히 고단샤 페이머스 스쿨 엔터테인먼트 소설 교실에서 진행하는 강좌를 듣게 된다. 엔터테인먼트 소설 교실이 어떤 곳일까, 재미있겠다 싶어 들러본 것이 계기가 되어 2년 동안 소설 습작을 하며 기초를 다질 수 있었다. 그리고 세 번의 투고 끝에 《우리 이웃의 범죄》로 올 요미모노 추리소설 신인상을 받는다. 때는 1985년, 그녀의 나이 스물일곱의 일이다.

《우리 이웃의 범죄》는 신경쇠약에 걸릴 만큼 시끄럽게 짖는 개를 기르는 이웃과의 갈등을 모티브로 삼은 단편으로 등장인물들이 뜻하지 않은 거금을 획득하게 되는 사건이 결말에 배치되어 있다. 개로 인한 갈등이나 일확천금이라는 소재는 우리 주변에서 쉽게 볼 수 있는, 우리가 흔히 상상할 수 있는 이야기다. 그런 의미에서 《우리 이웃의 범죄》는 기본적으로 큰 사회 구조에서부터 작품을 구상하는 것이 아니라 평범하게 생활하는 개인이 느끼는 작은 부분에 집중하여 글을 쓰는 미야베 미유키의 집필 성향을 잘 드러내는 작품이라 하겠다. 이후 1989년에 《마술은 속삭인다》로 일본추리서스펜스대상을, 1991년에는 《용은 잠들다》로 일본추리작가협회상을 수상하며 "전후 엔터테인먼트 문학계에 느닷없이 나타난 귀재", "무엇을 써도 걸작을 만들어내는 터무니없는 작가"라는 찬사를 듣는다. 그리고 1992년, 마침내 그를 대가의 반열에 올려놓은 《스나크 사냥》과 《화차》를 출간한다.

《스나크 사냥》은 미야베 미유키의 작품으로서는 이례적이라 할만큼 속도감 넘치는 서술이 돋보이는 수작이다. 무엇보다 "사회적 상식이나 도덕에 반하고 법의 적용을 왜곡해 합법성을 획득하는 자들에게 똑같이 합법적으로 대응할 필요가 있을까"라는 질문과 "불가해한 현실이나 절대적인 악을 경험한 인간이 총을 드는 순간 그역시 괴물이 되는 게 아닐까"라는 반문 사이에서 갈등하는 인간의 모습을 통해 사회파 작가로서 미야베 미유키가 고민한 문제의식의 단초를 엿볼 수 있는 작품이다. 《화차》는 타인의 신분을 훔친다는 설정을 모티브로 삼아 무분별한 카드 사용으로 인생을 망치는 주인공을 등장시켜, 회사 파산 외에 개인 파산이라는 인식 자체가 없었던 일본 사회에 경종을 울린 작품이다. 당시 일본은 사회적으로 신용카드 사용자가 증가했고 그와 동시에 늘어난 개인 파산이 심각한 지경에 이르던 시기였으므로, 이와 같은 문제를 통찰력 있게 다룬 《화차》는 단숨에 화제가 된다. 《화차》를 계기로 미야베 미유키는 '개인의 경제권과 사회 구조'를 이야기의 밑바탕에 두고 이를 반복해서 문제 삼는다.

한편, 시대소설과 대하드라마를 좋아했던 아버지 덕에 어렸을 때부터 많은 작품을 접하여 시대물에 흥미가 있던 미야베 미유키는 사회파 미스터리를 쓰다가 마음이 무거워지면 시대물로 피신, 자신이 하고 싶은 이야기를 마음껏 함으로써 스트레스를 푼다고 밝힌 바 있다. 실제로 에도를 배경으로 하는 시대 미스터리의 비중이 점점 커지는 추세인데 그 이유에 대해서는 다음과 같이 말한다. "에도 시대에 대해서는 저처럼 전문적으로 역사를 공부하지 않은 사람이라도 즐겁게 읽을 수 있는 자료가 많아요. 영화나 드라마, 그림 자료도 많고요. 현대는 삶의 속도가 무척 빠르고 모든 것이 기계화되어 있지만 에도 시대에는 전기도 없고 모두 손으로 작업하며 자립하는 방식이 다양하게 존재합니다. 현대에선 불가능한 종류의 인간관계를 등장시킬 수 있어 쓰면서도 매우 즐겁습니다. 특히 미스터리의 경우 그 시대에는 과학 수사가 없으니까 여러 사건들에 기교를 부리기가 쉬워요."

한국 독자들에게 미야베 미유키는 현대 사회가 낳은 문제와 함께 살아가는 사람들의 모습을 섬세하게 포착하는 사회파 미스터리 작가로 인식되고 있지만 일본에서 지금까지 출간된 작품 리스트를 살펴보면 현대 미스터리와 시대 미스터리 작품의 수가 거의 비슷하다는 사실을 확인할 수 있다. 일본은 괴담이나 전설을 바탕으로 서민들의 생활을 그리는 작가들이 우리나라보다 훨씬 많은 편이고 대표적인 작가로 오카모토 기도, 야마코토 슈고로, 후지사와 슈헤이, 한무라 료 등이 있다. 이 가운데서도 당시를 추체험할 수 있는 압도적인 현장감만을 가지고 판단한다면 단연 미야베 미유키가 윗

길이라는 평가가 지배적이다.

　미야베 미유키의 취미는 게임 공략본 수집. 지나치게 게임에 몰
두한 나머지 직원들로부터 온라인 게임 금지령을 받을 정도로 비
디오게임을 좋아한다. 언젠가 "젊은 세대가 활자물을 읽지 않는다
는 것이 문제다, 어떻게 생각하는가"라는 질문에 대해 미야베 미유
키는 다음처럼 대답했다. "저 자신이 게임을 좋아하는지라 게임은
안 된다, 책을 읽으라고 말할 수는 없습니다. 굳이 말하자면 게임
도 재미있지만 책도 재미있다고 할 수 있겠지요. 소설을 읽으면 자
신이 품고 있는 고민이나 맞닥뜨리고 있는 벽이, 가령 100년도 더
전에 먼 땅에서 살던 사람이 품고 있는 것과 비슷하여 놀랄 때가
있습니다. 그런 발견은 소설을 읽는 즐거움을 넓혀줄 뿐만 아니라
삶에 있어서 구원이 되기도 합니다. 저는 그런 체험을 필요로 하는
젊은 세대를 끌어당길 수 있는 '무엇'이 담긴 이야기를 쓰고 싶다
고 생각하고 있습니다." 과연. 이런 근사한 대답을 한 미야베 미유
키宮部みゆき는 현재 하드보일드 소설가 오사와 아리마사大澤在昌, 추리 소
설가 교고쿠 나쓰히코京極夏彦와 함께 각자의 성을 딴 사무실 다이쿄
쿠구大極宮를 만들어 활동하고 있다.

재미가 없으면 의미도 없다

가족 환상이라는
벽을 깨고 싶었다

덴도 아라타. 본명은 구리타 노리유키, 1960년생이니까 미야베 미유키와 동갑이지만 지금까지 발표한 작품은 여섯 개뿐이다. 과작이며, 전부 가족 문제를 다루고 있다. 그가 가족 문제에 천착하게 된 이유를 알기 위해서는 그의 어린 시절을 돌아볼 필요가 있다. 덴도 아라타의 아버지는 사람이 좋다고 할까, 남에게 부탁을 받으면 거절하지 못하는 성격이었다고 한다. 실제로 지인의 부탁을 받고 연대보증에 도장을 찍어 빚을 떠안은 적도 있다. 덕분에 가난한 어린 시절을 보냈다. 당시 덴도가 가장 많이 드나들던 곳은 집 근처의 상점이었다. 상점에는 만화책이 잔뜩 있었다. 할머니가 일을 나가고 부모님도 맞벌이인 데다 두 명의 형과도 나이 차가 컸던 그는 홀로 만화를 보며 시간을 보냈다. 지금은 거장이라고 칭송받는 만화가들의 청춘과 고생이 담긴 작품들을 매일같이 즐겼다. 만화의 뒷이야기를 멋대로 상상하거나 다른 전

어쩌거나 내 취향대로

개를 그려보는 버릇도 당시에 생겼다고 한다. 중학생이 되었을 때 할머니가 몸져누웠다. 덴도는 5년 동안 몸져누운 할머니와 한 방에서 생활하게 된다. 그의 얘기를 들어보자.

"기저귀를 갈 때의 대변 냄새는 참을 수 없을 만큼 싫었다. 어릴 때는 할머니의 신세를 졌으면서 내 손으로 할머니의 배변을 치운 적은 한 번도 없었다. 할머니의 입 냄새도 고약해졌다. 방 안은 할머니가 내뿜는 다양한 냄새로 가득 찼다. 나는 거기서 쭉 할머니와 생활했다. 고등학교와 대학교의 수험 공부도 같은 공간에서 했다. 싫다든지 괴롭다든지 할 틈도 없이 받아들이고 있었지만 그래도 친구를 집에 부를 수 없으니 성가시단 생각도 들었고 치매가 심해진 할머니가 계속해서 엄마를 부르는 목소리에 종종 짜증도 냈다."

작가로서 돌이켜보면 할머니와 보낸 5년은 무엇과도 바꿀 수 없는 경험이었다고, 그는 술회한다. 사람이 어떻게 늙어가고 어떻게 죽음을 맞이하는가. 그에 대해 가족과 주변 사람이 어떻게 반응하고 행동하는가. 조금씩 죽어가는 할머니와 함께 그는 사춘기를 보냈고 다른 가족은 제각각 소중한 인생의 전환점을 지나고 있었다. 심각한 분위기가 된 적은 없지만, 가족이란 것이 항상 따뜻하고 즐겁고 단란할 수만은 없음을 절절히 이해한 시간이었다고 한다. 1986년 덴도 아라타는 할머니와의 생활을 각색해서 데뷔작《하얀 가족》을 쓴다. 이 소설로 신인상을 받고 무라카미 류, 나카가미 겐지 같은 작가들로부터 호평을 받기도 하지만, 거기까지였다. 원고 청탁 같은 건 들어오지 않았다. 돌파구가 필요했다. 그러던 차에

친하게 지내던 편집자의 조언을 듣고 서스펜스 호러에 도전한다. 뭘 어떻게 써야 서스펜스 호러가 되는지도 모르는 상태로 "사람들은 과연 무엇을 무서워할까"를 궁리하다가 "도망칠 수 없는 상황 자체가 공포 아닐까. 그렇다면 인간이 도망칠 수 없는 대상으로는 무엇이 있을까. 모든 사람이 공유하며, 권력도 부도 의미를 잃는 것, 누구나 평등하게 고민할 가능성이 있는 것…… 그것이 바로 가족"이라는 결론을 내렸다고 한다. 다행히 첫 서스펜스 호러 소설인 《고독의 노랫소리》(1994)로 일본추리서스펜스대상을 받았고, 이후 《가족 사냥》(1995)으로 야마모토 슈고로 상을 받으며 베스트셀러 작가로 인기를 얻는다.

학교 폭력, 성범죄, 아동학대와 같은 사회 문제는 그 배경에 다양한 요인들이 복합적으로 얽혀 있고 그것은 어느 나라 어느 사회나 마찬가지다. 하지만 이런 일이 일어나는 까닭은 전적으로 가정에 문제가 있기 때문이며 결국 가족이 화목해지면 만사 오케이일 거라는 식의 암묵적인 동의가 당시 일본 사회에 만연해 있었던 모양이다. "괜찮아, 어쨌든 가족이니까. 아버지를 중심으로 질서가 잡히고 윗사람을 공경하고 여기저기 엇나가지만 않으면 평화롭고 안전해……와 같은 말만으로는 결국 여성이나 아이처럼 가족 안에서도 입장이 약한 사람에게 괴로움만 강요하는 꼴이 되어 문제를 해결하기는커녕 오히려 악화시킬 뿐"이라고, 어느 인터뷰에서 덴도 아라타는 말했다. "가족 파시즘은 공고(이명원)"해서 "가정에는 폭력이 없을 것이라는, 가정은 휴식처라는 이데올로기(정희진)"와 맞서기란 지금보다 더 요원한 일이었으리라. 그는 쇼크를 줘서라도 이 문제를 환기시키고 공격적인 표현을 사용해서라도 "가족 환상이라는 벽을 깨고 싶었다"고 한다. 덴도 아라타는 그런 각오로 소설을 써내려갔다. 그리고 그 정점에 《영원의 아이》가 있다.

《영원의 아이》는 학대를 받아 깊은 상처를 입고 자신을 근본부터 부정적으로 보는 아이들이 주인공이다. 열두 살 소녀에게 가해진 폭력과 같은 또래 두 소년이 겪어야 했던 학대. 1993년 가을 무렵 덴도 아라타는 "그런 일을 당한 아이들이 성장한다면 무슨 일이 일어날까"라는 의문을 가지고 《영원의 아이》를 쓰기 시작한다. 덴도 아라타는 철저하게 피해자의 위치에 서서 예리한 감각으로 그들의 입장을 납득시킬 수 있는 지점까지 독자를 이끌어가기 위해 노력한다. 그런 만큼 집필 과정은 고통스럽고 시간도 오래 걸렸다. 《영원의 아이》 제작노트에 그는 이렇게 적었다.

"상처 입은 아이들의 마음을 표현하는 일은 상상 이상으로 힘든 경험이었다. 나는 97년경부터 거의 집 밖으로 나오지 않게 되었다. 친구와 얼굴을 마주할 때조차 용기를 쥐어짜야 했다. 미안하기는 했지만 당시의 정신 상태로는 상처 입은 아이들의 마음을 안은 채로 축하해야 마땅할 장소에서 행복하라고 말하며 웃는 게 고통스러웠다. (…) 표현의 미숙함을 절감하며 마감을 일주일, 또 일주일씩 늘려달라고 부탁했다. 그런데도 적절한 표현을 찾는 일은 언제나 시간이 모자라 괴로웠다. 잠을 이룰 수 없게 되었다. 긴장성 두통 때문에 몸도 항상 무거웠다. 쉬게 되면 그만큼의 시간이 없어지기에 불면과 두통을 안고 일을 계속했다."

결국 5년 하고도 8개월이라는 시간 동안 고투한 끝에 《영원의 아이》를 완성한다. 《영원의 아이》를 쓰는 내내 그는 공공장소에서 웃음을 보이지 않았다. 보일 수 없었다. 이야기의 주제는 아동 학대의 피해, 그래서 밝게 웃는 얼굴이 몸과 마음에 상처를 입은 아이들에게 상처가 될까 봐 두려웠다고 한다. 일본추리작가협회상을 받았을 때도 같은 이유로 건배를 사양했다. 상의 관계자들에게 실례라는 것은 알지만 섬세한 마음을 가진 독자를 우선 배려했기 때문이다. 이후 10년. 그는 《애도하는 사람》(2009)을 발표하고, 대중문학상의 최고봉인 나오키상을 수상한다. 이제 그도 웃을 수 있을까.

하루키 작가도 반한
'챈들러 스타일'

　　　스콧 피츠제럴드, 레이먼드 카버, 트루먼 카포티, 레이먼드 챈들러. 이 작가들의 공통점은 무엇일까. 세계적인 작가들이니만큼 찾으려 들면 이런저런 공통점을 찾을 수 있겠지만, 나는 이들의 이름을 들을 때마다 '무라카미 하루키로 인해 한국에서도 비로소 진가를 인정받은 작가'인 것 같다는 생각을 한다.

　이 중에서도 레이먼드 챈들러는 하루키에게 각별하다. 그는 고교 시절부터 챈들러를 탐독했다. 이후로도 쭉 그의 책을 몇 번이나, 시간이 날 때마다 아무 페이지나 펼쳐, 그것도 원서로 읽는 것이 습관이 되어버렸다는 얘기를 여러 차례 한 바 있다. 얼마나 여러 번 했냐 하면 하루키가 직접 쓰거나 하루키에 관해 쓰인 글을, 대충 아무 페이지나 척 펼쳐도 절반가량의 확률로 챈들러에 관한 얘기가 나오는 게 아닌가 싶을 정도다. 가령 한국에도 출간된 '파리 리뷰 인터뷰' 모음집 《작가란 무엇인가》에는 이런 내용이 있다.

질문   미국 하드보일드 추리소설이 당신 소설의 중요한 원천이 되었지요. 이 장르를 언제부터 읽었고 누가 당신을 이 세계로 인도했나요?

무라카미   "고등학교 때 범죄소설과 사랑에 빠졌지요. 저에게는 레이먼드 챈들러나 도스토옙스키나 마찬가지입니다. 지금도 제 글쓰기의 이상은 챈들러와 도스토옙스키를 한 권에 집어넣는 거예요. 그게 제 목표입니다."

파리 리뷰(동저), 《작가란 무엇인가 1》

위 질문에도 나타나듯, 하루키가 구사하는 문체의 밑바탕에 깔린 것은 레이먼드 챈들러가 확립한 하드보일드 소설의 감각이다. 다만 챈들러가 어두운 분위기를 자아내는 하드보일드였다면 하루키는 이야기를 유머러스하게 이끌어간다는 점이 다르다고 할까.

글쓰기의 궁극적인 지향을 챈들러로 설정한 이유는 굳이 설명할 필요도 없겠지만 챈들러가 보여준 문장의 힘이나 글을 풀어가는 방식이 그만큼 뛰어났기 때문이겠다. 이에 대해서는 스티븐 킹, 폴 오스터, 마이클 코넬리, 하라 료 같은 작가들도 인정한 바 있다. 이런 식으로.

"묘사를 잘하는 비결은 명료한 관찰력과 명료한 글쓰기인데, 여기서 명료한 글쓰기란 신선한 이미지와 쉬운 말을 사용하는 것이다. 나는 레이먼드 챈들러와 대실 해밋, 로스 맥도널드를 읽으면서 이 문제에 대해 공부하기 시작했다."

스티븐 킹, 《유혹하는 글쓰기》

하루키는 챈들러의 소설을 좋아했고 자연스럽게 영향을 받았으며 오랜 시간을 들여 챈들러가 구사한 문체의 핵심을 파악하기 위해 노력했다. 의도적으로 공부를 했다기보다 챈들러가 쓴 문장과 마주하는 과정에서 여러 가지 생각을 했으리라. 아마도 소설뿐 아니라 챈들러가 쓴 에세이나 편지 등도 빠짐없이 훑어보았으리라 짐작한다. 왜 이런 짐작을 했냐면 하루키의 에세이에는 챈들러의 논픽션을 읽고 난 후 떠오른 영감에 대해 적은 구절이 심심찮게 등장하기 때문이다. 이를테면 다음과 같은 문장이 그렇다.

"아주 오래전에 어떤 책에서 레이먼드 챈들러의 소설 쓰는 비결에 관한 글을 읽은 적이 있다. 당시에는 내용을 정확하게 기억하고 있었는데 상당히 오래전 일이라 대부분 잊어버렸다. 꽤 흥미로운 내용이었던 것 같아 다시 한 번 읽어보고 싶은데 출처가 어디였는지 도통 생각나지 않는다. 이런 일은 흔하다. 좋았다는 기억은 있는데, 어떻게 좋았는지는 정확히 기억나지 않는다. 아무튼 나는 그것을 챈들러 방식이라고 부른다. 우선은 책상 하나를 딱 정하라고 챈들러는 말한다. 글을 쓰기 적합한 책상 하나를 정하는 것이다. 그리고 그 위에 원고지며 만년필, 자료 등을 갖춰놓는다. 반듯하게 정리할 필요까진 없지만 언제든 일할 수 있는 태세를 유지해야 한다. 그리고 매일 일정 시간 그 책상 앞에 앉아서 보내는 것이다."

무라카미 하루키, 《쿨하고 와일드한 백일몽》

이 에세이는 대략 원고지 15매 정도의 분량인데 전부 챈들러의 집필 방식이랄까, 일종의 '챈들러 스타일'에 대해 서술하고 있다. 오래전에 어느 책에서 챈들러가 이러이러한 말을 했는데 하도 예전의 일이라 그 책이 잘 기억나지 않는다는 식의 서술은 이 외에도 하루키가 쓴 글에서 몇 번 더 읽었던 기억이 난다. 나는 '챈들러 방식'이라는 제목의 이 에세이를 읽으면서 두 가지가 궁금했다. 레이먼드 챈들러의 원문은 정확히 어떻게 기술되어 있을까. 하루키가 읽었다는 '어떤 책'은 대관절 어떤 책일까.

나는 2011년 무렵 챈들러가 쓴 논픽션들을 이리저리 훑던 중에 그가 쓴 서간문을 모은 책에서 하루키가 '챈들러 방식'이라고 부른 편지 한 통을 발견할 수 있었다. 대략 이런 내용이다.

> "중요한 건, 전업 작가라면 적어도 하루에 네 시간 이상 일정한 시간을 두고, 그 시간에는 글쓰기 외에는 아무 일도 하지 말아야 한다는 겁니다. 꼭 글을 써야 할 필요는 없어요. 내키지 않으면 굳이 애쓰지도 말아야 합니다. 그저 창밖을 멍하니 바라보거나 물구나무를 서거나 바다에서 뒹굴어도 좋아요. 다만 바람직하다 싶은 다른 어떤 일도 하면 안 됩니다. 글을 읽거나, 편지를 쓰거나, 잡지를 훑어보거나, 수표를 쓰는 것도 안 돼요. 글을 쓰거나 아니면 아무 일도 하지 말 것. 학교에서 규칙을 지키는 것과 마찬가지 원칙입니다. 학생들에게 얌전히 있으라고 하면 심심해서라도 무언가를 배우려 하죠. 이게 효과가 있답니다. 아주 간단한 두 가지 규칙이에요."
>
> 레이먼드 챈들러, 《나는 어떻게 글을 쓰게 되었나》

하루키가 말한 대로 정말이지 흥미로운 글이었다. 더구나 챈들러가 남긴 편지들에는 그의 팬이라면 호기심을 가질 만한 내용이, 한 번 더 하루키의 표현을 빌리자면 "설날의 복주머니"처럼 잔뜩 담겨 있었다. 나중에 기회가 되면 이 편지들을 모아서 펴내고 싶다는 생각이 들었다. 그러다가 2013년 가을 즈음에 안현주 선생과 만나게 된다. 그는 번역에 뜻을 두고 있었고 챈들러에 관심이 많았다. 어느 날 술자리에서 나는 무심코 "챈들러라면 소설도 좋지만 그가 쓴 편지들을 모아서 번역해보는 것도 재미있겠다"고 말했는데, 지금 생각하면 일이 되려고 그랬는지 그 얘기를 흘려듣지 않았던 모양이다.

그로부터 한두 달쯤 지났을까, 선생으로부터 메일을 한 통 받았다. 챈들러의 편지 가운데 몇 편을 주제에 따라 분류하여 한 권의 책으로 엮어보자는 내용의 기획서였다. 공연히 추켜세우려는 게 아니라 그가 보낸 기획서는 내가 지금까지 받은 여러 기획서들 가운데 가장 마음에 들었다. 보자마자 출간을 결심할 수 있었다. 이것이 《나는 어떻게 글을 쓰게 되었나》를 펴내게 된 전말이다. 혹시 궁금해할 독자들이 있을까 싶어 적어봤는데 신통치는 않다. 하지만 챈들러와 하루키의 오랜 팬으로서 이 책을 만드는 동안 굉장히 즐거웠다. 아마도 이런 게 편집자로서 누릴 수 있는 소소한 기쁨이겠지.

아무도 흉내 낼 수 없는
괴이한 미스터리의 대가

이 이야기의 끝에는 누구도 예상하지 못할 막강하고도 핏빛 선연한 반전이 숨어 있다는 듯한 분위기를 시작부터 대놓고 풍기며 요괴는 아니지만 요괴라 해도 무방할 인간들과 눈으로 봐서는 도저히 설명할 수 없는 기이한 장면들을 〈엑스파일〉 저리 가라 할 만큼 마구잡이로 등장시킴으로써 독자들에게 온갖 기대감을 선사한 후에 척 보기에도 자신의 문학적 페르소나임이 분명한 주젠지 아키히코로 하여금 "원래 이 세상에는 있어야 할 것만 존재하고, 일어나야 할 일만 일어나는 거야. 우리들이 알고 있는 아주 작은 상식이니 경험이니 하는 것의 범주에서 우주의 모든 것을 이해했다고 착각하고 있기 때문에 조금만 상식에서 벗어난 일이나 경험한 적이 없는 사건을 만나면 모두 입을 모아 저것 참 이상하다는 둥, 그것 참 기이하다는 둥 하면서 법석을 떨게 되는 것이지. 자신들의 내력도 성립 과정도 생각한 적 없는 사람들이 세상을 이해할 수 있을 것 같나?"라는 자못 당연한 얘기를 지극히 당연하다는 얼굴로 천연덕스럽게 늘어놓게 하여 독자들을 혼돈의 상태로 몰아넣고야 마는 그의 소설이야말로 지금껏 어떠한 작가도 보여주지 못한 미스터리, 이른바 괴력난신怪力亂神적 미스터리의 새로운 패러다임을 제시했다고 할 수 있겠다.

교고쿠 나쓰히코는 1963년 홋카이도에서 태어났다. 어린 시절에는 텔레비전 시대극을 즐겨봤고 소학교에 들어가서는 야나기타 구니오(민속학자)의 저작물을 줄곧 읽었다고 한다. 고등학교 때부터는 승려가 되고 싶다는 꿈을 품었다. 하지만 뜻을 이루지 못했고 현실적인 고려 끝에 졸업 후 디자인 회사에 입사했다. 스물여덟 살에 독립하여 디자인 회사를 차렸지만 운 나쁘게도 경기 침체와 함께 백수나 다름없는 생활을 하게 된다. 할 일 없이 노느니라는 생각에 소설을 쓰기 시작했는데 매일매일 조금씩 끼적인 원고가 2000매를 훌쩍 넘기고 말았다. 1993년의 일이다. 당시에는 대부분의 공모전에 분량 제한이 있었기 때문에 이 정도 분량의 소설을 받아주는 곳은 없었다. 그러던 어느 날, 그는 무심코 가까이 놓여 있던 소설책에 기재된 출판사 번호로 전화를 걸어보았다. 고단샤에서 출간한 소설이었다. 전화를 받은 편집자로부터 원고를 받긴 받지만 답변이 늦을 수도 있다는 둥, 보내려면 보내라는 둥 성의 없는 말을 들었지만 밑져야 본전이라는 생각으로 원고를 보냈다. 원고를 보낸 후에 그는 자신이 원고를 보냈다는 사실을 잊었다고 한다. 어차피 심심풀이로 썼던 원고니까 돼도 그만 안 돼도 그만이었다.

한데 상황은 극적으로 흘러갔다. 당시 원고를 받은 편집자가 "고단샤 편집부의 역량을 시험해보기 위해 미스터리계의 대작가가 무명의 신인인 척하며 보낸 게 아닐까 하고 의심했다"는 에피소드는 유명하다. 순식간에 출간이 결정되었다. 교고쿠 나쓰히코 본인도 놀랄 만큼 일사천리로 작업이 진행되었다고 한다. 이 책의 출간을 계기로 일본에서는 분량에 상관없이 응모할 수 있는 메피스토상이 생겼다. 1994년 9월 고단샤 노벨즈에서 아야츠지 유키토, 노리즈키 린타로, 다케모토 겐지, 이 세 명의 미스터리 작가가 추천사를 쓴 책이 출간된다. 교고쿠 나쓰히코의 데뷔작 《우부메의 여름》이다. 잡지 〈다빈치〉에 실린 기사에 따르면, 아야츠지 유키토는 "고단샤로부터 마무리가 덜된 교정 단계의 원고를 받았다. 하지만 단숨에 다 읽고 곧바로 '걸작이네요, 추천사를 쓰겠습니다'라고 편집자에게 전화를 걸었다"고 한다. 엉겁결에 데뷔한 그는 마치 기다렸다는 듯 엄청난 분량의 소설을 쓰기 시작한다. 그에게 일본추리작가협회상을 안긴 《망량의 상자》도, 《광골의 꿈》도 모두 요괴가 등장한다는 것 외에 두껍다는 특징을 가지고 있다. 때문에 교고쿠 나쓰히코의 책은 일본에서 "벽돌 책"으로 불린다.

같은 주인공이 활약하는 《우부메의 여름》, 《망량의 상자》, 《광골의 꿈》 시리즈를 잇달아 히트시키며 단숨에 스타 작가가 된 교고쿠 나쓰히코는 이내 자신의 작가적 역량을 자랑하듯 시대소설에 도전한다. '요쓰야 괴담'을 바탕으로 집필한 1997년작 《웃는 이에몬》을 비롯하여 《엿보는 고헤이지》, 《셀 수 없는 우물》, 《항설백물어》는 그가 미스터리적 틀에 얽매이지 않고 있음을 확인시켜주었다. 2004년에 발표한 《후항설백물어》로 나오키상을 수상한 그는 일본 미스터리계에서 부동의 지위를 확보하며 누구도 흉내내지 못할 세계를 구축해나간다.

여행가나네 취향매조

시대물이든 현대물이든 가리지 않고 그의 작품 속에서는 요괴가 출몰한다. 그러면서도 한편으로 "어떤 이야기든지 간에 그 속에서 한 번쯤은 '유령 따윈 없어'라고 말하게 하고 싶은 기분이 들어, 뭐 정말은 있어도 없어도 어느 쪽이든 상관없지만 일단은 등장인물에게 '없어'라고 큰 소리로 말해보게 한다"라고 하니, 나도 뭐가 뭔지 잘 모르겠지만 그가 '요괴'에 관한 한 천하제일의 전문가인 건 사실이다. 자타공인 요괴 연구의 일인자로 군림했던 미즈키 시게루의 제자이며, 괴인 아라마타 히로시와 함께 세계요괴협회를 설립해 "요괴 보급 활동에 노력을 기울이고 있"을 뿐만 아니라 그 결과로 세계요괴협회 기관지인 〈괴怪〉와 괴담 전문지 〈유幽〉를 창간하기도 했다. 〈교고쿠 나쓰히코 전全 소설 가이드북〉에 적혀 있는 대로라면, 이 희한해 보이는 잡지에 아야츠지 유키토, 아리스가와 아리스, 온다 리쿠 같은 유명 작가가 "미스터리의 틀에서 해방되어 자유롭게 놀고 있다는 느낌"의 작품을 발표한다고 하니 이처럼 다양한 시도가 오늘날 미스터리 대국으로의 일본을 만들지 않았나 싶다. 더불어 민속학이나 역사학 등으로도 폭넓은 관심을 가진 교고쿠 나쓰히코는 아카데믹한 학계를 향해서도 '요괴'에 관한 새로운 식견을 제시하여 놀라게 하는 일이 종종 있는 모양이다. 하긴 이 정도로 기이한 세계관을 가졌으니 《우부메의 여름》 같은 괴작을 쓸 수 있었던 것이리라. 본인이 쓴 소설의 북디자인(표지＋본문)을 직접 하고, 자신의 원작을 바탕으로 만든 영화에 출연하거나 목소리로 출연하는 일도 빈번한 이 팔방미인 작가는, 앞서 언급한 미야베 미유키, 오사와 아리마사와 함께 활동하는 다이쿄쿠구의 일원이다.

누가 사람들이 신문을
안 읽는다 했나

세상에 사연 없이 나온 책이 어디 있겠냐만 최근에 내가 만든 책에 관한 사연도 꽤 그럴듯하니 들어보시라. 2013년 11월부터 나는 〈한겨레〉에 칼럼을 썼다. 처음 제의를 받았을 때만 해도 '한 달에 한 번, 원고지 아홉 매짜리니까 괜찮겠지' 싶었다. 주제도 내가 정하면 된다. 한데 만만치가 않았다. 비슷한 시기에 연재를 시작한 〈주간경향〉(은 2주에 한 번이고 원고지 16매였다)에 쓰는 것보다 곱절은 어려웠다. 이유는 모르겠다. 어쨌거나 한 달을 주기로 끙끙 앓았다. 〈주간경향〉이나 〈하퍼스 바자〉에는 '뭘 써야 재미있을까'를 고민했는데 〈한겨레〉에는 '뭘 써야 욕을 먹지 않을까'를 고민했다.

그러다가 딱 한 번 수월하게 마감을 넘긴 적이 있다. 여름이었다. 그 무렵 나는 《비트겐슈타인 평전》이라는 900페이지짜리 양장본을 밤마다 붙들고 있었다. 왜 읽기 시작했느냐. 비트겐슈타인이 궁금해서는 아니다. 철학을 공부하고 싶어서도 아니다. 이런 걸 읽어

어쩌거나 내 취향대로

두면 어디 가서 폼 좀 잡을 수 있을 것 같아서였다. 나는 이 거대한 무게의 책을 몸짱 헬스클럽 강사가 근육강화제를 복용하듯 꾸준히 읽어나갔다. 다행이라고 해야 할지 어렵지는 않았다. 아니 흥미로웠다. 특히 비트겐슈타인이 추리소설의 광팬이라는 대목이 그랬다. 비트겐슈타인의 책장은 〈디텍티브 스토리 매거진 Detective Story Magazine〉 같은 잡지들로 가득 차 있었다고 한다. 문득 이 에피소드를 〈한겨레〉 칼럼으로 써먹어도 괜찮을 것 같다는 생각이 들었다. '철학 천재가 감탄한 책'이라는 제목으로 나는 이렇게 적었다. "그러던 어느 날 비트겐슈타인은 우연히 마을의 한 상점에 들렀다가 노버트 데이비스라는 작가가 쓴 추리소설 《두려운 접촉》을 발견한다."

대개 〈한겨레〉로 송고하기 전날은 밤을 새우다시피 했는데 이날은 초저녁에 마감했다. 무엇보다 욕먹을 주제가 아닐 거라는 판단이 심신에 안정을 주었다. 생명이 단축되는 듯했던 '한 달에 한 번 마감 지옥'에서 벗어나 그날은 모처럼 푹 잘 수 있었다. 칼럼은 다음 날 조간에 실렸다. 한데 묘한 방향으로 일이 흘러갔다. 출판사로 전화가 빗발치기 시작한 것이다. 과장이 아니다. 우리 회사 직원들이 짜증을 낼 정도였다. 그중에서 가장 인상적이었던 사람은 어느 도서관에서 사서로 일하는 분이었다. 도서관 이름은 잊었지만 그날 들었던 내용만큼은 확실히 기억하고 있다.

"도서관으로 《두려운 접촉》에 대한 문의가 너무 많아서 오전 업무를 볼 수가 없다. 《두려운 접촉》이 도서관에 있느냐고 묻더니 없으면 원서라도 구해놓으라는 이용자도 있다. 《두려운 접촉》은 고사하고 원서인 《Rendezvous with Fear》도 구하려 노력했지만 당최 찾을 수가 없었다. 아니, 우리나라에 출간되지도 않았고 원서로도 구할 수 없는 책을 일간지에 적어놓으면 어떡하느냐"며 나를 꾸짖었다. 그분은 꾸짖으려는 의도가 없었는지 모르지만 듣는 입장에선 그랬다. 꾸중을 듣는 것 같았다. 그분은 정중한 목소리로 "앞으로 주의해주기 바란다"는 얘기를 덧붙이고 전화를 끊었다. 다음 날도, 그다음 날도《두려운 접촉》을 읽고 싶은데 어떻게 구하면 되느냐는 전화가 이어졌다. 젠장, 요즘 인간들이 신문을 읽지 않는다더니 대관절 이게 무슨 일인가 싶었다.

《두려운 접촉》에 관해 따지듯 문의하는 전화를 받을 때마다 나는 가급적 상냥하게 설명해주었다. "《두려운 접촉》은 한국에 출간되지 않았습니다.《Rendezvous with Fear》도 구하기가 힘들 겁니다. 원서를 구할 수 없는 이유는 'Rendezvous with Fear' 라는 이름으로 나온 판본이 절판된 이후 미국에서 'The Mouse in the Mountain' 이라는 제목으로 출간되었기 때문입니다. 하지만 'The Mouse in the Mountain' 도 절판이라 헌책방에서나 찾을 수 있을 듯합니다. 미안합니다."

딱히 미안하다 여기진 않았지만 어쩔 수 없이 미안하다 말해주었다. 문의전화는 몇 달간 이어졌다. 문득 'The Mouse in the Mountain' 의 한국어판을 내가 만들어버리면 대답하기가 참으로 수월하겠다는 생각이 들었다. 그렇게 결심한 직후부터 대답은 심플해졌다. "아, 그 책이요? 올해가 가기 전에 북스피어에서 내겠습니다. 기다려주세요." 미안하다는 말을 할 필요도 없었다. 오히려 "책을 내(주)겠다니 고맙다"는 칭찬을 잔뜩 들었다.

그리고 몇 달 후 문제의 책을《탐정은 진실을 말하지 않는다》라는 제목으로 **출간**할 수 있었다. 독자들의 문의전화가 빗발쳐서 책을 만들게 되다니, 이런 경우는 처음이다. 어쨌거나 귀찮음을 무릅쓰고 출판사로 전화를 걸어준 모든 독자들에게 감사한다. 더불어 노버트 데이비스라는 근사한 비운의 작가에 대해 알게 되었던 것도. 농담 아니고 〈한겨레〉 칼럼 때문에 곤란을 겪었다던 도서관 사서분, 혹시 이 글을 읽게 되면 연락 한번 주시라. 고마움의 표시로 밥이라도 사드리고 싶다.

판타지의 제왕을
만나러 가는 길

미스터리는 《셜록 홈즈》 전집, 무협은 《영웅문》 3부작, SF는 《파운데이션》 시리즈, 판타지라면 《반지의 제왕》……. 이상은 해당 장르의 정점으로, 명예의 전당 같은 게 생긴다면 틀림없이 가장 윗길에 놓일 작품일 거라 사료된다. 필독서라고까지 얘기하면 'SF나 무협 따위를 왜' 하는 식으로 시비를 걸 사람들도 있을 듯하니 그만두고, 적어도 나는 이 분야의 책을 팔아먹고사는 업자로서 진즉에 읽어두었어야 했다. 하지만 몇 번이나 반복해서 읽은 앞의 세 편과 달리 《반지의 제왕》은 그러지 못했다. 분량의 문제는 아니다. 지나치게 잘 만든 영화 탓이다. 극장에서 보고, DVD로 보고, 케이블에서 틀어줄 때마다 주야장천 보고 있노라니 '음, 굳이 읽지 않아도' 하는 마음이 들었던 것이다. 한편으로 '어디 가서 《반지의 제왕》을 안 읽었다고 얘기하긴 창피하니까 언젠가는' 하는 마음도 분명히 있었다.

그 '언젠가'를 설 연휴로 정한 것은 연초에 구입한 《톨킨 전기》를 읽으면서다. 나는 평전 읽기를 좋아한다. 이런 유의 책들은 반드시라고 해도 좋을 만큼 한 가지쯤 교훈 내지는 앎의 즐거움을 준다. 《탐정은 진실을 말하지 않는다》라는 책을 만들자고 결심할 수 있었던 것도 무심코 읽기 시작한 《비트겐슈타인 평전》에서 비트겐슈타인이 무명의 추리소설가를 극찬한 문장을 '발견'했기 때문이다. 이 같은 이용후생적 차원에서라도 평전이라면 덮어놓고 읽는다. 특히 비주류로 치부되는 장르작가의 평전은 금방 절판될 게 뻔하니까 당장은 안 읽어도 보이면 구입해둔다. 《톨킨 전기》도 그런 이유로 사두었다가 영화 〈호빗: 다섯 군대 전투〉의 관람을 마치자마자 읽기 시작했는데 아니나 다를까 흥미로운 대목이 눈에 띄었다.

1926년, 그러니까 톨킨이 옥스퍼드에서 학생들을 가르치던 시절의 일이다. 그는 대학 교수회 회의에 참석했다가 마찬가지로 영문과 교수인 스물일곱의 청년을 만나게 된다. 이 청년이 《나니아 연대기》의 저자인 C. S. 루이스다. 처음에는 서로를 경계하던 두 사람은 상대방이 켈트 신화에 깊은 관심을 가지고 있다는 사실을 알게 되자 정기적으로 만나 토론을 벌이곤 했다. 이후 톨킨과 루이스는 '인클링스'라는 문학동호회에 가입한다. 출간되지 않은 작품들을 읽고 비평하는 이 친목 모임의 구성원들은 대개 화요일 오전에 '독수리와 아이'라는 선술집에서 만나 술을 마시고 담배를 피우며 서로가 쓴 작품의 초고를 동료들 앞에서 낭독했다고 한다. 이때 톨킨이 낭독한 작품이 《반지의 제왕》이다. 낭독 후에는 논쟁이 이어졌고 칭찬보다는 혹평이 많았다. 이 모임은 톨킨의 인생에서 매우 중요했다고 전기의 저자는 적고 있다. 무엇보다 모임의 좌장격인 루

세기가 없으면 의미도 없다

이스는 《반지의 제왕》이 완성되기까지 없어서는 안 될 존재였다. 톨킨은 루이스가 죽은 뒤에 편지에 이렇게 적었다. "그의 끊임없는 관심과 다음 이야기를 들려달라는 재촉이 없었더라면 나는 결코 《반지의 제왕》을 끝마치지 못했을 것이다." 그러고 보니 나도 예전에 소설창작 모임 비슷한 걸 했었는데 당시 내 소설의 초고를 내 목소리로 들은 동료들은 '야야 이거 하나도 재미없는데?' 하고 속으로 욕했을 게 틀림없다.

여튼 《톨킨 전기》에는 재미난 에피소드들이 잔뜩 있어서 책이 끝나갈 무렵에는 '이제 슬슬 《반지의 제왕》을 읽어야겠다'는 마음이 들고 말았다. 10년도 더 전에 사둔 책을 이제야 읽게 되다니, 아직 펼쳐보지도 않은 마당에 이런 결심만으로도 알찬 연휴를 보낼 수 있을 것만 같은 기분이 든다.

왜 한국의 추리소설이
발전해야 하는가

44

하루에도 열두 번씩 냉장고를 열었다 닫았다 하는 계절이 되면 이런저런 매체와 인터뷰할 일이 생기는데 그때마다 빠짐없이 듣는 질문 가운데 하나는 이런 것이다. "어째서 한국의 추리소설은 예나 지금이나 제자리걸음일까요?" "왜 한국 서점에서는 일본 추리소설이 인기일까요?" 글쎄, 어째서일까. 무척 어려운 질문이다. 나 같은 인간이 "그건 말이죠" 하고 간단한 식사로 대답할 성질의 물음이 아니다. 게다가 애써 대답해봤자 공염불이거나, '쯧쯧, 아직도 그런 이분법(순문학/장르문학)에서 벗어나지 못하다니' 같은 야유가 돌아오기 십상이라는 걸 알고 있다. 때문에 이런 질문에는 아는 척을 하기보다 잘 모르겠다는 식으로 복지부동하는 것이 누구에게도 싫은 소리를 듣지 않는 길이다.

하지만 어린 시절부터 지금껏 추리소설을 읽어온 독자라면 십중팔구 이 같은 질문에 대해 한두 가지쯤 머릿속을 스치는 '자기 나름의 경험을 바탕으로 한 답변'이 있지 않을까 싶다. 그것이 '추리소설이란 무엇인가' 같은 정의는 물론 '해외 추리소설의 발전 양상'을 하나부터 열까지 줄줄이 꿰고 있는 상태에서 내린 답변과는 다소 달라 보일 수도 있다. 그러나 이 문제에 관해 경험을 바탕으로 한 답변과 '태정태세문단세'적 지식을 토대로 삼아 한 답변이 다르다는 것을 밝히는 것은 그다지 의미가 없을 거라고 생각한다. 그래봤자 한 끗 차이일 가능성이 높고 그것이 함의하고 있는 문제의식의 뿌리는 비슷할 테니까 말이다.

2008년 무렵에 있었던 사건 얘기를 해보자. 〈오마이뉴스〉에서 가장 먼저 보도했던 걸로 기억한다. 문학과지성사에서 한국 문단의 대표 작가들을 일별할 수 있는 《한국문학선집-소설2》를 발간했는데, 어느 문학평론가가 '김성동'과 '김성종'을 동일인으로 착각해버린 해제를 그 책에 실었다는 것이 사건의 발단이다. 기사를 읽고 나도 책을 구입해보았다. 해제는 총 세 페이지에 걸쳐 수록되어 있었다. 그중 "김성동은 《만다라》 발표 이후 생계를 위해 문학의 순수성과 관련된 본격 문학에 집중하기보다는 추리소설을 창작하거나 신문에 역사소설을 연재하였다"라는 부분이 문제가 되었다. 이에 대해 김성동 선생은 치욕스럽다는 입장을 밝히며 다음처럼 답변했다. "이 사람은 단 한 편도 추리소설을 쓴 바 없으며 통속적 역사소설 또한 쓴 바 없습니다. 아마도 김성종이라는 추리소설가와 나 김성동을 착각하여 한 말인 듯한데 김성종과 김성동을 혼동한다는 게 이른바 평론가로서 말이 됩니까?"

이는 명백히 해당 평론가와 출판사의 잘못이다. 때문에 김성동 선생이 법적으로 책임을 묻겠다고 했을 때 출판사 쪽에서 공식적인 사과문을 쓸 수밖에 없었던 것이다. 이후 문단 일각에서는 이 문제를 공론화하겠다는 입장을 밝혔고, 김성동 선생은 '화풀이하듯' 이 내용을 《발괄하는 앵벌이》라는 소설로 발표하기도 했다. 이 정도로 김성동 선생의 화가 풀렸을 것 같진 않지만 그래도 그는 발언할 기회가 있었고 그 발언은 기사화되었으며 출판사로부터 사과도 받았다.

다만 이 과정에서 의아한 점이 하나 있었다. 그렇다면 김성종 선생은 어떻게 되는 건가. 해당 평론가의 글 가운데 "생계를 위해 문학의 순수성과 관련된 본격 문학에 집중하기보다는 추리소설을 창작하거나 신문에 역사소설을 연재하였다"라고 "평가절하된(이건 〈오마이뉴스〉의 표현)" 대목은 김성동 선생뿐만 아니라 김성종 선생 입장에서도 아닌 밤중에 홍두깨 같은 상황이었으리라. 하지만 이와 관련한 보도나 논평은 어디서도 찾아볼 수 없었고 누구 하나 그의 입장을 변호하기 위해 나서지도 않았다. 나는 이것이 오늘 한국 추리소설의 위상을 상징적으로 보여준 사건이었다고 생각한다. 2008년에 일어난 일이지만 지금 다시 이름을 바꿔 다른 추리소설가에게 일어난다 해도 전혀 이상하지 않다.

자, 그럼 이쯤에서 최근 출판계의 분위기를 짐작할 수 있을 만한 두 가지 발언을 살펴보자.

❶　　　　　　　　이들의 부진이 '자업자득'이란 비판도 있다. 박익순 한국출판저작권연구소장은 "국내 메이저 출판사들이 돈이 되는 해외 작품을 들여오는 데 열중할 뿐 정작 국내 작가는 제대로 키우지 못했다"며 "신인을 발굴해 베스트셀러 작가로 키워 출판시장을 활성화하고 다시 새로운 작가를 발굴하는 데 투자하는 선순환 구조를 만들었어야 했

다"고 말했다.

❷   "신인작가를 발굴해 고액의 문학상 당선료를
지불하면서 론칭했고 일간지 기자들이 비좁은 지면 쪼개 열심히 기사도
써주고 했는데 시장에서는 그냥 외면해버립니다. 어쩌란 말입니까? 말이
좋아 신인작가 발굴과 양성이지 도대체 그에 따른 비용과 효과에 대해 책
임질 수 있는 사람이 있나요? 출판사의 그 비용은 어디서 나오는 거지
요? 지금 독자들이 국내 작가의 콘텐츠에만 만족할 수 있나요?"

❶은 '빅4 규모의 출판사'들이 부진한 이유를 분석한 〈동아일보〉
기사이고, ❷는 ❶에 대한 일종의 하소연으로 '빅4 규모의 출판사'
본부장이 페이스북에 올린 글이다. 아마도 이 글을 마주할 독자들
은 대부분 ❶에 고개를 끄덕이지 않을까 싶다. 하지만 범위를 추리
소설에 한정하여 내 개인적 의견을 말해보자면 ❶은 어디까지나 이
상론이고 ❷가 현실적이라는 측면에서 더 와 닿는다. 지금처럼 허
약한 출판시장에서 어떠한 비평적 권위나 외부적 도움 없이 순수
하게 독자들의 선택만으로 한국의 히가시노 게이고가 만들어지기
란 불가능하다(❷에서 보듯 독자들이 선택하지도 않는다). 하지만 한국
의 히가시노 게이고를 만들기 위해 억지로 비평적 담론을 만들고
거액의 상금을 지급하여 한 방에 뭔가를 구축하려는 움직임 역시
이제까지 아무런 성과를 거두지 못한 것처럼 앞으로도 성공할 가
능성은 희박하다. 이것은 비유하자면 유소년 축구나 국내 리그에
대한 체계적이고 장기적인 비전 없이 무턱대고 월드컵에서의 선전
을 바라는 심리와 비슷하다. 그렇다면 앞으로 육성하면 되지 않느
냐는 질문이 가능하겠다. 아니, '나는 추리소설가가 아니다. 다만

추리적 기법을 차용했을 뿐'이라는 포즈가 얼마든지 용인되는 한 그건 어렵다고 본다. 애당초 장르를 구분하는 일 자체를 마땅치 않아 하는 이런 풍조 속에서라면 차라리 질문을 바꾸는 편이 낫다. "왜 한국의 추리소설이 발전해야 하는가?", "왜 한국의 히가시노 게이고가 필요한가?" 어차피 히가시노 게이고는 일본에 있는데 굳이 여기에 한 명 더 만들 필요가 있을까. 그러한 투자에 얼마만큼의 효용성이 있을까. 추리소설(장르문학)은 그냥 추리소설을 잘 쓰는 나라에서 들여오면 되지 않을까. 반대급부로, 한국은 한국이 잘하는 순문학(본격문학)을 지금처럼 열심히 육성하여 내수는 물론 수출에도 기여하게 만드는 것이 정서적으로나 전략적으로 더 효율적이 아닌가 하는 생각이 든다.

"쓰는 것 자체가 즐겁다"

미야베 미유키 작가 인터뷰

미야베 미유키를 처음 읽었을 때 내 나이 스물아홉이었다. 그의 이야기는 단숨에 나를 사로잡았다. 한때의 소설가 지망생으로서 내가 쓰고 싶어 하던 이야기가 여기 있구나, 그런 느낌이었다. 2004년 무렵의 일이다. 인간은 사회적 위기가 닥칠 때마다 그것이 단 한 사람의 악한 성질 때문에 초래된 일이라 여기고, 그에 대한 처벌을 통해 위기를 해소할 수 있다고 생각한다. 미야베 미유키는 한 사람을 향한 사회 시스템의 폭력이 절정에 달한 순간 그를 변호하기 위해 등장하는 대변인 같다. 그래서 혹자는 친절한 척하며 한 수 가르쳐주겠다는 듯한 말투를 거슬려하는 모양이지만 나에게는 그러한 말투조차 대단해 보였다. 미야베 미유키 식으로 표현하자면, 썬거다.

　이듬해부터 미야베 미유키의 작품들을 내 손으로 만들기 시작했다. 그것은 무척 근사한 경험이었다. 마음씨 착한 이웃집 누나가 내 눈앞에서 이야기보따리를 풀어내는 것 같았다. 대사 하나 몸짓 하나에 이르기까지 등장인물과 그들의 시대가 어찌나 선명하고 활기에 넘치는지, 어떻게 이토록 다양한 이야기들이 한 사람의 입에서 술술 나올 수 있는지 신기할 지경이었다. 그리고 7년이 지났다. 나는 미야베 미유키의 데뷔작을 비롯해 열 종의 시대물과 열세 종의 현대물을 만들었고, 몇 군데 매체에 미야베 미유키에 관한 글을 썼고, 그를 인터뷰하고 싶어 하는 몇 명의 기자들에게 연락처를 가르쳐주었다. 하지만 한 번도 직접 만난 적은 없었다. 그는 건강상의 이유로 한국에 올 수 없었고, 나는 내 안에서 너무 커져버린 그와의 만남이 엄두가 나지 않아 일본에 가지 못했다. 계기는 '독자펀드'였다. '미야베 미유키'라는 이름만으로 열흘 만에 목표액이 다 모였을 때 나는 생각했다. 이제는 만나러 가야겠다고.

2012년 6월 29일 오후 4시, 인터뷰는 오사와 오피스의 회의실에서 진행되었다. 이 인터뷰에서는 그간 한국의 몇몇 매체들이 했던 질문들, 예를 들면 어떻게 작가가 되었는지, 작가로서 어떤 여정을 걸어왔는지 등의 기본적인 사항에 대한 질문은 하지 않았다. 그러한 정보는 마음만 먹으면 얼마든지 찾을 수 있다고 판단했기 때문이다. 포커스는 시대소설에 맞추었다. 이번 기회에 데뷔작부터 최신작까지 차근차근 훑어보고 싶었다.

미야베 미유키가 제일 처음 쓴 시대물은 〈길 잃은 비둘기〉와 〈말하는 검〉이라는 단편이다. 각각 1986년, 1987년에 완성한 작품으로 한국에서는 《말하는 검》이라는 동명의 단편집으로 출간되었다. 미야베 미유키는 이 단편집에 대해 특별히 작가의 말을 쓰게 해달라고 요청했을 만큼 애착이 가는 초기 작품들을 모아놓았다고 밝힌 바 있다. 처녀작에 대해 뭔가 주석을 달아두지 않으면 안 된다는 불안감 때문이었으리라. "〈길 잃은 비둘기〉와 〈말하는 검〉은 동일한 인물이 등장하는 연작 형식입니다. 하지만 이 두 작품의 초고를 완성했을 당시 저는 아마추어나 다름없었고, 프로 작가가 되겠다는 생각은 1밀리그램도 없었던 시기라 지금 돌이켜보면 아주 뻔뻔했습니다. 원고를 고쳐 쓰며 새삼 얼굴을 붉혔습니다." 원고를 고쳐 쓰며 얼굴을 붉혔다고는 하지만, 초기작이라 여기기 어려울 만큼 뛰어난 구성을 보여준 이 작품으로 그는 제12회 역사문학상을 받으며 평단의 인정을 받는다. 다만 한 가지 궁금한 게 있었다. 단편 〈말하는 검〉에는 주인공 오하쓰의 둘째 오라비인 '나오지'라는 인물이 나온다. 첫째 오라비인 '로쿠조'에 비하면 잘생기고 다정다감하며 능력 있는 캐릭터인데, 어찌 된 일인지 후속 장편인 《흔들리는 바위》에는 빠져 있다. 《흔들리는 바위》를 만들며 《말하는 검》의 둘째 오라비 캐릭터에 반한 본사의 편집자가 아쉬워했다고 작가에게 말해보았더니, 나오지처럼 근사한 인물은 너무나 쓰기 편하고 쉬운 캐릭터라서 뺐다는 대답이 돌아왔다. "지금이라면 그냥 썼겠지만,

현대를 배경으로 한 사회파 미스터리,
에도 시대를 배경으로 한 시대물 미스터리를 주로 발표하는 미야베 미유키 작가.

당시에는 편한 캐릭터에 안주하면 안 된다는 생각이었습니다." 그
말대로 미야베 미유키는 팔방미인형 캐릭터 대신 시정에서 흔히
볼 수 있는 평범한 인물을 자주 주인공으로 등장시킨다. 그동안 그
의 소설에 등장했던 탐정 역의 인물들이 죄다 셜록 홈즈와 거리가
멀어도 너무 멀었던 것이 그렇다면 이해가 된다.

"장편이든 단편이든 똑같이 쓰는 것 자체가 즐겁습니다"

미야베 미유키는 유령과 요괴, 초능력이 실재함을 전제로 수수께
끼를 풀어나가는 방식에 능하지만 무엇을 쓰든 그 근저에는 '따뜻
함'이 있다는 게 특징이다. 초기 소설 중에는《혼조 후카가와의 기

이한 이야기》의 〈배웅하는 등롱〉이 이를 잘 보여준다. 후카가와 제일의 담뱃가게 오노야에서 일하는 오린이 가게 아가씨의 연애성취 기원을 위해 축시에 참배를 명령받는다. 하지만 늦은 밤 참배하기 위해 오갈 때마다 일정한 간격을 두고 따라오는 '배웅하는 등롱'이 오린은 무서워서 견딜 수가 없다. 너무 무서운 나머지 동료에게 그 사실을 털어놓자 동료가 오린에게 말한다. "오린, 배웅하는 등롱은 오린 너를 좋아하는 건지도 몰라. 너를 많이 좋아하는 누군가인지도 모르지." 작품 속 '배웅하는 등롱'의 정체가 무엇인지는 끝내 밝혀지지 않는다. 그저 동료의 말 한마디로 인해 그때부터 '배웅하는 등롱'은 오린에게 단순히 무서운 것이 아니라 왠지, 참을 수 없게 감미롭고 사랑스러운 것의 상징으로 변한다. 밤의 어둠 속에 손을 내밀면 따라오는 등롱의 따뜻함이 느껴질 것만 같아 오린은 자신의 마음속에도 등롱이 켜지는 듯한 기분이 된다. 이 작품으로 요시카와 에이지 문학 신인상을 받았을 당시 심사위원으로부터 "공부하려거든 단편을 많이 써봐라"라는 말을 들었다는 인터뷰 기사를 본 기억이 나서 미야베 미유키에게 물어보았다. 단편을 쓸 때와 장편을 쓸 때 어느 쪽이 어려운지. "저는 단편 작가로 출발했습니다. 단편은 한정된 매수 안에 캐릭터와 구성을 짜임새 있게 살려야 하기 때문에 쓰기가 어렵지요. 그래서 저는 단편을 잘 쓰는 작가가 글을 잘 쓰는 작가라고 생각합니다. 그러고 보니 언젠가 사노 요라는 작가가 제 작품에 대해 '당신의 작품은 장편도 하나하나의 단편을 연결한 것 같다'라고 한 적이 있어요. 실제로 제 작품은 장편의 경우에도 한 사람 한 사람의 스토리를 떼어놓으면 각각 단편으로서의 완결성을 가지는 경우가 많습니다. 즉 저는 단편이 모여 하나의 장편을 이룬다는 기분으로 글을 쓰기 때문에 뭐가 어렵고 뭐가 더 쉽다고 느낀 적이 없어요. 장편이든 단편이든 똑같이 쓰는 것 자체가 즐겁습니다." 작가와 마주 앉아 이야기를 나누는 동안 이 사람은 하루 종일 책상 앞에 앉아서 마음이 가는 대로 좋아하는 이야기를 쓰기만 하면 행복한 게 아닌가 하는 생각이 들었다. 그래서 이렇게 정리하기로 했다. 그는 자신이 즐겁고 독자들을 즐겁게 하기 위해 단편이든 장편이든 구분하지 않고 오로지 재미있는 소설을 쓸 뿐이라고. 하루 종일 책상 앞에 앉아 있는 건 아니고(저녁 여섯 시 이후로는 일절 집필 작업을 하지 않는단다) 게임도 과할 정도로 많이 하는 모양이지만, 뭐 게임소설도 쓰고 있으니까 그거야 상관없겠다.

"저도 이 작품이 최고라고 생각해요"

《외딴집》은 지금까지 언급한 미야베 미유키의 시대소설과 몇 가지 점에서 차이를 보인다. 우선 배경이 '후카가와'가 아닌 시코쿠의 가상 마을 '마루미 번'이고, 다양한 시정 사람들이 나오지만 막부의 중직을 맡았던 이가 주요 인물로 등장하며, 시정 사람들의 소소한 이야기보다는 번의 존속을 위해 비상식적인 행위를 서슴지 않는 무가 사회의 비정한 모습이 중요한 비중을 차지하고 있다. 저자가 직접 후기에서도 밝히고 있듯이 마루미 번의 모델은 사누키 마루가메 번이고, 유배된 죄인인 '가가 님'의 모델은 도리이 요조다. 도리이 요조는 양학을 경시하고 쇄국정책을 지지했으며, 에도 시대 초기의 봉건적인 농업 사회를 복원하기 위해 실시했던 덴포개혁의 주요 인물이다. 덴포개혁 중 재정상의 곤란과 민중의 궁핍을 해결한다는 명목으로 실시한 도리이의 시정 단속은 매우 엄격했으며 사상과 문화에 대한 통제로 이어졌다. 게다가 함정수사를 주요 수단으로 했기 때문에 당시 사람들로부터 '요괴'라는 별명을 얻었을 정도로 공포와 증오의 대상이 되었다. 시대소설, 드라마, 애니메이션 등에서 악역으로 활약하고 있는 도리이 요조를 소재로 하면서도 미야베 미유키는 기존의 해석에 머물지 않는다. 가가 님은 아내와 자식을 살해한 '악귀' 취급을 받지만 결말에 이르러서는 등장인물 누구보다도 '인간적인' 모습을 보여주며,《외딴집》의 등장인물 중 가장 매력적인 캐릭터가 된다. 나는 당신의 시대물 가운데《외딴집》이 최고라 생각한다고 말해주었더니, 미야베 미유키는 고개를 끄덕이며 "저도 이 작품이 최고라고 생각해요"라고 대답했다. 그러고는 잠시 뜸을 들이더니 아득히 먼 곳을 바라보는 듯한 표정을 지으며 당시 집필 과정이 얼마나 고통스러웠는지에 관해 들려주었다. "이 책을 작업할 때는 몇 번이나 연재를 그만두고 싶다고 말했습니다. '시대물인데 가공의 번을 만들다니, 무모한 일을 벌인 제 탓입니다. 공부가 부족해 쓰지 못하겠습니다' 하고요. 그런데 담당 편집자분이 신인물왕래사의 명편집자였어요. 언제나 싱글벙글 웃고 있는 분이라 혼난 적은 한 번도 없지만, 1회 30매 분량을 못 쓰겠다고 하자 '그럼 20매도 좋아요'라고 하셨지요. 제가 또 우는소리를 하니까 '그럼 10매만이라도 쓰세요'라고 했어요. '이번엔 마감 못 맞춰요'라고 하면, '그럼 하루 더 드릴게요'라고 격려해주며 결코 쓰는 걸 멈추지 못하게 하셨어요. 그런 식으로 싱긋싱긋 웃으면서 원고를 받아가 주신 덕분에 《외딴집》을 완성할 수 있었습니다." 천부적인 재능을 지닌 작가가 그런 재능을 알아봐 주는 명편집자를 만나 완성한 이야기인 셈이다. 더구나 이 편집자는 《혼조 후카가와의 기이한 이야기》를 쓸 때부터 "도중에 몇 번이나 죽는소리를 하며 '이제 못하겠어요, 그만할래요'라고 징징대는" 미야베 미유키를 달래가며 여기까지 왔다고 하니, 이렇게 되면 넙죽 엎으려 절해야 할 대상은 미미 여사 쪽이 아니라 신인물왕래사의 명편집자 쪽일지도. 작가가 어찌나 칭찬을 하던지, 혹시 다음에 기회가 있다면 이 사람을 인터뷰해보고 싶다는 기분이 들 정도였다.

"어둠을 껴안고 있는 사람은 나 혼자가 아니다"

에도 시대, 간다 미시마초에 자리 잡은 주머니 가게 미시마야는 화려하고도 독특한 모양새의 주머니로 에도 풍류인들의 마음을 사로잡았다. 그러나 화려한 주머니와는 달리 이곳에는 가슴속에 상처를 간직한 채 자신만의 세계에 갇혀 지내는 소녀가 있다. 소녀의 이름은 오치카. 미시마야 주인의 조카딸이다. 그녀는 열일곱이라는 꽃다운 나이에도 미시마야에 틀어박혀 하루하루를 견뎌가고 있다. 어느 날, 주인 이헤에가 급한 용무로 자리를 비운 사이에 이헤에와 바둑을 두고 싶다며 손님이 찾아온다. 오치카는 어쩔 수 없이 숙부를 대신하여 숙부가 바둑을 두는 '흑백의 방'에서 손님을 맞이

한다. 콤플렉스는 콤플렉스를 알아보는 법. 손님 역시 남에게는 말할 수 없는 아픈 과거를 간직한 사내였다. 손님은 그 자리에서 오치카에게 자신의 이야기를 들려준다. 사람을 죽인 형에 대한 그리움과 미움이 뒤섞인, 잔혹하고도 슬픈 이야기를. 손님의 이야기를 들으며 오치카는 깨닫는다. "세상에는 온갖 불행이 있다. 갖가지 종류의 죄와 벌이 있다. 각각의 속죄가 있다. 어둠을 껴안고 있는 사람은 나 혼자가 아니다"라는 것을. 조카의 미묘한 변화를 눈치챈 이헤에는 오치카를 세상 밖으로 끌어내기 위해 특이한 일을 벌인다. '흑백의 방'에 이야깃거리를 가진 손님을 초대해 100가지 괴담을 듣는 자리(백물어百物語)를 마련한 것이다. 이야기를 듣는 사람은 바로 오치카, 상처를 간직한 소녀 한 사람이다. 2000년에 발표한 《괴이》의 속편 격인 《흑백》은 원래 한 권으로 완결할 예정이었다. 처음에는 한 화, 한 화를 《괴이》처럼 독립적인 이야기로 쓸 생각이었는데 미시마야라는 설정을 만들어 쓰다 보니 〈만주사화〉도 〈흉가〉도 이야기가 길어져버려서 한 권 분량을 다 썼을 즈음에 "이건 한 권으로 끝나는 게 아니라 백물어니까 100화까지 쓸게요. 100화를 쓰기 전에 제가 죽는다면 죄송한 일이지만요. 후반은 수명과의 전쟁이 될 것 같아요"라고 말해 담당 편집자를 기함하게 했다고 한다. 괴담을 즐기는 풍습이 민간에 꽃을 피웠던 에도 시대를 배경으로 글을 써온 미야베 미유키에게 백물어는 꼭 도전해보고 싶은 분야였으리라. 그래서 미야베 미유키는 '미시마야 변조 괴담' 시리즈를 '라이프 워크(필생의 사업)'라며 포부를 밝히기도 했다. 다만 미시마야 괴담이 아니라 미시마야 '변조' 괴담인 이유가 궁금했다. "백물어라는 건 예전부터 있었으니까 새로운 것도 아니지요." 때문에 이걸 처음 구상할 때는 무서운 이야기를 하고 무서운 이야기를 모으는 호사가에게 초점을 맞추는 종래의 방식과 달리 이처럼 무서운 이야기를 들어야 할 필요가 있는 사람이 듣는 설정이면 좋겠다는 생각을 했다. 《흑백》과 《안주》에 등장하는 백물어가 '변조' 괴담인 것은 이러한 차이에서 기인한다. 100가지 이야기를 다루지만 듣는 사람은 여러 명이 아니라 오치카 혼자. 더구나 주인공 오치카에게는 괴담을 들어야만 하는 이유가 있다. 괴담을 들음으로써 상처받은 자신의 내면을 치료하는 것이다. 그것이 바로 '변조'인 이유다. 작가는 "뭐든지 자신의 힘으로 해결할 수 있는 캐릭터가 아니라 상처가 있고 힘도 약하며 혼자서는 살아가기 힘든 사람이 필요했다"고 한다. 무서운 이야기를 하는 게 중요한 게 아니다. 무서운 이야기를 듣는 것이 핵심이다. 잘 들어주는 사람. 그 사람이 반드시 오치카일 필요는 없다. 나, 혹은 당신이어도 된다는 것이 작가의 생각인 듯하다. 이야기의 말미에 그가 재미있는 말을 했다. "앞으로도 오치카는 계속 괴담을 들으면서 연애를 하고, 결혼을 하고, 아이를 가지고, 점점 나이를 먹어갈 겁니다. 이 시리즈를 통해 100가지 이야기를 하나둘 쌓아갈 뿐만 아니라 저와 함께 나이를 먹어가는 오치카의 일생을 그려가고 싶습니다." 아아 결혼이라, 부럽다. 나도 하고 싶은데. 그렇다면 《흑백》의 나막신 가게 주인 아들과 《안주》의 서당 선생 가운데 누구와 결혼하느냐고 슬쩍 물어보았다. 역시. 빙그레 웃을 뿐 알려주지 않는다.

마치며

인터뷰를 하며 서로 마주 앉아 얼굴을 맞대고 그의 소설에 대해 이러쿵저러쿵 대화를 나누다 보니 이 사람은 내가 소설을 읽으며 상상했던 그대로의 사람이구나 하는 느낌이 들었다. '어린아이 같다'는 것은 다소 상투적인 표현이지만 미야베 미유키의 경우만큼은 꼭 이 말을 쓰고 싶다. 소설에서 드러나는 것처럼 당신은 정말 심성이 맑고 순수한 것 같다고 에둘러 말해보았더니, '그럴 리가, 우리 사무실에서 내가 제일 어둡고 사악한데? 그 부분에 대해서는 교고쿠 나쓰히코 씨와 오사와 아리마사 씨가 고개를 끄덕이면서 인정해주었다'며 호호 웃는 모습도, 상당히 실례되는 표현이지만, 귀여우셨다. 시간이 좀 더 흘러 본사가 10주년이 될 때쯤 다시 한번 그를 만나고 싶다. 그때까지 귀여운 모습으로 지금처럼 써주시길, 미미 여사님.

그러나 페어플레이 할 것

—치사해지지 말자고 쓰는 이야기

아아, 사람들아,
책 좀 사라

마케팅에 대해서라면 각자 나름대로의 정의가 있겠지만 나는 마케팅이란 이런 것이라고 생각한다. 다른 이가 하는 걸 따라 하는 거 말고 나만 할 수 있는 것, 혹은 하늘 아래 새로운 것이 없다면 다른 이들이 했던 걸 어떻게 하면 내 방식대로 만들 수 있을까를 고민해보는 것. 이것은 조직의 브랜드를 구축하기 위해 필요한 일이기도 하다. JOH의 조수용 대표가 잘 지적했듯 "책이나 저자가 브랜드가 될 수는 있어도 출판사가 하나의 브랜드로 대중에게 인식되기"란 좀처럼 쉬운 일이 아니다. 대부분의 독자들은 출판사를 그저 "창작물 유통 플랫폼 정도의 역할을 한다고 생각"하기 때문이다. 이와 관련하여 그가 만든 잡지 〈B〉에 흥미로운 일화가 있어 소개해볼까 한다.

펭귄은 앨런 레인 Allen Lane 대표가 1935년에 설립한 영국의 출판사다. 당시는 읽을거리가 많지 않은 시기였던 데다 책은 대개 '먹물'

들이 전유했다. 앨런은 대중들이 쉽게 접할 수 있는 저렴한 가격의 도서를 만들면 승산이 있겠다고 판단했다. 이때 그가 떠올린 것이 바로 페이퍼백이라 불리는 문고본이다. "책의 본질을 소장하는 것이 아닌 읽는 것"으로 파악했던 것이다. 그는 가격과 판형이 일정한 도서, 그 시절에 문고본으로 통용되던 "싸구려 삼류 소설"이 아닌 양질의 내용을 담은 도서를 기획한다. 페이퍼백에 대한 그의 철학은 다음과 같다. "쉽고 편하게 살 수 있을 정도로 저렴할 것. 다양한 독서 취향을 맞추되 언제나 양질의 작품일 것."

하지만 시장은 만만치 않았다. 출판계에서는 그의 시도를 무모하게 여겼고 서점에서는 펭귄의 책에 관심을 보이지 않았다. 마치 오늘 한국에서 페이퍼백이 등한시되는 것처럼 1935년의 영국에서도 마찬가지였던 모양이다. 앨런 레인 대표는 기존의 사고를 바꿔 서점 대신 접근성이 더 좋은 잡화점에 책을 진열하기로 결정한다. 덕분에 첫 문고판은 며칠 만에 동이 났다.

의외로 많은 출판사들이 우리는 인문서를 내니까, 우리는 철학책을 만드니까 '점잖은' 마케팅을 해야 한다는 강박 비슷한 것이 있는 듯하다. "특색 있는 마케팅을 하고 싶긴 한데, 그래도 너무 튀면 곤란하니까"라는 것이 내가 만난 마케팅 담당자들의 고민이었다. 그러다 보니 대부분 쿠폰이나 마일리지를 활용한 무난하고도 변별력이 없는 마케팅에 공을 들일 수밖에 없다. 그게 나쁘다기보다 굳이 도서정가제를 들먹이지 않더라도 이와 같은 마케팅이 가지는 한계에 대해서는 다들 인지하고 있으리라 본다.

이런 말은 조심스러운데 일단 뭐든 시도해보는 마음가짐이 중요한 게 아닐까 싶다. 앞서 예를 들기도 했지만 펭귄이 처음 저가의 페이퍼백을 시장에 내놓았을 때 많은 서점들은 "(새로운 포맷의 책을) 쓰레기통에 쌓아두겠다"고 엄포를 놓았다. 어느 시대든 색다른 시도에 대해서는 반감이 따르게 마련이다. 하지만 앨런 레인 대표는 발상을 전환하여 서점 대신 잡화점에 책을 진열했고, 이 일을 계기로 펭귄이라는 출판 브랜드를 구축할 토대를 마련했다.

이제껏 책을 파는 일이 어렵지 않았던 시절은 단 한 차례도 없었다고 들었다. 그렇다 해도, 앞으로 내내 어렵다 해도 편법에 눈 돌리지 말고, 자신이 정말로 원하는 책을 만들어야 한다. 그러고 나서 독자에게 "내 마음에 쏙 드는 책이니 당신 마음에도 쏙 들 겁니다. 그러니까 사주세요"라고 얘기해야 한다. 그 책에 꼭 알맞은 마케팅이라는 형태로. 약간의 활력을 담아. 그러한 노력이 조금씩 수반될 때 비로소 OECD 국가별 독서실태 따위의 통계나 출판이 문화의 근간이라는 업계의 주장도 의미를 가질 수 있지 않을까.

그러나 페어플레이 할 것

'막돼먹은' 출판사가
세상 어딘가 하나쯤 있어도

"단순한 사실을 확인해보자. 책이란 우리가 생각하는 것보다 훨씬 구독층이 적은 마이너 상품이란 점이다. 책 한 권 발행 부수는 많아 봤자 초판 1만 부. 지금은 2000~3000부만 찍는 책도 수두룩하다. 이처럼 소량 생산 상품이기 때문에 1만 부만 팔려도 안타, 10만 부면 홈런, 100만 부면 1회에서 9회까지 연속 만루 홈런을 친 것 같은 대기록이 된다. 그런데 이 결과가 텔레비전 시청률이었다면 어떨까. 시청률 1퍼센트는 간토 지구의 경우 약 39만 명에 해당한다. 즉 출판계를 뒤흔드는 대사건이나 다를 바 없는 100만 부도 시청률로 치면 3퍼센트 미만. 프로그램 존속이 위태로운 숫자다."

사이토 미나코, 《취미는 독서》

출판, 즉 기획을 하고 편집을 하고 제작을 하여 한 권의 책을 세상에 내보낸다는 것은 참으로 어려운 일이구나 하고 새삼 느낀다. 물론 편집자 초년병이었던 시절보다야 상대적으로 수월하게 일을 진행하고 있긴 하지만.

한편 편집자 초년병 시절이나 지금이나 변함없이 어렵고, 날이 갈수록 점점 더 난감하다고 느끼는 것은 책을 파는 일이다. 종이에 잉크만 묻혀도 팔리던 시절이 있었다던데, 그때는 아이폰도 뭣도 없었을뿐더러 어떤 유의 책들은 반드시 읽어둬야 한다는 풍조도 있었으니 그게 가능했을지도 모르겠다.

아무튼 내가 알기로 출판계가 불황이 아니었던 적은 단 한 차례도 없다. 해마다 독서의 계절이 돌아오고 때마다 베스트셀러가 탄생하지만 출판계 전체를 가계부에 기입해 총합적으로 계산해보면 매번 적자였다. 앞으로는 더욱더 어려워지리라.

하지만 상황이 이러하니 지혜를 짜내고 힘을 합쳐서 불황을 타개해 나가자는 움직임 같은 건 그다지 느껴지지 않는다. 다들 폭행 당하는 노인을 물끄러미 바라보고 있는 지하철 승객처럼 '얼른 경찰이 와야 할 텐데' 하고 걱정만 할 뿐이다.

물론 나 역시 팔짱만 끼고 수수방관하는 승객 가운데 한 명이니까 이러쿵저러쿵 떠들 자격은 없다. 왜 이런 전제를 깔아놓는가 하면 혹시라도 이 글을 '그러니까 모두 힘을 합쳐 이 불황을 타개하자'와 같은 주의주장으로 오해할까 싶어서다. 그런 얘기는 잘못하면 저 혼자 '오버한다'는 뒷말을 듣기 십상이고, 잘해 봐야 '너나 똑바로 하세요'로 귀결되기 때문에 소용없음을 잘 알고 있다.

다만 '에스프레소 노벨라' 시리즈가 나아갈 바(라고 하니 좀 거창한 감이 있지만)에 대해 설명하기 위해 지금부터 그 기획의 단초가 되었던 현상 몇 가지를 온건하게 기술하려는 것뿐이다. 부디 아니꼽게 여기지는 말아주시기를 부탁드린다.

어딘가 석연치 않은

선인세 경쟁　　　　벌써 몇 년쯤 지난 일이다. 어느 날 나는
외서 하나를 '발견'했다. 편의상 그 작품을 A라고 하자. 친하게 지
내던 기획자가 건네준 작품이었는데, 절반가량 읽었을 때 이미 A를
계약해야겠다고 마음먹었다. 단숨에 마지막까지 읽은 나는 더 고
민하지도 않고 에이전시에 오퍼를 넣었다. 그때 내가 제시한 선인
세는 한화로 300만 원이 조금 안 됐던 걸로 기억한다. 통상적인 수
준의 금액이었고 무난하게 계약이 성사될 줄 알았다. '객관적인 상
황'으로 봐서 도저히 경쟁이 붙는다거나 무리한 선인세를 요구할
만한 작품이 아니라고 판단했다.

　하지만 에이전시로부터 돌아온 답변은 예상과 달랐다. 다른 출
판사와 경쟁이 붙었으니 '베스트 오퍼'를 넣으라는 것이었다. 베스
트 오퍼, 즉 선인세를 다시 책정하여 경쟁입찰에 참여하라는 얘기
다. 해당 에이전시는 A를 출간한 해외 출판사와 '독점' 계약을 맺
었기 때문에 다른 에이전시를 통해 출간을 타진할 여지도 없었다.
석연찮은 기분도 들고 찜찜하기도 했던 나는 상징적인 의미로 10
만 원만 올려서 다시 오퍼를 넣었다. 욕심은 나지만 안 되면 할 수
없다. 세계는 넓고 빌 책은 많으니까. 그런 자신감도 조금쯤 작용
했다. 게다가 나에게는 처음부터 외서 계약에 대한 원칙이 있었다.
올리란다고 올리고 더 올리란다고 마냥 더 올릴 수는 없는 노릇이
다. 결국 우리는 A를 계약하지 못했다. 어딘지 알 수 없는 다른 출
판사에서 우리가 제시한 금액보다 훨씬 더 많은 금액으로 번역 출
판권을 가져갔다고 들었다.

　이미 10년쯤 전에 모 출판사에서 출간되었다가 절판된 책(편의상

재미가 없으면 의미도 없다

B라고 하자)을 내가 새로 계약하려고 하자 어느새 바람처럼 나타난 몇 군데 출판사와 B를 놓고 경쟁이 붙었던 기억도 난다. 공교롭다면 너무나 공교로운 일이구나 싶었다. 신간도 아닌 마당에 지난 10년 동안 잠잠하던 B인데, 어째서 하필 그 시기에 경쟁이 붙었을까. B가 엄청나게 유명한 작가의 작품도 아니고 그 기간에 B에 대한 소문이 돌았던 것도 아니었다.

물론 우연일 수도 있다. 그 출판사들도 오랫동안 기획해왔던 것일 수도 있다. 내가 생떼를 쓰는 것일 수도 있다. 제 안목이 뭐 그리 대단하다고 자기가 계약만 하려고 하면 경쟁이 붙느냐며 혀를 끌끌 찰 분이 있을지도 모르겠다. 그래서 그동안은 거론하지 않았다. 허세를 부리려는 것처럼 보이기 싫고, 공연한 오해일 수도 있으니까. 하지만 갑자기 이렇게 끼적이는 이유는 '펍헙 에이전시'의 대표이자 번역 기획자로도 잘 알려진 강주헌 씨의 《기획에는 국경도 없다》라는 책을 읽으면서 이것이 비단 나 혼자만 겪은 일이 아님을 깨달았기 때문이다.

"에이전트를 우리말로 풀이하면 '대리인'에 가장 가깝다. 달리 말하면 해외 출판사를 대신해서 저작권을 팔아주고 관리해주는 대리인인 셈이다. 그런데 이 과정에서 보험 대리인과 달리 독점 관계가 성립하기 때문에 문제가 야기된다. 쉽게 말해서 좋은 값을 주는 소비자를 골라서 팔 수 있다. 심지어 그런 소비자들을 모아놓고 경쟁을 붙인다. 심하게 말하면 '떴다방'과 다를 것이 없다. 물론 확인되지는 않지만 이보다 더한 경우에 대한 소문도 떠돈다. 출판사에서 열심히 책을 찾아서 그 책을 출간한 출판사와 독점 관계를 맺고 있는 에이전시에 연락해서 저작권 확인을 부탁

하면, 그 에이전시가 더 좋은 값을 제시하는 출판사를 물색해서 번역 저
작권을 넘기는 파렴치한 행위를 한다는 소문도 들려온다. 만약 이 소문이
사실이라면 천인공노할 짓이다."

강주헌, 《기획에는 국경도 없다》

현직 에이전시 대표가 굳이 '소문'이라는 용어까지 에둘러 써가
며 동종업계에 대해 했던 쓴소리다. "출판사에서 열심히 책을 찾아
서 그 책을 출간한 출판사와 독점 관계를 맺고 있는 에이전시에 연
락해서 저작권 확인을 부탁하면, 그 에이전시가 더 좋은 값을 제시
하는 출판사를 물색해서 번역 저작권을 넘기는 파렴치한 행위를
한다는 소문도 들려온다"는 대목은 마치 내가 겪은 사례를 토대로
쓴 문장이 아닐까 싶을 정도다.

나는 강주헌 씨가 확실한 사실을 바탕으로, 어떤 신념을 가지고
이 글을 썼다고 생각한다. 정말로 소문에 불과할 따름이라면 이렇
게까지 쓸 수는 없었으리라. 외서 계약에 대한 추문이 끊임없이 이
어진다. 어느새 위험 수위를 넘어버렸다. 사정을 잘 아는 누군가가
제동을 걸어야 한다. 그런데 동종업계 종사자들 누구도 공식적으
로는 인정하려 들지 않는다. 그렇다면 내가 하겠다. 이런 마음이
아니었을까. 사실 강주헌 씨의 생각은 특별한 것도 아니다. 당연하
다면 당연한 얘기고 상식이라면 상식이다.

하지만 현실이 상식적인 방향으로 진행되지 않다 보니 불필요한
경쟁이 생기고 만다. 불필요한 경쟁이 계약금(선인세)의 상승으로
이어지는 건 필연이다. 문제는 이렇게 한 작가의 계약금이 올라가
면 주위에 있는 다른 작가의 계약금도 덩달아 올라간다는 것이다.

예컨대, 히가시노 게이고의 몸값이 뛰면 미야베 미유키의 몸값도 동반상승한다고 보면 이해가 빠르겠다.

베스트셀러 마케팅의 악순환

이런 일들에 대해 "지금과 같은 경쟁 사회에서 내 돈 내고 내가 계약하는데 뭐가 문제란 말이냐"라는 반론도 만만치 않다. 나는 실제로 꽤 많은 이들이 그런 자세로 출판을 하고 있으리라 생각한다.

하지만 내 돈 내고 내가 계약하는데 뭐가 문제란 말이냐라고 말하는 출판사에서도 내심 과도한 선인세를 주고 계약한 타이틀에 대해 조금쯤 뒤가 켕기는 기분을 느끼지 않을까. 왜냐하면 내 돈 내고 내가 계약하는데 뭐가 문제냐고 답하는 출판사들에 "그렇다면 그 작품, 얼마에 계약했어요?"라고 물어본 적이 있었는데 하나같이 전부 약속이라도 한듯, "뭐, 그렇게 많이 주지 않았어(……우물쭈물)" 하는 답이 돌아왔기 때문이다.

그 '……우물쭈물'이야말로 '내 돈 내고 내가 계약하는데 뭐가 문제냐고 말은 하지만 뒤가 약간 켕기긴 해'라는 의식의 다른 표현이 아닐까(반면 업계 관행에 비추어 싸게 계약한 타이틀에 대해서는 자랑스럽게 그 금액을 알려준다). 급기야 아래와 같은 기사를 마주했을 때는 어떤 심정이었을지 자못 궁금하다.

"한국 출판계의 이런 행태는 급기야 '선인세 100만 달러' 시대를 열었다. 문학수첩이 6월경 출간할 예정인 댄 브라운의 신작《솔로몬의 열쇠》(가제)의 선인세로 100만 달러를 지급한 것이다. 해외 번역서에 대한 선

그라나 페이클레이 할 것

인세는 1990년대까지만 해도 2만 달러를 넘는 경우가 드물었다. 한기호 한국출판마케팅연구소 소장은 "2000년대 들어 10만 달러, 20만 달러가 우습게 여겨지더니 지난해 《마지막 강의》의 64만 달러에 이어 100만 달러까지 왔다"면서 "해외 작품에 선인세 10만 달러 이상은 안 주는 것을 불문율로 여기고 지키는 일본 출판계와 비교된다"고 말했다. 출판계에선 해외 번역서에 대한 의존이 커지면서 '국제 출판시장의 호구'로 전락한 한국 출판계의 처지가 돌이키기 어려운 지경에 이르렀다는 지적이 나온다."

〈동아일보〉, 2009년 1월 22일

대관절 한국 출판계는 어쩌다가 '국제 출판시장의 호구'로 전락해버린 걸까. 종이에 잉크만 발라도 책이 팔리던 시절, 메이저 출판사는 메이저 출판사 나름의 여유로움이, 마이너 출판사는 마이너 출판사 나름의 자부심이 있었다고 한다. 출판은 제조업이지만 단순히 물건을 만드는 것 이상의 뭔가가 있다고 여겼다.

그 '물건을 만드는 것 이상의 뭔가'를 지키기 위해 부끄럽다고 생각되는 일은 가급적 하지 않거나, 어쩔 수 없이 해야 한다면 조용히 아무도 모르게 진행했다. 그 '조용히 아무도 모르게' 속에는 독자들은 물론 동종업계 종사자들에게 손가락질 받아서는 곤란하다는 인식도 포함되어 있을 것이다. 하지만 불과 몇 년 사이에 '조금은 뒤가 켕기지만 할 수 없지, 뭐' 하는 식으로 공공연하게 진행되는 일이 상당히 많아졌다.

선인세 문제가 '일부' 에이전시와 '몇몇' 출판사들만의 문제는 아니다. 오랫동안 불성실한 판매 보고로 일관해온 여타 출판사들도 한 몫을 했다. 사정이 어렵다 보니 빅 타이틀에 '올인'하지만 과도한 선인세를 지급했음에도 책이 기대만큼 팔리지 않으니 원저작자에게 제대로 된 판매 보고를 하기가 어려워진다. 원저작자는 원저작자대로 어차피 나중에 제대로 인세를 받기가 어려우니까 처음 계약할 때 한 번에 받고 끝내자는 자세로 계약에 임한다. 선인세는 점점 올라가서 추문이 되고 추문은 뉴스가 돼서 작품이 회자되면 그 작품을 쓴 작가의 차기작을 계약하기 위해 이번에는 다른 출판사가 더 많은 금액을 제시하며 레이스에 뛰어든다. 악순환이다. 그 과정에서 어떤 책은 베스트셀러가 된다. 추문에 싸인 책이 베스트셀러가 되고 그 베스트셀러에 연연하는 독자들이 존재하는 한 악순환은 계속된다.

높은 선인세를 지급한 만큼 절대로 손해를 볼 수는 없다. 이 책은 무조건 베스트에 진입시켜야 한다. 이때부터 출판사는 수단과 방법을 가리지 않게 되고 그러다 보니 갈수록 기승을 부리는 것이 사재기다. 2009년 당시 자사의 책을 사재기하여 베스트셀러 목록에 진입시킨 출판사가 공식적으로 적발된 사건이 있었다. 도서출판 밝은세상이 기욤 뮈소의 소설《사랑을 찾아 돌아오다》를 되사들이다가 적발되는 바람에 출판문화산업진흥법이 발효된 이후 최초(나름대로 역사적인 사건이다)로 과태료를 부과받은 것이다. 이 사건은 추문이지만, 그럼에도 불구하고 2년여가 지난 지금까지도 해당 서적은 잘 팔리고 있다. 결국 문제는 베스트셀러 자체가 아니라 '베스트셀러가 베스트셀러를 양산하는 풍토'다. 베스트셀러가 베스트셀러를 양산하는 이유는 무엇일까. 나는 내 사촌에게 책을 사다 주면서 그 이유를 어렴풋이 깨달을 수 있었다.

조금 오래된 얘기이긴 한데, 초등학교 1학년 딸을 둔 이모와 만나 얘기를 나누다가 이런 부탁을 받은 적이 있다. 아이가 밤낮 인 터넷 게임과 오락 프로 시청에만 몰두한다. 책도 좀 읽었으면 하는 데 당최 무슨 책을 읽혀야 할지 모르겠다. 너는 출판사에 다니니까 나보다는 잘 알지 않느냐. 네가 애들이 읽을 만한 책을 사다 줬으 면 좋겠다. 그게 뭐 어렵겠나 싶어 며칠 후 서점에 들렀다. 그런데 웬걸. 뭐가 좋은 책인지 도통 알 수가 없었다. 문학이나 인문 관련 책이라면 얼마든지 골라주겠지만 관심을 가져본 적이 없는 아동 도서를 마주하니 막막했다.

결국 해당 분야에서 가장 잘 팔린다는 베스트셀러에 눈이 갈 수 밖에. 서점을 나오면서 나는 왜 베스트셀러가 베스트셀러를 양산 하는지 비로소 실감할 수 있었다. 출판으로 먹고살며 그나마 관련 정보를 얻어듣는 내가 이럴진대, 일상에 치여 책에 관한 사전 정보 를 취사선택하기 어려운 일반 독자들이 베스트셀러에 집착하는 것 은 당연하다.

나는 왜
에스프레소 노벨라 시리즈를
기획하였나   이것이 바로 '흐름'이라는 것이다. 될 대 로 되라는 식으로 말하려는 건 아니지만 내가 느끼기에 이와 같은 흐름을 막기란 어려워 보인다. 왜냐하면 선인세든 사재기든 앞으 로도 여전히 추문에 싸인 책이 베스트셀러로 등극할 테고 그 베스 트셀러에 연연하는 독자들이 여전히 존재할 것이기 때문이다. 다 만 이와 같은 흐름이 변치 않고 이어진다면 버틸 수 있는 출판사가 많지 않으리라는 예상 정도는 할 수 있지 않을까. 북스피어를 포함

재미가 없으면 의미도 없다

해서 점점 더 많은 출판사들이 저가 할인 경쟁에 뛰어들고 있고, 그만큼 책의 판매 주기는 시간이 지날수록 짧아지는 것이 그 반증이다. 내가 이런 가당찮아 보이는 글을 끼적이는 이유도 현재 내 마음속 깊은 곳에서 느끼는 불안감의 표출에 다름 아니다. 좀 더 냉정하게 얘기하면, 독자 입장에서는 북스피어야 있으면 좋을지도 모르지만 없어도 상관없는 출판사일 뿐이다. 여기까지가 2009년 당시 내가 했던 '걱정'이다. 그때 나는 '에스프레소 노벨라'를 기획하며 시리즈의 첫 책 서문에 다음과 같이 썼다.

재미가 없으면 의미도 없다. 도서출판 북스피어의 모토다. 재미가 있어야, 책으로 만든다는 얘기다. 그것은 개그콘서트적인 박장대소일 수도 있고, 앎의 기쁨이나, 감동의 즐거움일 수도 있다. 산에 오를 때는 힘듦 그 자체가 유희인 것처럼, 그래서 배낭을 메고 산을 찾는 일과 비슷한 그 무엇이라고 봐도 무방하다. 이렇듯 의미는 다양하지만 뭐가 됐든 책을 읽을 때는 재미있어야 한다고, 우리는 믿는다. 문제는 텍스트상의 재미만 추종하다 보니 현실적으로 무리가 생기더라는 거다. 읽을 때 재미있어야 한다는 게 무슨 뜻인지는 알겠는데, 읽지 않으면, 즉 책 자체를 아예 거들 떠보지 않으면 어떻게 되는 거지? 재미가 있는지 없는지 알 도리가 없잖아. 이른바 '취향'이라는 용어가 유독 장르물을 읽는 데 있어 전가의 보도처럼 사용되기 시작한 이후로는 더더욱 그렇고.

그래서 장르를 처음 접하는 독자들도 부담 없이 대할 수 있는 전집을 만들어보기로 했다. 왜 장르를 처음 접하는 독자들인가. 이 세계는 단순하게 말하면, 기존 독자들에게는 너무나 자명해서 구획이 분명해 보이지만 그렇지 않은 독자에게는 너무 커서 잘 모를 뿐인 그런 세계이기 때문이다. 하지만 이 세계를 궁금해하는 독자들은 예상외로 많다. 못 믿겠다면 포털의 게시판이나 장르 관련 커뮤니티 사이트에 들어가 보시길. "재미있는 추리 소설 좀 추천해주세요(내공 있음)", "가독성 높은 장르소설이 읽고 싶어요(SF는 싫어함)"와 같은 밑도 끝도 없는 질문들이 날이면 날마다 올라온다는 사실을 확인할 수 있을 테니. 매번 이런 질문이 어떻다는 타박은 그만두고 진입장벽을 좀 낮출 필요가 있겠다.

중편 분량의 소설 전집은 어떨까. 입이 딱 벌어질 대작들과 값비싼 장정의 도서들이 엄청나게 쏟아지는 오늘, 일단 분량 면에서 만만해 보인다. 분량이 만만한 만큼 상대적으로 가격 부담도 적다. 가령 젤라즈니의 중편을 내면서 뒤쪽에는 젤라즈니에 관한 다양하고 이해하기 쉬운 정보를 덧붙인다면. 얼마나 대단한 작가이며, 어떤 작품부터 읽으면 좋을지. 성향 또는 취향을 가늠할 수 있을 만한 정보들. 작가론이라고 해도 괜찮겠다. 독자로 하여금 지속적으로 관심을 가지게 할 수만 있다면 뭐든 상관없다. 말하자면 이런 '콘셉트'의 전집인 것이다.

출판계가 어려워지면 어려워질수록 외서의 무리한 계약 문제가 더욱 자주 불거지고, 그로 인해 여타 작가들의 몸값이 덩달아 뛰고, 그 작가들을 잡기 위한 경쟁이 점점 치열해지고, 무리하게 계약한 만큼 사재기든 덤핑이든 해서 앞으로 팔고 뒤로 밑지는 장사를 계속한다. 이런 상황에서 무리하게 계약할 돈도 사재기할 배짱도 없었던 나는 단순하고도 심플한 해결책을 생각해냈다(고 당시에는 믿었다). 그 믿음이란 다음과 같다.

1   나는 '일반' 독자들이 쉽게 몰입할 수 있는 작품을 고를 수 있다.

2 중편은 장편에 비해 분량이 적어 싸게 계약할 수 있으니 상대적으로 도서 가격을 낮출 수 있다.

3 해설을 쉽게 써서 독자들의 이해를 도울 수 있다.

4 문고본도 장정이 예쁘면 잘 팔 수 있다.

이제 와 돌이켜보니 잘도 이런 건방진 생각을 했구나 싶어 웃음이 난다. 결론부터 얘기하면 몽땅 다 내 예상과 어긋났다. 《넛지》라는 책에서 이를 두고 비현실적 낙관주의라고 하는 모양인데, 가령 전체의 절반에 가까운 결혼이 이혼으로 끝난다는 통계치를 알고 있음에도 결혼할 무렵의 모든 부부들이 자신들의 결혼만큼은 이혼으로 끝날 가능성이 희박하다고 믿거나, 통계상의 리스크를 잘 알고 있는 흡연자들이 자신은 다른 흡연자들에 비해 폐암과 심장병 진단을 받을 가능성이 낮다고 믿는 것과 비슷한 논리다.

애당초 편협하기 짝이 없는 내 안목으로 '일반' 독자들이 쉽게 몰입할 수 있는 작품을 고를 수 있으리라 여겼던 것 자체가 잘못이다. 에이전시에서 중편도 장편과 같은 비용을 요구했기 때문에 분량이 적다고 싸게 계약할 수는 없었다(중편 분량의 《집행인의 귀향》은 북스피어가 펴내는 장편과 맞먹는 선인세를 지불했다). 해설이란 모름지기 어려워야 한다고 여기는 건지 쉬운 해설은 싫다고 얘기하는 독자도 많았다. 장정이 예쁜 것까지는 좋은데, 문고에는 없는 책날개도 살리고 디자인비도 만만찮게 지불하다 보니 책 가격을 싸게 책정하기가 힘들었다. 결국 '에스프레소 노벨라' 시리즈 0호 《집행인의 귀향》은 아직 초판을 소화하지 못했다. 당초 1호였다가 0호로 마음을 바꾼 이유는 이러한 총체적인 문제가 있음을 무의식적으로 직감하고 있었기 때문일지도 모른다.

'내가' 보기에 재미 있으면,
책으로 만든다

북스피어의 공동 대표이자 한때 〈딴지일
보〉 편집장으로 필명을 날리던 최내현 씨가 자신은 글을 쓰든 번역
을 하든, 초고를 마친 이후에는 일절 들여다보지 않고 얼마쯤 묵혀
뒀다가 다시 꺼내야 비로소 제대로 된 글을 완성할 수 있더라는 얘
기를 해준 적이 있다. 그 '얼마쯤 묵혀뒀다가'라는 행위는 글을 쓰
거나 번역을 하는 일 이외에도 충분히 적용할 수 있을 듯싶다.

《집행인의 귀향》을 펴낸 이후 얼마간의 시간이 흐르는 동안 잊어
야 할 것은 잊고 떠올려야 할 것은 떠올릴 수 있게 되었다. 결국 믿
을 것은 자신뿐이다. 가진 거라곤 '믿을 것은 자신'이라는 믿음 하
나뿐인 나 같은 인간은 처음부터 끝까지 스스로 선택한 길을 차근
차근 걸어가는 편이 좋다. 건방지게 들릴지 모르지만 그것을 철학
이라고 불러도 괜찮을 것 같다. 나의 철학은 '재미가 있으면 책으
로 만든다'는 것이다. 여기서의 재미란 내가 느끼는 재미지 '다른
누군가가 재미있게 느끼겠구나' 하는 재미가 아니다.

출판사를 차리고 꾸준히 책을 펴내며 시행착오도 많이 겪었지
만, 그 과정에서 깨달은 것이 하나 있다. 그것은 '모든 독자를 만족
시킬 수는 없다'는 사실이다. 모든 독자를 만족시킬 수도 없거니와
모든 독자를 만족시키려고 해서도 안 된다. 모든 독자를 만족시키
고자 하는 마음가짐은 반드시 상처를 동반하게 되어 있다. 적어도
북스피어처럼 한 분야의 책만 내는 출판사의 경우에는 더더욱 그
렇다. 내가 만드는 책이 취향에 맞지 않다면, 디자인이 마음에 안

재미가 없으면 의미도 없다

든다면, 판형이 싫다면, 재미가 없다면 그것은 할 수 없는 일이다. 그들을 전부 달래고 이해시킬 수는 없는 노릇이다.

반면 분명히 내가 만드는 책을 좋아해주는 독자도 있다. 아마도 나와 취향이 같거나 비슷한 사람들이리라. 내가 신경 써야 할 대목은 그 독자들에게 최선을 다하는 것이다. 그들이 지속적으로 내가 만드는 책을 사준다면 그걸로 충분하다. 그러니까 나는 계속해서 내가 만들고 싶은 책을, 내가 만들고 싶은 방식으로 만들면 된다. 무념무상, 나무아미타불, 공수래공수거, 오는 말이 고와야 가는 말도 곱다(는 아닌가). 그렇다고 나와 취향이 다른 사람들을 배제하자는 말은 아니지만.

다시 '에스프레소 노벨라'를 펴낸다. 이 시리즈는 다음과 같은 기준을 가지고 만들기로 했다. 하나, 장르문학 작가가 썼다면 픽션도 좋고 논픽션도 좋다. 둘, 분량은 길지만 않으면 단편도 좋고 중편도 좋다. 셋, 불필요하다는 판단이 들면 해설은 쓰지 않겠다. 어떤 책에는 논픽션 하나만 실릴 수도 있고, 어떤 책에는 단편 두 개만 실릴 수도 있고, 어떤 책에는 장문의 해설이 있을 수도 있고, 어떤 책에는……. 정해진 포맷은 없다. 그때그때 아이디어가 떠오르는 대로 내가 생각하기에 재미있겠다 싶은 형태로 만들겠다. 모든 판단은 내가 하고 욕도 내가 먹겠다.

되풀이하지만 나는 지금 누군가의 반성을 촉구한다거나 대단한 변화를 기대하는 게 아니다. 이 정도 글에 반응할 만큼 세상은 어리숙하지 않다. 다만 지금과 같은 출판 현실 속에서 책을 만든다는 것, 현실이 이러니까 북스피어 역시 어쩔 수 없었다는 얘기를 하기 전에 나름대로 힘껏 살아가고 있다는 것을 보여주는 것이 출판을

그러나 페어플레이 할 것

하는 의미라고 생각하기 때문에 이런 얘기를 하는 것이다. 어쨌거나 북스피어처럼 '막돼먹은' 출판사가 이 세상 어딘가에 하나쯤 있어도 괜찮지 않을까 하는 생각이 든다. 물론 거기에 다 동의해달라는 건 아니지만.

자기계발과 오리발

수영을 배우기로 마음먹은 순간이 있었다. 모니터 앞에 앉아 있는 시간이 쌓이면서 몸에 이상을 느끼던 어느 날, 아침에 일어났더니 목이 뻣뻣하게 굳어서 돌아가지 않았다. 운동이 필요하다는 처방을 받았다. 마침 회사 근처에 수영장이 있어서 그날로 등록했다. 마포구청에서 운영하는 시설로 25미터짜리 레인이 다섯 개 있는 아담한 풀장이다. 여기서 출근하기 전에 한 시간가량 강습을 받는다. 해가 바뀌었으니 햇수로 4년째, 거의 빠지지 않고 다니고 있다. 비용을 지불하고 배우는 것에 나는 꽤 성실한 편이다. 그 결과 같은 시간대를 통틀어 내가 제일 빠르다. 자랑스럽다. 바로 옆 월드컵 경기장에 더 좋은 시설을 갖춘 수영장이 있어서 이곳은 비교적 한산한 편인데 이 점도 마음에 든다.

하지만 지난 4년을 돌아보면 붐볐던 적이 몇 번 있었다. 박태환 선수가 이런저런 대회에서 금메달을 땄을 때 다음 달 등록자가 상

47

그리나 페어플레이 탐정

당히 늘었다. 그리고 요맘때, 새해 첫 달에 수강생이 는다. 해가 바뀌면 새로운 마음으로 운동을 시작하겠다는 계획을 세우는 사람이 많다는 뜻이리라. 어디나 마찬가지겠지만 수용 시설이 일정한데 수강생이 늘면 다 같이 불편해진다. 수영의 경우는 뒤에 있는 사람이 앞 사람을 따라가는 일렬종대 구조라서 중간에 사람이 많아지면 제대로 운동할 수가 없다. 그런데 왜 주최 측에서는 가만히 있을까. 적당히 조정해주면 모두가 즐겁게 운동할 수 있을 텐데.

이곳에서 겨울을 세 번쯤 보내고 나서야 이유를 짐작할 수 있었다. 정초에 등록하는 사람들은 월말이 되면 소리 없이 사라지기 때문이다. 수영장 측에서 무리하게 막을 필요가 없다. 어차피 수강료는 낼 테고 자연스럽게 줄어드니까. 이곳에서는 일주일에 한 번 오리발 강습을 하는데 주인 잃은 오리발이 해를 거듭할수록 늘어나는 광경을 보고 있노라면, 인간의 의지란 이토록 박약한 것인가 싶어 안타까운 마음이 들곤 한다.

서점에서는 이 시기에 자기계발서가 많이 팔린다고 들었다. 수영장이 붐비는 것과 비슷한 이유 때문이겠다. 나는 책이란 읽어두면 무엇이든 도움이 되지 손해 볼 건 없다고 여기는 인간이므로 자기계발서에 대해 이러쿵저러쿵 뒷말을 하고 싶진 않다. 책을 팔아 먹고 사는 입장에서야 읽지 않는 것이 서운하지 읽는 게 무슨 문제겠나. 그렇다고 "미국에서 신자유주의가 강행되며 새롭게 반복된 자기계발의 순환이 한국에서도 압축적으로 재현되고 있다"는 식의 어려운 표현을 쓸 마음도 없다. 다만 이런 생각은 해본 적이 있다. 모든 책은 기본적으로 자기계발의 속성을 지니고 있는 게 아닌가 하는.

흔히들 심심풀이 땅콩처럼 생각하는 장르소설만 해도 그렇다.

예컨대 인류의 생존을 책임진 소년의 이야기를 담은 과학소설 《엔더의 게임》은 훌륭한 리더십 교재이며, 자본주의사회의 실체를 미스터리 소설로 승화시킨 《이유》는 《아프니까 청춘이다》 못지않은 멘토링 서적이다. 생떼를 부리려는 게 아니라 나는 정말로 그렇게 생각한다. 다만 이걸 어떻게 받아들일 것인가, 혹은 받아들일 준비가 되어 있는가 그렇지 않은가 하는 문제일 뿐이다.

　해가 바뀌었으니까, 혹은 박태환 선수 같은 유명인이 읽었으니까, 그렇게 샀다가 마지막 장을 펼쳐보지도 못한 채 주인 잃은 오리발 신세로 전락한 자기계발서들을 책장에 잔뜩 쌓아둔 사람이 나뿐만은 아닐 거라고 짐작한다. 이왕 읽기로 마음먹었다면 좀 더 그럴듯한 이유를 찾아보는 게 어떨까. 그렇다면 이것저것 구입해서 읽어보는 수밖에. 정작은 이 말이 하고 싶었다. 인문서, 철학서, 사회과학서, 그리고 나처럼 장르문학이나 만드는 사람도, 다 같이 좀 먹고살자.

역지사지란 얼마나
어려운 일인가

　　어느 금요일이었다. 정확히 몇 월이었는 지까지는 기억나지 않는다. 다만 가만히 앉아 있어도 등줄기에 땀이 줄줄 흘러내리는 더운 여름이었다. 나는 누군가를 만나기 위해 인사동 거리를 걸어가고 있었다. 약속에 늦을 수 있는 시간이었기에 조금 상기된 상태였다. 하지만 주말을 앞두고 나들이 나온 사람들로 인해 걸음을 재촉하기가 쉽지 않았다. 하는 수 없이 약속 시간에 늦을 각오를 하고 되는 대로 걸어가자고 생각했다.

　　그때였다. 별안간 뒤에서 클랙슨이 울렸다. 그 소리는 마치 아무런 맥락도 없이 관객을 놀라게 하겠다는 일념 하나로 삽입된 싸구려 공포영화의 비명 소리와 비슷했다. 자동차였다. 인사동은 주말에만 차 없는 거리로 운영되니까 차가 진입하는 것까지 뭐라고 할 수야 없겠지만, 그래도 그렇지 사람이 이렇게 많은데 클랙슨을 울리면 어쩌자는 건가. 짜증이 한꺼번에 치솟아 올랐다. 나는 뒤를.

48

돌아보았다. 운전자와 눈이 마주쳤다. 그 순간 머릿속에 어떤 장면이 떠올랐다.

이야기는 일주일 전으로 거슬러 올라간다. 그날도 역시 더웠다. 나는 무슨 글을 쓰는 데 필요한 자료를 찾기 위해 정독도서관에 가던 중이었다. 정독도서관은 안국역에서 내리면 한참을 걸어 올라가야 하기 때문에 하는 수 없이 지하철을 포기하고 운전해서 가기로 했다. 그런데 딴생각을 하다가 그만 인사동 거리를 가로지르게 되었다. 도로로 되돌아가기엔 늦었다. 그렇더라도 이 거리는 주말만 차 없는 거리로 운영되니까 주중에는 차가 진입해도 괜찮을 거라 여기고 조심스럽게 액셀을 밟았다.

하지만 사람들은 도무지 비켜줄 마음이 없어 보였다. 그들은 차가 오는 걸 아는지 모르는지 느긋하게 걸었다. 내 인내심도 슬슬 바닥을 드러내기 시작했다. 한숨을 몰아쉰 나는 클랙슨을 울렸다. 그때 차 앞에 있던 남자 한 명이 오만상을 찌푸리며 나를 째려보았다. '아니 차가 지나가야 할 게 아닌가, 그거 조금 비켜주는 게 뭐 그리 큰일이라고' 하는 생각이 드는 순간 화가 치밀어 올랐다. 대시보드에 넣어둔 38구경을 꺼내 쏴버린다라는 전개가 머릿속에서 진행되었다. 그리고 일주일 후 내가 같은 길을 걸어서 지나게 됐다는 건 앞서 얘기한 대로다.

출판사를 창업하고 강산이 변하는 동안 나는 신문과 방송을 통해 출판계의 사재기와 과도한 선인세 문제에 관해 이런저런 발언을 했다. 나 정도의 인간이 그런 문제를 제기해봤자 누구 하나 눈도 깜빡하지 않으리라는 사실을 알고 있음에도 계속해서 '오바'한 까닭은 단순하다. 얄미웠기 때문이다. 나는 자사의 책을 되사들이는 행위나 과도한 선인세를 지불하(여 소규모 출판사들이 지속적으로 내온 작가의 책을 대형 출판사가 '가로채')는 것이 바람직하지 않다는 명제에는 다들 동의하리라 생각했다.

출판사의 규모와 상관없이, 설령 대놓고 동의는 못 하더라도 그런 문제 제기에 대해 야유는 하지 않으리라 여겼다. 하지만 아니었다. "과도한 선인세? 아직도 그런 촌스러운 말을 하는 사람이 있네. 출판도 경쟁인데 네 작가 내 작가가 어디 있나. 좋은 작가의 작품에 많은 돈을 들이는 건 투자라고 봐야지", "증거 있어? 사재기는 확인되지 않은 소문일 뿐인데 대형 출판사에서 낸 베스트셀러라고 하면 무조건 입에 거품을 무는 거, 그것도 피해의식이야"라는 비아냥거림 앞에서 나는 그만 얼굴이 빨개지고 말았다. 더구나 그런 발언을 한 사람 중에는 비록 지금은 대형 출판사에서 일하지만 과거 작은 출판사에서 출판을 배운 사람도 있었다.

새삼 인간이 어떤 조직과 관계를 맺고 있는가 하는 것이 무척 중요하다는 사실을 절실히 깨달았다. 더불어 역지사지易地思之란 얼마나 어려운가 하는 것도.

사재기는 '승부 조작'이다

모처럼 고교 동창들을 만났다. 종로에서 만나 간단히 반주 겸 저녁을 먹고 장소를 옮기기로 했다. 그날은 내가 운영하는 출판사에서 신간을 출간한 지 며칠 지나지 않았을 때였다. 거리로 나오니 영풍문고 간판이 눈에 띄었다. 아마도 술김이어서 그랬겠지만 나는 동창들을 우르르 몰고 서점으로 들어갔다. "친구야, 2차는 내가 살게. 대신 너희는 우리 책 하나씩 사라." 늘 일과 생활에 쫓겨 책과는 담을 쌓고 있을 게 분명하니 오랜만에 한 권 사 보는 것도 좋지 않겠나 싶었다. 그러자 한 친구가 실실 웃으며 이렇게 말했다. "뭐야, 너 지금 사재기하는 거야?" 그런 말을 어디서 들었냐고 물으니 〈기분 좋은 날〉이라는 드라마에 나오더란다. 그렇잖아도 지난주에 한국출판인회의에서 일하는 김 대리로부터 "요즘 드라마에서는 도서 사재기 장면이 노골적으로 나오더라고요"라는 말을 들은 터였다. 김 대리야 업계 관계자니까 눈여겨봤겠지 싶어 무심코 넘겼는데 동창에게까지 그런 말을 들으니 궁금해졌다. 대관절 어떤 장면이 나왔기에.

모임을 마치고 집에 돌아오자마자 TV를 틀었다. VOD 서비스는 이런 때 정말 유용하다. 여러 회차를 들여다볼 필요도 없었다. 문제의 장면이 1회와 2회에 걸쳐 등장했다. 이런 내용이다. 극중 이름까지는 체크하지 못했지만 배우 김미숙 씨가 세 딸을 키우는 엄마로 나오는데 직업은 작가다. 지금까지는 자서전 대필이라든가 리라이팅^{Rewriting}이라든가 출판사에서 시키는 글을 써왔다. 그러다가 처음으로 자신의 이름을 걸고 에세이를 펴낸다. '딸아, 엄마처럼 살아라'라는 제목이다. 책은 나오자마자 (아마도 교보문고인 듯한) 서점에서 종합순위 10위에 들 만큼 잘 팔렸다. 엄마의 기쁨이야 말할 나위가 없고 딸들도 "이제 엄마 고생 끝났다"며 축하해준다. 그런데 뭔가 이상하다. 책이 불티나게 팔린다는데 작가에게 돌아오는 인세가 한 푼도 없다. 게다가 출판사 사장이 딸에게 묘한 제안을 한다. "친구들의 아이디(주소)를 알려주면 책을 한 권씩 공짜로 보내줄게." 잘 팔리는데 왜 그래야 하냐고 딸이 추궁하자 사장은 그제야 사재기 사실을 털어놓는다. 결국 작가인 엄마까지 알게 되고 급기야 출판사에서 서점으로부터 되사들여 쟁여놓은 책 더미가 발견된다. 이때 사장이 갓 잡은 활어처럼 살아 있는 대사를 읊조린다. "초판 1500부 찍어서 39권 팔았어. 나머지는 나랑 서점 담당자랑 '짜웅'해서 전부 되사들인 거라고. 지금 집 날아가고 출판사도 날아갈 판이야. 이렇게라도 해서 한방에 만회해야지." '창피해서 몸 둘 바를 모르겠다'라는 표현이 있는데 이 장면을 보는 내 기분이 그랬다.

'사재기 교과서'에 나올 법한 수법이 SBS 주말 드라마를 통해 전파를 타고 며칠 후 이번에는 픽션이 아니라 리얼로 비슷한 상황이 MBC 뉴스데스크를 통해 보도되었다. 발단은 《달팽이가 느려도 늦지 않다》의 저자인 스님 정목이 인세를 받지 못했다며 출판사를 고소한 사건이었다. 정목 스님 측 관계자가 "(판매량에 대한) 객관적인 자료를 전혀 제공하지 않았고 내역서라고 자기 맘대로 작성한 것만 보여줬어요"라고 증언하자 "출판사가 밝힌 이 책의 총 판매 부수는 25만 부", 그러나 경찰 조사 결과 "인쇄소에서 찍은 책은 12만 부뿐이었다"는 사실이 드러났다. 찍은 책의 두 배가 넘는 책이 팔린 셈이다. 출판사가 자사 책을 되사들였다가 서점으로 출고하고, 그 책을 다시 되사들이기를 수차례 반복하면서 빚어진 일이다. 보도에 따르면 출판사가 되사들인 책은 "저자가 있는 사찰로 보냈다"고 한다. 이 대목에서 드는 의문은 그렇다면 과연 정목 스님이 사재기한 사실을 몰랐을까 하는 점이다. 아니, 어쩌면 그건 중요하지 않을지도 모르겠다. 분명한 건 사재기를 했고, 책은 베스트셀러가 되었으며, 해당 서적을 만든 출판사는 과태료 몇 백만 원은 물겠지만 이미 만만찮은 수익을 얻었을 게 분명한 데다 사재기로 판명된 정목 스님의 책은 출판사를 바꿔 여전히 잘 팔리고 있다는 거다.

다시 보름 후 〈한겨레〉에는 "출판사 신간을 서점에 공급하는 출판도매업체가 거래처 중 하나인 한 대형 출판사의 책을 자사 직원들에게 사라고 강요했다가 이를 거절한 직원을 해고했다"는 기사가 보도되었다. 이번에는 출판사가 아니라 도매상이 책을 사재기했다는 내용이다. 책을 되사들이라고 지시했다는 이의 목소리를 담은 파일까지 있다고 한다. 정황으로 봐서 도매상을 통한 사재기 지시는 출판사 쪽에서 했을 공산이 크다.

도서 사재기(자사 책 되사들이기)는 최종적으로 대형 서점의 베스트셀러 순위 진입을 목표로 한다. 일단 순위에 올라가면 책은 팔린다. 높이 올라갈수록 잘 팔린다. 앞서 거론한 드라마 속 출판사 사장도 얘기하듯, 좋은 책이 잘 팔리는 게 아니라 잘 팔리는 책이 잘 팔리기 때문이다. 사람들은 좋은 책을 구매하는 게 아니라 순위에 오른 책을 좋은 책이라 여기고 구매한다. 그러나 이것을 단순히 '독자가 자신의 취향을 가지느냐 못 가지느냐'라는 차원으로 환기해서는 곤란하다. 이건 시스템의 문제이기 때문이다. 그 뿌리는 보기보다 크고 단단하다. 나는 꽤 오랫동안 이 문제를 지켜봐 왔다. 사재기를 직접 진행한 담당자를 만나 이야기도 들어봤다. 그 과정에서 도서 사재기는 앞으로도 계속될 수밖에 없겠다는 결론에 도달했다. 서점의 베스트셀러 순위가 없어질 리 만무하고 사재기는 순위에 올리기 위한 방법 가운데 안정적인 '가성비(가격 대비 성능)'를 보이는 데다 그러한 유혹을 대신할 만한 마케팅적 선택지가 점차 줄어들고 있기 때문이다. 이걸 막을 방법 따위는 없다. 극단적인 제재, 이를테면 적발 시 출판사를 접어야 한다는 정도가 속도를 늦출 수 있을 텐데 '뭘 또 그렇게까지' 하는 사회적 분위기상 채택되긴 어렵겠다. 그래서 말인데, 몰랐으면 모르되 출판사가 베스트셀러 순위를 조작했다는 사실을 인지했을 때 독자들이 화를 좀 내주면 좋겠다. 띠지가 구겨진 책을 받았을 때 인터넷 서점에 별을 한 개 매겼던 것처럼, 책값을 더 받으려고 멀쩡한 책을 분권한 거 아니냐고 의심했던 것처럼, 출판사의 과대 광고에 속아 책을 샀다고 분개했던 것처럼. 이건 뉴스로 치면 '편파 보도'고 스포츠로 치면 '승부 조작' 같은 거니까 얼마든지 마음껏 화를 내도 무방하다.

취향과 베스트셀러

어렸을 때 무슨 설문조사 같은 데서 '당신의 취미는 무엇입니까'라는 질문을 받으면 '독서'라고 대답하곤 했다. '취미는 독서'라고 적어본 기억을 가진 사람이 비단 나 혼자만은 아닐 거라고 생각한다. 하지만 "독서가 어떻게 취미가 될 수 있냐"라는 훈계 비슷한 얘기를 듣고 난 이후부터 나는 독서를 취미라고 말하지 않게 되었다. 그렇구나, 책은 늘 가까이 두고 읽어야 하는 것이니까 취미가 될 수 없는 것이구나. 인생의 큰 비밀 하나를 알게 된 기분이었다.

자랑을 하려는 건 아니지만 그 무렵 나는 책을 꽤 많이 읽었다. 닥치는 대로 읽었다. 분량이 많으면 많을수록 좋았다. 애거서 크리스티도, 조정래도, 김용도 그때 다 읽었다. 그렇게 고등학교를 졸업하고 대학에 들어가서는 '꼭 읽어야 하는 책들'이 있다는 걸 알게 되었다. 주로 역사와 철학에 관한 책이었다. 선배들과 하는 세

미나에서 나는 종종 무식하다는 얘기를 들었는데 기분이 나쁘기보다 자극이 되었다. 그런 시절이 있었다. 어떤 유의 책들은 읽지 않으면 바보 취급을 당하던 시절이. 그때 그 책들을 읽어두어서 다행이었다고 지금도 가끔 생각한다.

얼마 전에 동화를 쓰며 아이들을 가르치는 분으로부터 이런 얘기를 들었다. "요즘 부모들은 애들한테 동화를 권하지 않아요. 영어나 수학의 원리를 '알기 쉽게' 설명해놓은 학습만화를 사주고 읽게 하지요." 이왕이면 성적에 도움이 되는 책을 읽게 하자는 부모의 의중을 동화작가이기도 한 초등학교 교사 역시 모르는 바 아니었지만 그래도 섭섭하더란다. 스마트폰과 게임이 아이들의 여가 시간을 석권하고 있는 마당에 학습만화라도 읽는 게 어디냐고 대답한 내 마음도 편치는 않았다. 자신의 독서 취향을 아는 것은 필요하고 그것은 대개 성장 과정에서 길러지는 법인데.

내가 이만큼이나마 책을 골라서 읽을 줄 아는 취향을 갖게 된 것은 대학 시절 '꼭 읽어야 하는 책'을 부지런히 섭렵했기 때문이 아니었을까 싶다. 그리고 '꼭 읽어야 하는 책'을 어떻게든 읽어낼 수 있었던 것은 닥치는 대로 읽으며 자랐던 경험이 컸으리라 생각한다. 덕분에 지금은 어떤 책을 읽어야 하고 어떤 책을 읽지 말아야 할지 스스로 결정할 수 있게 되었다. 설마 그 나이가 돼서까지 어떤 책을 읽어야 하고 어떤 책을 읽지 말아야 할지 스스로 결정하지 못하는 사람이 있을까 싶겠지만, 의외로 자기가 무슨 책을 읽고 싶은지 잘 모르는 어른들이 상당히 많아서 안타까울 때가 있다. 대개 인간은 책을 읽어야 한다는 강박을 가지고 있게 마련인데 사정이 그렇다 보니 베스트셀러에 눈이 갈 수밖에 없으리라.

베스트셀러를 몽땅 다 비하할 의도는 없지만 기본적으로 베스트셀러라는 것이 얼마나 불안정한 기반 위에서 만들어지고 있는지 사람들도 슬슬 깨달아주었으면 한다. 이를테면 모 인터넷 서점에서 '연말 총결산, 올해 꼭 읽어야 할 책'이라고 뽑아놓은 목록에 사재기로 적발되어 언론에 보도됐던 도서가 버젓이 올라와 있는 것도 그런 경우다. 책을 사면 마일리지를 왕창 지급한다든가 영화 티켓을 준다는 식으로 베스트셀러 목록에 떡하니 자리 잡은 책들이 제법 많다는 것도 조금만 살펴보면 알 수 있겠다. 예전에는 화도 났는데 이제 나는 그런 걸 봐도 별 감흥이 없다. 다만 뭐라도 읽어야겠다고 생각은 하지만 뭘 읽어야 할지 몰라 그나마 남들이 읽는 책이라도 따라 읽으려는 사람들을 이용해 눈 가리고 아웅 하며 한 권이라도 더 팔아보려는 출판 풍토가 완전히 정착된 게 아닌가 싶어 서글픈 기분이 들 뿐이다.

책도 안 팔리는 마당에

대학을 졸업하고 출판사에 입사했다. 두 해 동안 잡지를 만들었다. 마감은 두 달에 한 번 돌아왔다. 편집 실무자는 나 혼자였다. 현장감 있는 기사를 싣기 위해 주말마다 시위 현장에 나가 사진을 찍었다. 필자 관리도 인터뷰도 전부 내 몫이었다. 점차 퇴근이 늦어지고 생활은 불규칙해졌다. 아침에 일어나는 일이 힘에 부치기 시작했다. 그래도 출근을 서두르지 않았다. 그게 뭐가 중요한가. 정해진 시간에 잡지가 나오면 되는 거지. 때문에 잦은 지각을 문제 삼아 상사가 싫은 소리를 했을 때 납득할 수 없었다.

두 해가 지나고 단행본 출판사를 차렸다. 잡지보다는 마감에 여유가 있었다. 그렇다고 마구잡이로 책을 내자는 건 아니었지만, 일은 각자 알아서 하면 된다고 여겼다. 그러나 시간이 지나고 구성원이 늘자 지각을 하는 직원이 신경 쓰이기 시작했다. 식선 댓바람부터 머리를 맞대고 할 얘기가 있는 것도 아닌데. 주말에는 회사 이벤트에 혹사당하고 교정지를 가방에 넣어 퇴근하는 직원이다. 때문에 지각을 신경 쓰는 나 자신을 발견했을 때 역지사지는 당치도 않은 말임을 깨달았다.

그런데 제 회사도 건사하지 못하는 인간이 이런 글을 써도 될까. 얼치기 사장 주제에 저 혼자 정의로운 척 꼴값 떨고 있다는 뒷말을 듣지나 않을까. 가뜩이나 어려운 출판계인데 나까지 보탤 필요가 있을까. 하지만 "유명 출판사 상무 성추행 사건 뒤늦게 공개…… 여직원 '수습 때 오피스텔 데려가 옷 벗으라 요구'"라는 제하의 기사를 비롯하여 그에 따른 후속보도를 마주하는 내내 나는 한 줄의 글도 쓸 수 없었다. 어떻게든 한 권이라도 더 팔아먹기 위해 매일매일 글을 올리던 페이스북에, 블로그에 아무 얘기도 적을 수 없었다. 그게 다 무슨 소용인가 싶었다.

한편 '애당초 딱 부러지게 거부하지 않은 직원에게도 문제가 있다'고 생각하는 분들 역시 많은 듯하다. 그런가. 문득 철원이 떠올랐다. 그곳에 밤마다 나를 괴롭히던 하사관이 있었다. 껴안고, 내 입에 혀를 집어넣고, 자신의 성기를 내 엉덩이에 비비던. 거부하면 다음 날 얼차려가 이등병인 내 선임들에게 부여되었다. 당시의 내 심정이 어땠는지를 굳이 표현하진 않겠다. 다만 한 가지만은 꼭 얘기하고 싶다. 그때 나는 그 일을 아무에게도 말하지 않았다. '중대장에게 보고해야 하나 말아야 하나'를 망설였다는 얘기가 아니다. 아예 고민할 엄두조차 내지 못했다.

군대란 그런 곳이라고 배웠기 때문이다. 나 하나 조용하면 전체가 편할 거라고 짐작했기 때문이다. 조금만 견디면 지나가리라 여겼기 때문이다. 나는 '무사히' 제대했고 15년이 흘렀다. 하지만 오늘 남 병장의 사례에서 보듯, 군대는 변하지 않았다. 어쩌면 당연한 일인지도 모른다. 피해자들은 대개 나와 비슷한 심정으로 견뎌왔고 이를 바로잡아야 할 주체들은 그 폐쇄성을 묵인해왔을 테니까. 문제가 되지 않으면 문제 삼지 않겠다는 자세로.

SBS 라디오에 출연한 피해자와 해당 출판사 대표의 인터뷰를 들으며 생각했다. 회사란 '또 하나의 가족'이라고 배웠을 그 직원이 '문제를 일으킨' 이유는 그처럼 덧없는 환상으로 인해 더 이상 자신과 같은 피해자가 나오지 않았으면 하는 바람에서일 거라고. 나는 이렇게 알량한 글 하나 끼적이는 것조차 겁이 나는데 당사자가 어떤 심정일지는 짐작도 되지 않는다. 그 앞에서 나는 '책도 안 팔리는 마당에 얼른 잠잠해졌으면' 하고 바랐다. 뭐라 할 말이 없다.

어디까지나 나는
그저 섭섭했을 뿐이다

미야베 미유키의 에도 시대물을 처음 읽은 것은 2007년 무렵이다. 《외딴집》이라는 장편 소설이었다. 당시만 해도 한국에 번역된 그의 작품은 현대물 서너 편뿐이었기 때문에 용어가 어렵고 역사적 배경을 모르면 이해하기 힘든 시대물을 출간하는 것에 대해 내부적으로도 고민이 깊었다. 하지만 《외딴집》을 단숨에 읽자마자 나는 앞으로 계속해서 그의 에도 시대물을 출간하자고 마음먹었다. 그 정도로 대단한 작품이었다.

하지만 한국에서 《외딴집》의 판매는 신통치 않았다. 초판을 소화하는 것도 버거웠다. 그 뒤로 출간된 《혼조 후카가와의 기이한 이야기》나 《괴이》의 판매는 더 신통치 않았다. 고전의 나날은 몇 해간 계속되었다. 왜 일본에서 몇 백만 부씩 팔리는 책이 한국에서는 팔리지 않을까(물론 일본에서 잘 팔린다고 한국에서도 잘 팔려야 한다는 법은 없다). 출판사의 역량에 괄호를 치고 나면 이유는 두 가지 정도

그라나 페어플레이 한 것

로 추정된다. 우선 작품의 스타일이 낯설다. 그의 에도 시대물에는 일본이라는 나라의 전설이나 민담이 가진 판타지적 비일상성이 여기저기 혼재해 있다. 그것이 진입장벽을 만들어 한국의 독자들이 감정이입하기 어려운 것이다. 가령 말하는 고양이가 등장했을 때 일본의 독자들은 '신기하구나'라고 생각하는 반면, 한국의 독자들은 '흥, 고양이가 어떻게 말을 해'라고 느낀다고 할까. 미야베 미유키가 도리모노초捕物帳(주로 에도 시대를 무대로 한 탐정소설)라는 장르를 만들고 명작 괴담도 많이 남긴 오카모토 기도를 존경하여 전반적인 필치가 기도 풍에 가깝다는 점도 한국의 독자들에게는 감점요인인 듯하다. 기도는 한문과 게사쿠戯作(통속소설) 및 영문학에도 정통했지만 인과율이 분명한 에도 괴담을 부정하고 영미의 고스트 스토리를 참고하여 수많은 괴담을 만들어냈다. 미야베 미유키의 괴담에 부조리성이 많이 보이는 것은 오카모토 기도에 가깝게 다가간 결과라고 할 수 있다. 하지만 '부조리한 괴담은 〈전설의 고향〉 정도로 충분해'라고 느끼는 한국의 독자들이 많아서인지 미야베 미유키의 괴담은 전혀 공감을 불러일으키지 못했다. 현대물에 비해 더 짙게 드러나는 일본 색에 대한 반감도 무시할 수 없겠다. 이런 것들이 뭉뚱그려져 독자들은 이내 "미야베 미유키의 에도 시대물은 현대물만 못하다", "에도 시대물은 어렵다"라고 얘기하기 시작했다. SF나 판타지에 비해 리얼리즘적 요소가 강한 미스터리를 선호하는 한국 독자들의 취향에 부합하지 못한 것이다.

전환점이 된 것은 《흑백》이었다. 미야베 미유키는 이 이야기를 쓸 때 "뭐든지 자신의 힘으로 해결할 수 있는 캐릭터가 아니라 상처가 있고 힘도 약하며 혼자서는 살아가기 힘든 사람이 필요했다"

고 한다. 무서운 이야기를 하는 게 중요한 게 아니다. 무서운 이야기를 듣는 것이 핵심인 것이다. 상처를 간직한 소녀가 '이야기를 들어준다'는 설정에 한국의 독자들도 조금씩 마음을 열기 시작한 걸까. 덕분에 초판은 두 달 만에 소진되었다. 광고 한번 없이. 언론의 조명을 '거의' 받지 못했음에도.

《외딴집》을 출간하고 여기까지 5년이 걸렸다. 메마른 땅에 서서히 물이 스미듯 독자는 점차 늘어났다. 앞서 냈던 시대물들이 팔리기 시작했다. 그리고 《흑백》의 속편인 《안주》를 냈을 때는 분위기가 꽤 달라져 있었다. "괴담이란 게 등골이 오싹해야 할 것 같은데, '미미(미야베 미유키)표 괴담'은 오싹함보다 오히려 따스함을 느끼게 하는 면이 있다"는 평가가 눈에 띄게 늘었다(《경향신문》, 2012년 8월 17일). 이 작품을 출간할 때 북스피어에서 마케팅의 일환으로 시도한 독자 펀드가 화제가 됐다는 점도 빼놓을 수 없겠다.

그사이에 미야베 미유키의 에도 시대물은 조금 변화했다. 판타지적 비일상성과 부조리한 괴담의 분위기가 다소 엷어지고 현대 미스터리와의 접점이 그만큼 늘었다. 예를 들어 《그림자밟기》에도 유아 학대와 빈곤, 살인 피해자의 원한 등 현대와도 통하는 '어둠'을 먹이로 성장하는 괴이怪異가 그려져 있다. 귀신은 분명히 있지만 그 존재에 생명을 주는 것은 우리의 마음이듯 필경 무서운 것은 인간의 마음이라는 주제의식은 여전한 가운데 황혼 무렵, 괴이가 생겨나는 시기를 역으로 이용하여 그곳에 인간성 회복의 회로를 만드는 기교는 확실히 늘었다. 게다가 저자는 '어둠'에 대항하려는 사람들의 용기를 그리는 것과 같은 비중으로 '어둠'에 매료되어 삼켜져버린 것에 기쁨을 느끼는 사람들이 있는 혹독한 현실에도 파고

그러나 페어플레이 한 것

들었다. 이런 변화가 독자들의 요청에 따른 것인지 미야베 미유키 내부에서 자연스럽게 발현된 것인지는 알 도리가 없고, 적어도 나에게는 그다지 중요하지 않다. 인간에 대한 자애로움을 자신의 괴담의 원점으로 삼는 작가는 여전히 그가 유일하고 나는 그것으로 충분히 만족하기 때문이다. 다만 예전에 잠시 읽다가 "미야베 미유키의 에도 시대물은 현대물만 못하다", "에도 시대물은 어렵다"고 느낀 독자들이 혹시라도 알아주었으면 좋겠다는 마음에 몇 자 적어봤을 뿐이다. 어려운 건 맞지만 못하진 않다는 게 내 생각이다. 그런 생각으로 앞으로도 시대물은 꾸준히 만들어보려고 한다.

그러던 차에 어느 대형 출판사에서 미야베 미유키의 시대소설 《사쿠라호사라》를 계약했다는 얘기를 들었다. 정확히 얘기하면 《사쿠라호사라》가 일본에서 출간되었을 당시 북스피어와 대형 출판사가 동시에 오퍼를 넣었고, 북스피어가 선인세 경쟁에서 밀려 대형 출판사가 출판권을 가져간 것이다. 〈문화일보〉에 관련 기사가 실렸다. 길게 인용해본다.

최근 벌어진 마이클 샌델 하버드대 교수의 책 《정의란 무엇인가》 판권 문제와 이를 둘러싼 감정 싸움은 여러 가지 생각할 거리를 안겨줍니다. 이 문제는 《정의란 무엇인가》의 판권이 김영사에서 와이즈베리로 넘어가, 이번 주 와이즈베리의 책이 나오면서 벌어졌습니다. 김영사가 2010년 5월 출간한 《정의란 무엇인가》는 출간 11개월 만에 100만 부, 지금까지 123만 부가 팔려나간 밀리언셀러입니다. 저자에겐 14억 7000여만 원의 인세가 지급됐습니다.

(…) 와이즈베리의 《정의란 무엇인가》가 나오자 김영사는 원제 'JUS-

TICE: What's the Right Thing to Do?'와는 다른 '정의란 무엇인가'라는 제목을 그대로 사용했고, 기존 번역을 상당 부분 옮겼으며, '한국 200만 부 돌파'라는 띠지 카피가 사실이 아니라고 지적해 감정싸움 양상으로 번졌습니다.

출판계의 판권 경쟁은 어제오늘의 일은 아닙니다. 이들의 과열 경쟁으로 저작권료는 천정부지로 올랐고, 이름 있는 작가의 책은 출간 2~3년 전부터 싹쓸이된 상황입니다. 몇 년 전 대형 문학출판사들이 뛰어들어 벌인 그 유명한 '무라카미 하루키 1Q84 판권 경쟁'은 그의 선인세를 10억 원대로 올려놓았습니다.

《화차》의 작가 미야베 미유키의 역사물을 열 권 이상 꾸준히 내온 한 작은 출판사의 경우도 전형적인 예입니다. 이 출판사는 최근 기다리던 미야베의 역사물 신작을 계약하지 못했습니다. 아무도 관심을 갖지 않았던 그의 역사물을 꾸준히 소개해 권당 1만 부 정도 팔리는 스테디셀러로 키워냈더니, 다른 출판사가 더 높은 액수를 제시하며 갖고 간 것입니다.

<문화일보>, 2014년 11월 28일

나는 이 기사를 북스피어 블로그에 올려두었다. 그동안 미야베 미유키의 에도 시대물을 모아오던 독자들의 댓글이 달리기 시작했다. 한데 그 댓글 중에 묘한 내용이 하나 눈에 띄었다.

"제가 알기론 미미 여사의 시대물을 가져간 출판사가 A사로 알고 있습니다. 그런데 미미 여사의 시대물도 제각기 시리즈가 다른데 미미 여사가 쓴 시대물 중에 북스피어가 내지 않는 시리즈거나 시리즈 외의 작품을 다른 곳에서 출판한 게 '정의' 운운할 정도로 잘못된 건가요? 그렇다면 손안의책에서 처음 국내에 소개하고 이후로도 꾸준히 출간하던 교고쿠 나쓰히코의 시리즈를 북스피어에서 내는 것도 정의에 어긋난다고 할 건가요? 이런 식으로 맥락 없이 기사만 뚝 올려놓고 댓글에서 북스피어 팬들을 들끓게 만들어놓으면 끝인 가요. A사에서 문제의 책이 나오고 나서 온라인 서점에 위의 댓글과 같은 글들이 올라와 판매에 문제가 생기면 어쩌려고 이러시는 건지 모르겠습니다."

아마 사정을 아는 관계자인 듯한 이의 댓글을 읽고 나는 화가 났다. 그래서 이렇게 적었다.

미미 여사의 에도물은 북스피어가 2007년도부터 내기 시작해서 최초의 시대물인 《말하는 검》의 한국어판을 만들며 모든 작품을 펴내고 싶다는 공언을 한 바 있습니다. 지금도 그 생각에는 변함이 없어요. 북스피어는 초기작을 비롯하여 미미 여사의 에도 시대물을 전부 낼 생각입니다. 다른 출판사에서 '거액'으로 출판권을 가져가지 않는 한은 말이죠. 다만, 모든 작품을 내고 싶다고 해도 '계약 기간과 비용 문제 때문에' 모든 작품을 한꺼번에 계약할 수는 없어요. '내지 않은 게' 아니라 '차근차근 계약해서 낼 생각'이었던 거지요. 더구나 《사쿠라호사라》는 북스피어에서 내지 않으니까 계약해간 게 아니라 일본에서 출간되자마자 오퍼를 넣지 않았습니까. 불필요한 경쟁을 붙여가면서 말이죠. 한데 《사쿠라호사라》를 A사가 계약한 게 정말 맞습니까. 계약 문제는 담당 에이전트와 해당 출판사 관계자 및 그 책의 번역자 외에는 알 수 없는 사안이기 때문에 여쭤보는 겁니다. 잘못된 정보로 넘겨짚으신 거라면 곤란합니다. 만약 A사가 정말 맞다면, 이건 문제가 있어 보입니다. 이번에 《정의란 무엇인가》의 출판권 문제가 불거졌을 때 A사의 모회사인 김영사에서 이런 보도자료를 냈습니다. "타 출판사가 성공적으로 출판한 책을 거액을 투자해 출판권을 가져가는 데는 성공했지만 출판사 고유의 메시지와 출판정신을 담으려고 했는지에 대해 질문하게 한다"고 말이죠. 이건 출판권 계약에 '법적인 문제' 외에 '도의적 문제'도 있다는 것을 지적한 대목입니다. 그렇죠? 출판권 계약이 오직 법적인 문제뿐이라면 김영사(A사)도 이렇게까지 상대 출판사를 비난하진 못했을 겁니다. 그것도 이례적으로 보도자료까지 뿌리면서 말이에요. 《정의란 무엇인가》에 대해서는 이렇게 말해놓고 에도 시대물에 대해서는 '거액을 투자해' 가져갔다는 것은 아무리 생각해도 앞뒤가 맞지 않아 보이는군요.

손안의책에서 꾸준히 내던 교고쿠 나쓰히코를 북스피어가 내려고 했을 때 저는 그 책을 꼭 하고 싶었지만 손안의책이 처음부터 꾸준히 내온 '노력'을 해치는 게 아닐까 싶었습니다. 그래서 어떻게 했느냐. 손안의책에 연락해서 물어봤어요. 《웃는 이에몬》 시리즈를 손안의책에서 낼 생각이 있느냐고. 만약 손안의책에서 그 시리즈를 내겠다면 북스피어는 포기하겠다고. 그랬더니, 없다더군요. 번역하기가 어려워서 낼 생각이 없다고 했습니다. 그리고 북스피어에서 내면 좋겠다고 했습니다. 심지어 북스피어에서 나온 교고쿠 나쓰히코의 《웃는 이에몬》 시리즈를 번역한 이는 손안의책 대표였어요. 자기가 번역하기 어려워 출판권 계약을 포기했는데, 결국 자기가 번역해 북스피어에서 내다니, "젠장, 이것은 운명인가" 하며 투덜투덜대던 기억이 납니다. 하지만 역시(명불허전이라고 할까) 시대물 전문 번역자답게 결과적으로 훌륭하게 번역을 마쳤지요. "맥락 없이 기사만 뚝 올려놓고"라니, 여기에 무슨 맥락이 얼마나 더 필요한지 모르겠군요. 어떤 맥락을 알고 싶으신 겁니까? 이런 '비난+질문'을 들으니 불쾌하군요. (A사의) 판매에 문제가 생기면 어쩌려고 이러시는 거냐니……,

그리나 페어플레이 할 것

그걸 왜 저한테 물어봅니까. 저는 오히려 '맥락 없이 이런 댓글을 뚝 올려 놓은' 당신의 의도를 더 이해하기 힘듭니다. 과객이라는 닉네임도 그렇고 마치 지나가다 문득 살펴보니 눈살이 찌푸려진다는 식의 포즈를 취하며 대관절 뭘 항의하고 싶었던 거죠? 《사쿠라호사라》를 A사에서 계약한 게 정말 맞습니까?

이 일이 있고 며칠 후 나는 〈한겨레〉 보도를 통해 《사쿠라호사라》를 계약한 출판사가 김영사의 문학 출판 브랜드인 비채임을 확인할 수 있었다. 기사를 보니 그들은 "북스피어 쪽이 섭섭해할 수는 있겠지만 법적으로도 도의적으로도 문제는 없다"고 말한 모양이다. 맞다. 나는 섭섭하다. 불과 몇 달 전에 김영사 담당자가 먼저 연락해서 "마침 우리 출판사에서 《그림자밟기》(루이스 어드리크 지음)라는 책이 나왔는데 미야베 미유키의 《그림자밟기》와 제목이 똑같다. 공동 이벤트라도 하면 어떨까?" 하고 제안한 적이 있다. 나는 출판사들이 쿵짝쿵짝 어울려서 함께 이벤트하는 걸 좋아하는데 그때는 딱히 좋은 아이디어가 떠오르지 않아서 고사하고 말았다. 그 뒤로 내가 제안해서 북스피어와 김영사는 미유키의 《피리술사》와 하루키의 《도쿄 기담집》을 걸고 '내가 알고 있는 기이한 이야기를 해보자' 이벤트를 벌였었다. 돌이켜보니, 그때는 이미 김영사가 《사쿠라호사라》를 계약한 이후다. 만약 김영사 담당자가 《사쿠라호사라》를 계약할 생각이라거나 계약했다고 나에게 말해주었다면 어땠을까. 조금 덜 섭섭하지 않았을까. 부질없는 상상이겠다. 이렇게 되었으니, 김영사가 《사쿠라호사라》를 잘 만들어 주었으면 하고 바랄 뿐이다.

'서점의 불황시대'에
각광받는 책방들

"그때는 말이야, 출판사 영업자들이 삼삼오오 짝을 이뤄 한 달에 한 번씩 지방 출장을 다니곤 했어." 이런 에피소드를 듣는 일이 종종 있다. 그러니까 서울에 있는 출판사 영업자가 자사의 책을 홍보 및 관리한다는 차원에서 직거래가 있는 지방 서점들을 돌아보는 일을 말하는 것이다. 교통비를 아끼려고 친한 영업자들끼리 함께 움직이는 경우도 많았는데 이때 가장 중요한 임무는 수금이다. 지금이야 지방 서점과의 직거래가 예전만큼 많지 않고, 있다 하더라도 대부분 은행으로 송금해주니까 딱히 수금만을 위해 지방 서점을 돌 일이 없지만 당시에는 지방 서점에서 수금을 잘 하느냐 못 하느냐에 따라 영업자의 능력이 판가름나기도 했던 모양이다.

"부산 영광도서에 가면 이미 영업자들이 쭉 줄을 서서 기다리고 있거든. 한 명씩 결제를 받아서 나오는데 이때 싱글벙글한 얼굴로 서점을 나오는 영업자는 그달 결제를 잘 받은 거고 울상으로 나오는 영업자는 그달 결제를 못 받은 거지. 그래서 나 같은 경우는 어떻게 했냐 하면 말이야" 하는 식의 무용담 비슷한 일화들을 들었던 기억도 난다. 어떤 이들은 본인이 잘나가는 출판사의 영업자였을 때 지방을 돌며 받았던 '환대'를, 어떤 이들은 지방 서점을 같이 돌며 다졌던 '관계'를 얘기했다. 이 지방 서점 '순례'에 대해서라면 경력 있는 영업자들은 대부분 어지간한 코미디 프로보다 흥미로운 에피소드를 단행본 한 권만큼의 분량쯤은 보유하고 있었다. 가만히 듣다 보면 이러한 과정이야말로 영업자로서의 통과제의라고 표현해도 무방하지 않을까 싶은 생각이 들 정도였다.

하지만 나는 영업자로서 훈련을 받은 적이 없기 때문에 출판계에 발을 디딘 지 10년이 지난 지금까지도 지방 서점을 돌아다녀 본 적이 없다. 자랑 삼아 하는 얘기는 아닌데 창업한 이후에도 어차피 교보나 영풍 같은 대형 소매점과 인터넷 서점이 도매 역할을 하는 마당이니 굳이 지방에는 직거래처를 만들지 않았다. 관리할 인원이 없었으니 당연하다면 당연한 얘기다. 게다가 출판 강의를 할 때도 거래처는 늘리는 것보다 줄이는 것이 더 어렵기 때문에 처음부터 많은 서점 거래처를 가지고 갈 필요는 없다는 식으로 얘기한다. 하지만 돌이켜보면 출판사들의 이러한 패턴이 결국 지방 중소 서점의 '몰락'을 가속화시킨 측면이 없지 않은 듯해서 말해놓고도 쓸쓸한 기분을 느꼈던 적이 한두 번이 아니다.

하여 그 실상을 내 두 눈으로 살펴보고자 전국의 주요 서점 몇 군데를 돌아본 적이 있다. 아울러 몇 군데 서점과는 직거래를 맺고, 들른 김에 지금까지 내가 운영하는 출판사가 발행한 책들이 지방 오프라인 서점에서는 어떻게 유통되고 있는지도 확인해두고 싶었다. 그리하여 밤을 낮 삼아 이동하며 약 일주일에 걸쳐 지방 서점들을 돌아보았다. 그때 느낀 감상을 짧막하게 적어본다.

1 어디를 방문할까 고민할 필요도 없이 각 도를 대표할 만한 서점이 겨우 한 군데이거나 아예 없었다.

2 그 '겨우 한 군데'인 서점들도 직접 방문해보니 과거에 있던 공간을 현저히 줄였거나 줄이고 있거나 줄일 계획이라고 한다.

3 미안한 말이지만 그럼에도 불구하고 내가 들른 대부분의 서점들이 여전히 '적당주의'를 고수하고 있다는 느낌이 들었다. 다들 머릿속으로는 서점의 앞날에 대한 고민을 치열하게 하고 있을지도 모르지만 매장의 디스플레이는 '지금 그런 거에 신경 쓰고 있을 여유가 어디 있냐'는 듯한 모습이었다. 그러다 보니 서점마다 차별점이 전혀 없어서 그 서점이 그 서점인지 기억을 더듬어봐도 특색 있는 모습이 전혀 떠오르지 않는다.

4 그리하여 "소매업종 중에서 서점만큼 외관에 신경 쓰지 않는 소매업종은 없을 것이다. 백화점이나 할인점에 진열된 물품들을 본 적이 있는가? 전시된 상품이 고객의 눈을 끌려면 무궁무진한 노력이 필요하다. 매장이 작으면 작은 대로 어떻게 전시하는 것이 효과적인가를 고민해야 한다. 대부분의 서점인들은 책 한 권 둘 공간도 없는데 전시공간이 어디 있겠느냐고 반문할 것이다. 하지만 서점 천장 끝까지 꽉 찬 책, 매대 책 더미 밑에 숨겨져 있는 책은 책의 내용과 좋고 나쁨을 떠나서 시장에 나온 상품으로서의 가치를 의심하게 한다(《독일의 문학과 출판》)"라는 신종락 씨의 말이 계속해서 머릿속을 맴돌았던 것이다.

그러나 책으로 팔지

한때 6000개에 육박했던 우리나라 서점은 현재 1700개 정도만 남은 상태다. 이것은 독서 인구의 감소와 온라인 서점의 약진을 비롯한 여러 가지 복합적인 문제에 기인하며 우리나라뿐 아니라 다른 나라의 서점들도 비슷한 이유로 불황에 허덕이는 중이다. 하지만 똑같은 상황에서도 눈에 띄게 활약하는 서점들이 있다. "희귀 판본과 화제의 신간을 함께 진열대에 갖추고 심도 있는 아트 북섹션과 직접 개발한 기념품"으로 틈새시장을 개척한 미국의 독립 서점 스트랜드 Strand, 모든 도서를 죽 늘어놓고 판매하는 방식 대신 "시, 전기, 여행, 동화만을 특화하여 독자들에게 이야기를 판매하는 서점"으로 알려진 영국의 돈트북스 Daunt Books, "일반 서점에서 가장 많이 팔리는 분야를 취급하지 않는 대신 인문학, 아트, 디자인, 자동차, 요리" 분야만 전문적으로 취급하는 일본의 츠타야 Tsutaya 서점 등이 그렇다(이상은 〈페이퍼 B〉에서 인용). 최근에는 우리나라에서도 땡스북스와 유어마인드, 북 바이 북처럼 특색 있는 서점들이 각광을 받고 있다. 이들 서점은 자신들만의 독특한 방식으로, 독자에게 그 서점에 가면 그 서점만의 독특한 향취를 느끼게 하는 전략으로 독자들의 방문을 유도한다.

일본의 어느 편집자가 얘기했다시피 독서도 습관이라 한번 떠난 독자는 돌아오지 않는다. 마찬가지로 도서 구매 역시 습관이기 때문에 한번 발길이 뜸해진 독자는 다시 방문하지 않는다. 이런 상황을 역전시키려면 남들이 하는 거 말고 나만이 할 수 있는 뭔가를 보여줘야 하지 않을까.

미국에서 미스터리 전문 서점을 운영하는 오토 펜즐러 Otto Penzler는 한때 계속되는 재정적 위기로 어려움을 겪었다. 어느 날 그는 자신이 알고 있는 미스터리 소설가들에게 "그들이 쓰는 시리즈에 나오는 캐릭터의 전기나 프로파일을 써달라고 하면 어떨까(《라인업》)"라는 생각을 하게 된다. 그러고는 그 이야기들을 팸플릿에 인쇄하여 '오직 자신의 서점에서만' 정기적으로 판매하기 시작했다. 그가 떠올린 작은 아이디어에 독자들은 호기심을 가졌고 결과적으로 오토 펜즐러의 미스터리 서점은 경영난을 극복했다고 한다. 참으로 근사한 얘기가 아닌가. 이런 독특한 서점들이 좀 더 많이 나와주기를 기대해 본다.

"매출 올리는 데 연연하지 마라"

열린책들 온마담 인터뷰

블로그를 운영한 지도 이래저래 8년 가까이 되었다. 그사이에 모바일과 SNS를 기반으로 한 각종 플랫폼이 등장했다. 하지만 나는 아직 블로그에 글을 쓰는 게 편하다. 출판사를 운영하면서 중요하게 생각했던 일 가운데 하나가 내 채널을 가지는 것이었다. 좋은 책이니까 언론에서 다뤄주겠지, 책을 잘 아는 서점 담당자들이 알아봐주겠지, 독자들이 발견해주겠지라는 것이 얼마나 낭만적인 생각이었는지를 깨달은 이후다. 내가 만드는 책의 종당 제작비는 대략 1500만 원에서 2000만 원. 팔지 못하면 고스란히 부채가 된다. 절박하지 않을 도리가 없다. 그래서 부끄러운 얘기지만 사람들이 많이 드나드는 커뮤니티 사이트에 마치 독자인 척 홍보 글을 올린 적도 있다.

"영화평을 쓰던 내가 영화를 만들고 홍보의 전면에 나서자 주변에서 모두 미친 줄 알았다고 말한다. 하지만 내가 아니면 누가 내

영화를 홍보해주나……. 내가 아니라 트뤼포가 한 말이다. 나는 배움을 성실하게 따를 뿐이다." 언젠가 정성일 씨가 본인이 만든 영화를 홍보하며 올린 트윗이다. 이 말이 어찌나 마음에 와 닿던지. 누군가에게 기댈 일이 아니다. 내가 만든 책도 내 손으로 알려야 한다. 내가 창업할 무렵 출판사들은 홈페이지 형태를 벗어나 포털 사이트의 카페로, 다시 블로그로 홍보 채널의 중심축을 옮기는 중이었다. 나도 처음에는 이렇다 할 계획 없이 블로그를 만들었다.

막막했다, 무슨 글을 올려야 할지. 보도자료를 올리고, 책 표지 사진을 올리고, 일간지에 실린 우리 책 기사를 올렸다. 반응이 없었다. 하루 방문자 수는 열 명 남짓. 댓글은 보이지 않았다. 김미영 팀장이 가끔 달아주는 "고객님은 현재 1000만 원 이상 가능하세요"라는 댓글이 고마울 정도였다. 큰 기대를 가지고 시작한 건 아니었으니까 '언젠가는 알아주겠지' 하는 마음으로 틈틈이 썼다. 어떤 내용을 올려야 할지 직원들과 회의를 거듭했다.

창립 3주년을 기점으로 방문자 수가 늘기 시작했다. "이거 내가 만든 책인데 엄청 잘났어요"라는 MSG가 첨가되지 않은 글을 독자들은 좋아했다. 가령 만우절에 올렸던 미야베 미유키 가짜 신간 소동이라든가, 북스피어판 '이스터에그' 관련 포스팅, 도서 제작 뒷이야기 같은 글들이 좋은 반응을 보였다. 다른 사이트에서는 구경할 수 없는, 우리만 할 수 있는 이야기를 올렸을 때, 그리고 그것이 노골적인 책 홍보가 아니었을 때 독자들이 다가와 말을 걸어주었다.

당시만 해도 출판사들은 온라인 홍보에 지금처럼 앞다투어 열을 올리진 않았다. 어디까지나 보조적인 마케팅 수단으로 존재했다.

하지만 북스피어는 탈탈 털면 먼지만 나는 가난한 출판사였다. 보조고 나발이고 따질 계제가 아니었다. 자나 깨나 블로그에 매달릴 수밖에 없었다. 다행히 '어떻게 하면 독자들을 골탕 먹일 수 있을까', '이번 주말에는 독자들이랑 만나 뭘 하면서 놀까'를 고민하는 일이 나는 즐거웠다. 우리가 블로그에서 했던 이벤트들이 알음알음 전해져 일간지에 인터뷰가 실리기도 했다.

북스피어 블로그가 겨우 자리를 잡을 무렵 트위터가 등장했다. 문득 이 희한한 플랫폼이 출판사들의 주의를 끌게 된 사건이 떠오른다. 《삼성을 생각한다》라는 책이 출간되었을 때다. 책을 펴낸 사회평론에서는 각 일간지에 광고를 싣기로 했다. 하지만 어느 일간지에도 싣지 못했다. 책의 내용 탓이다. 〈미디어 오늘〉의 보도에 따르면 "광고 단가가 맞지 않는다는 등의 이유로 모두 거절"했다고 한다. 일련의 과정이 담긴 글은 이내 트위터를 휘젓기 시작했다. 해당 트윗들은 빠르게 리트윗되었다. 이에 발맞추어 《삼성을 생각한다》의 구매도 늘었다. 종합 베스트셀러 최상단에 오르기까지 3주가 채 걸리지 않은 걸로 기억한다. 이토록 단시간에 각종 차트를 석권한 책은 전무후무하지 않을까 싶다.

하지만 140자라는 제약 때문인지 바람의 방향은 금세 바뀌었다. 결과적으로 보면 트위터보다는 페이스북이 출판사라는 조직의 홍보 채널로서는 더 적합했다고 생각한다. 특히 소액으로도 광고를 할 수 있는 페이스북의 시스템이 돋보인다. 트위터와 페이스북이라는 신세계를 마주한 각 출판사 대표들에게는 이를 적절하게 활용할 줄 아는 직원이 필요했다. 대부분의 출판사에서 마케터나 편집자가 본연의 임무를 수행하는 와중에 짬을 내어 트위터와 페이스북 홍보를 담당했다. 반면 상대적으로 여유가 있고 신세계의 가능성을 직감한 출판사 대표들은 전담 직원을 채용했다.

그중에서도 '온마담'이라는 필명으로 단 일 년 사이에 자사 페이스북으로 20만 명 가까운 독자를 끌어 모은 이가 단연 눈에 띈다. 최근에 베스트셀러가 된 열린책들의 도서들은 온마담의 활약에 힘입었다는 얘기가 회자될 정도다. 나 역시 북스피어 계정으로 페이스북을 시작한 이후 벤치마킹 차원에서 몇 번이나 열린책들의 페이스북을 들락거렸다. 블로그에서는 나도 꽤 했지만 페이스북에서는 도무지 맥을 못 추었기 때문이다. 블로그, 트위터, 페이스북은 각각 그에 적합한 글쓰기 방식이 있다. 하지만 이를 체화하는 건 말처럼 간단하지 않다. "출판사의 트위터 담당자가 하는 일이 주로 자사 책의 문구들을 제목, 저자명과 함께 올리는 일인가. 창의적인 콘텐츠를 다루는 일을 하는 회사의 마케팅이란 것이 리트윗 이벤트와 팔고 싶은 자사 책 문구 트윗이 전부라면 이것이 정말 효과적이어서인지 궁금하다" 같은 독자들의 지적이 심심찮게 눈에 띄는 이유다.

온마담의 경우 매체의 특성을 십분 활용하여 페이스북에 최적화된 글을 올리기로 정평이 나 있다. 독자의 참여, 이를테면 '공유하기'와 '좋아요'를 누르도록 유도하는 기술도 경지에 이른 듯 보인다. 궁금했다. 대관절 어떤 인간인지. 만나보기로 했다. "당신의 페이스북 운영 노하우에 관해 듣고 싶다"고 전화를 걸었을 때 약간 사이를 두고 "알겠다"는 대답이 돌아왔다. 그리하여 지난 주말 오후의 따뜻한 햇볕을 받으며 마주 앉을 수 있었다. 미인이었고, 맵시 있게 옷을 입을 줄 아는 여성이었다. 말투는 신중했지만 내가 묻는 질문에 빠짐없이 성실하게 대답해주었다.

일 년 6개월 만에 구독자를 네 배로 늘린 페이스북 전략

허니버터칩, 다들 들어보셨을 줄 안다. 나는 누군가가 페이스북에 올린 하소연을 통해 이 과자를 알게 되었다. 대충 이런 내용이다. "구할 수가 없다. 동네 슈퍼에서도 마트에서도 전부 품절이란다." 무슨 치르치르와 미치르의 파랑새도 아닌 마당에 이 과자를 찾기 위해 수많은 사람들이 장도에 나섰다. '세 배 중고 거래'까지 되고 있다니, 해태제과는 이렇다 할 광고 없이 자사의 SNS 계정만으로 허니버터칩을 히트시킨 셈이다. 한편 '속촌아씨'라 불리는 한국민속촌의 SNS 담당자는 재치 넘치는 사극 톤의 '드립'으로 4만 팔로워를 끌어모았다. 이런 식이다. "기체후일향만강하셨사옵니까. 휴일 다음 날이라 힘 빠질 것 같은 날이지만 또 불타야 하는 얼씨고 절씨고 금요일 아침 문안 인사 드리겠나이다. 오늘은 10월 10일이옵니다. 전 왜 장땡이 떠오르는 건지. 장땡 잡는 하루 되시옵소서. 민속촌 트위터 시작하겠나이다." 느낌 있다. 읽고 있노라면 한번쯤 민속촌에 놀러 가줘야 할 것 같은 기분도 든다. 기업계정 SNS 운영자의 캐릭터를 어떻게 설정해야 하는지 잘 보여주는 사례라 하겠다. 물론 SNS에서 뜬 상품(이나 기업)은 이 외에도 많다. 그렇다. 굉장히 많다. 그럼 뭐해, 따라 하기가 어려운걸. 하여 앞서 얘기한 대

왼쪽부터 출판사 취업준비생 박수미 씨, 열린책들 이정원 씨, 은행나무 김진영 씨.

로 출판사 열린책들의 온라인 마케터 담당자로부터 영양가 있는 말씀 듣는 시간을 가져보도록 하겠다.

온마담의 하루 일과는 전날 올린 게시물들을 점검하는 일로 시작해서 오늘 올릴 게시물을 작성하는 일로 끝난다. 블로그와 트위터도 관리하지만 페이스북이 주력이다. 게시물은 하루에 두 개, 많으면 세 개 정도. 간단해 보여도 품이 많이 든다. 문안을 작성하자마자 바로 올리는 게 아니라 문서로 출력해서 두세 번씩 교정을 보기 때문이다. 교정지를 편집자들, 마케터들과 공유하여 회의하고 더 좋은 아이디어가 있으면 보강하는 과정도 거친다. 대개 금요일에는 다음 한 주 동안 페이스북에 올릴 내용에 대한 가이드라인을 만들고, 월말에는 한 달 운영 계획을 짠다. 이렇게 꼼꼼한 과정을 거친 결과, 온마담이 입사할 당시 5만 명이었던 열린책들의 페이스북 독자는 그해 10월에 10만, 2014년 여름에는 20만 명을 넘어섰다. 이쯤 되자 게시물이 별도의 광고 없이도 많은 이들에게 노출되었다. 이를 '유기적 도달'이라고 한다. 이 유기적 도달률을 높이기 위해 기업들은 전력을 다해 자사의 팬('좋아요'를 누른 사용자들)을 모은다. 팬이 늘면 여러 이용자들의 뉴스피드(페이지 '좋아요'를 누른 사용자의 페이지 소식을 시간순으로 보여주는 공간)에 게시물이 노출되어 광고 효과를 기대할 수 있다. 하지만 페이스북의 정책이 변하면서 유기적 도달률은 점차 떨어지는 추세다. 자사의 게시물을 노출하기 위해 돈을 들여 광고를 해야 하는 상황이 된 것이다.

매출에 연연하지 마라

페이스북이 기업들로부터 각광을 받는 이유는 사용자에 대한 정보를 쉽게 파악할 수 있기 때문이다. 페이스북은 가입할 때 성별과 생년월일을 반드시 입력하게 하고 출신학교와 결혼 여부, 심지어 목하 연애 중인지까지도 기입할 것을 종용한다. 그러다 보니 기업에서는 성별, 연령, 기호에 맞춰 '타깃'을 설정하기 용이하다. 이 '맞춤 타깃' 광고를 위해서는 별도의 비용을 지불해야 한다. 열린책들이 페이스북에 쓰는 광고비는 달마다 차이가 있지만 경품 비용까지 포함해서 대략 400만 원 정도라고 한다. 페이지 '좋아요'를 늘리고 주요 게시물을 노출하는 데 주안점을 둔다. 다만 앞서 말했다시피 유기적 도달률은 점점 떨어지고 최근 들어 광고 도달률도 하락하는 추세이기 때문에 무작정 '좋아요'만 유도하는 게 능사는 아니다. '좋아요'를 누르는 것과 상품이 팔리는 것은 별개의 문제이기 때문이다. 자사 제품에 관심 없는 사람들이 제아무리 '좋아요'를 눌러봤자 소용없다. 자사에 우호적인 팬들에게 효과적으로 게시물이 전달되는 것이 관건이다. 이를 위해서는 페이스북의 맞춤 타깃 광고 시스템을 이해할 필요가 있다.

하지만 가장 중요한 것은 역시 게시물 작성 요령이다. 페이스북은 타임라인 방식이라 게시물이 물처럼 흘러가기 때문에 글이 길면 곤란하다. 글과 이미지(동영상)를 함께 올리는 게 좋다. 무엇보다 재미가 있어야 한다. 이렇게만 적어놓으면 '무슨 뜬구름 잡는 소리냐'며 볼멘소리를 할 담당자들도 있을 듯하니 예를 들어보자. 게임 회사 넥슨의 경우 게시물의 어미를 '넥'이나 '슨'으로 끝낸다. 처음에는 '병맛'일 줄 알았는데 웬걸 순식간에 반응이 왔다. 온마담이나 속촌아씨와 같은 캐릭터형 운영자는 아니지만 요령 있는 게시물 작성으로 '회사의 계정이라기보다 웃기는 인간이 운영하는 사이트 같네'라는 인상을 준 것이 성공 요인이다. 고양시청 담당자가 운영하는 페이스북도 참고할 만하다. "시에서 이런 것도 하는고양? 고양시와 함께하는 〈미혼남녀 커플매칭 프로그램〉, 지금 고양 종합운동장으로 구경오시고양"이라는 글과 함께 운영자가 고양이 탈을 쓰고 사진까지 찍는다. '고양체'에 대한 반응은 폭발적이다. 부산경찰 페이스북도 상당하다. 사건 사고를 짧게 정리하고 위트 있게 마무리한다. 읽는 이로 하여금 훈훈함을 느끼게 하는 솜씨가 보통이 아니다. 이 계정들을 구경하는 것만으로도 '나 역시 저렇게 운영해보고 싶다'는 의지가 샘솟는다.

이쯤에서 누군가가 "어허, 페이스북이야말로 거대한 글로벌 광고 플랫폼으로 요즘 거기가 광고비 따먹으려고 혈안이 돼 있다는 걸 모르는군" 하며 혀를 찰 수도 있을 것 같으니 변명을 적어두겠다. "페이스북 광고는 돈 낭비, 포스트당 팬과 팔로워가 반응하는 비율은 평균 0.1퍼센트 미만"이라는 〈월 스트리트 저널〉의 기사는 나도 읽었다. 하지만 내가 지난 몇 달 동안 기업계정으로 페이지를 운영해본 바에 따르면, 지금껏 내가 만지작거려본 SNS 중에는 가장 효율적이었다. 비용 면에서 소규모 회사들이 도전해볼 만하다는 점과 비용 집행에 따른 결과 데이터를 성실하게 제공한다는 점이 매력적이었다.

물론 언젠가는 페이스북도 운이 다하고 또 새로운 SNS가 각광을 받게 되리라. 그때를 대비해서 이미 틈새 SNS를 개척하고 있는 기업도 적지 않겠지. 마찬가지 얘기다. 본질은 같다. 중요한 것은 '글빨'과 '드립력'이다. 여기에 온마담은 광고의 아버지이자 최고의 카피라이터로 불리는 데이비드 오길비David Ogilvy의 예를 들며 한 가지를 덧붙였다. "매출을 올리는 데 연연하지 마라." 잘나가는 기업의 페이스북이 잘나가는 이유다.

출판을 그만두면

　　　　　　　　이다음에 나이가 들어 출판을 그만두고 나면 뭘 해보고 싶은가. 뜬금없지만 가끔 멍하니 앉아 그런 생각을 할 때가 있다. 봐도 봐도 끝이 없는 교정지에 둘러싸여 눈이 튀어나올 것만 같은 날에는 특히 그렇다. 그래서 뭘 해보고 싶은가. 집 근처 호젓한 골목에 빵집을 차려, '빵집 주인'만큼은 반드시 한번 해보고 싶다. 어째서 빵집 주인인가 하면 내가 빵을 무척이나 좋아하기 때문이라는 건 농담이고, 거기에는 물론 이유가 있다. 시간을 거슬러 지금으로부터 30년쯤 전에, 그러니까 내가 여덟 살 무렵의 일이다. 당시 우리 가족은 다른 몇몇 가족들과 함께 매해 여름휴가를 함께 보내곤 했다. 부모님들이 같은 연배여서인지 자식들도 대개 비슷한 또래였다. 그중에 '샛별'이라는 여자아이가 있었다. 나와는 동갑이고 피아노를 잘 쳤으며 그 아버지와 내 아버지가 절친한 술친구여서 내가 태어나기 전부터 부부 동반으로 자주 만나곤

하셨다고 들었다.

샛별이네는 빵집을 했다. 나는 꼭 한 번 아버지를 따라 그 빵집에 간 적이 있다. 구의역 어디쯤에 위치한, 테이블이 세 개 정도 놓인 조그마한 공간이었다. 무엇 때문에 아버지와 내가 단둘이 그곳을 찾았는지는 가물가물하다. 다만 "많이 먹어라" 하며 아저씨가 건네주시는 빵이 무척이나 달았던 기억이 있다. 아저씨는 저쪽 구석에서 아버지와 두런두런 이야기를 나누었고 나는 샛별이와 마주 앉아 빵을 먹었다. 아니, 나만 먹었다. 우리 사이에 오고간 대화는 고작 "맛있어?"와 "응" 정도였던 것 같다. 소보로빵 하나와 크림빵 하나를 나는 묵묵히 먹었다. 다니던 학교 얘기 정도는 해도 괜찮았을 텐데, 그러지 않았다. 다 먹고 나자 그 아이가 물었다. "더 줄까?" "아니." 잠시 후 얘기를 끝낸 아버지가 내 손을 붙잡고 빵집을 나섰다. 아저씨는 "또 오너라" 하며 내 머리를 쓰다듬어주셨고 그 아이는 "잘가" 하며 손을 흔들어주었다. 나는 고개만 꾸벅 숙였다.

몇 달이 지났다. 어느 날 불현듯 나는 그 빵집에 가고 싶어졌다. 하지만 마음뿐, 거리가 멀고 위치도 잘 몰랐다. 혼자 가는 게 겁도 났다. '어떻게든 구의역 근처로 가면 되지 않을까.' 나는 나보다 한 살 어린, 동네 통장 아저씨의 아들이었던 성호를 꾀어 찾아가 보자고 마음먹었다. "형이 빵 배 터지게 먹여줄게." 그저 착하기만 했던 성호와 나는 걸어서 구의역으로 향했다. 길은 멀었다. 게다가 코흘리개 둘이 위치도 모른 채 찾아가는 초행이었다. 몇 번이나 길을 잘못 들어서는 바람에 정처 없이 헤맸다. 마침내 낯익은 장소에 다다랐을 때 날은 이미 어둑어둑해져 있었다. 길만 건너면 빵집이었다. 하지만 안에는 아저씨도 그 아이도 없었다. 종업원으로 보이는 아가씨 혼자 분주하게 일하고 있을 따름이었다. "그냥 돌아가자." 그저 착하기만 했던 성호가 이렇다 할 토도 달지 않고 고개를 끄덕였다. 돌아오는 길은 더 멀었다.

나중에 동생에게 전해 들은 바에 따르면, 우리가 사라진 동네에서는 난리가 났었다고 한다. 수상한 남자를 따라갔다는 말이 돌았고, 경찰이 출동했고, 아이 둘을 찾기 위해 이웃 주민들이 동원됐다. 자정이 다 되어서야 우리는 겨우 집에 돌아올 수 있었다. 나와 성호는 따로따로 끌려갔다. 방문을 걸어 잠근 어머니의 표정에는 살기가 돌았다. 그렇지만 빵집에 갔다 왔노라는 말은 절대로 할 수 없었다. 나중에 그 아이가 전말을 전해 들을지도 모르는데 그러면 얼마나 창피할 것인가가 신경 쓰였던 것이다. 적당히 둘러댈 주변머리도 없었던 나는 변명 한마디 없이 한참을 맞았다. 어머니도 지쳤고 나도 지쳤다. 빗자루가 반토막이 될 즈음에야 겨우 풀려날 수 있었다. 사건은 그렇게 일단락됐다.

새삼 가족들에게 물어봤자 아무도 기억할 수 없을 테지만 나는 그때의 일을 지금도 또렷이 기억하고 있다. 그날 길 건너편에서 바라보던 빵집의 찬란한 불빛과 진열장에 놓여 있던 먹음직스러운 빵들과 늦은 귀갓길 동네 어귀에 모여 있던 어른들의 웅성거림과 살기등등했던 어머니의 눈초리와 무엇보다 그 철부지 아이가 끝끝내 말하지 않았던 늦은 귀가의 이유. 그래서 나는 가끔 '이다음에 나이를 먹으면 빵집을 차리자'라고 생각하곤 하는 것이다. 같이 여름휴가를 보내던 가족들은 왕래가 없고 아저씨와 아버지도 더 이상 만나지 않기 때문에 유감스럽게도 그 아이의 소식은 이제 알 길이 없다. 앞으로도 줄곧 없을지 모른다. 그렇지만 언젠가 내가 빵집을 열면 한 번쯤 와주지 않을까 하는 생각을 한다. 언젠가.

마쓰모토 세이초

藤井康榮, 《松本清張の殘像》, 文藝春秋, 2002.

別冊太陽編集部, 〈別冊太陽 日本のこころ : 松本清張〉, no. 141. 2006.

〈小說新潮〉, 2009. 5.

미야베 미유키

朝日新聞社編集部, 《まるごと宮部みゆき》, 朝日新聞社, 2002.

〈宮部みゆき全小說ガイドブック〉, 洋泉社, 2011.

別冊寶島編集部, 《僕たちの好きな宮部みゆき》(改訂版), 寶島社, 2006.

宮部みゆき, 《宮部みゆきの江戶レシピ》, ぴあ, 2006.

〈ダ・ヴィンチ〉, 2008. 9.

덴도 아라타

〈オール讀物〉, 文藝春秋, 2009. 3.

http://www.shinchosha.co.jp/shinkan/nami/shoseki/145712.html

http://www.1101.com/tendou/2004-04-15.html

http://www.shinchosha.co.jp/wadainohon/145712/jisaku.html

교고쿠 나쓰히코

〈僕たちの好きな京極夏彦〉, 寶島社, 2003.

〈京極夏彦全小說ガイドブック〉, 洋泉社, 2011.

〈ダ・ヴィンチ〉, 2010. 4.

레이먼드 챈들러

Raymond Chandler, edited by Frank MacShane, Raymond Chandler :

    Later Novels & Other Writings, Library of America, 1995.

Raymond Chandler, edited by Tom Hiney and Frank MacShane,

    The Raymond Chandler Papers, Grove Press, 2002.

Raymond Chandler, edited by Dorothy Gardiner and Katherine Sorley Walker,

    Raymond Chandler Speaking, University of California Press, 1962.

노버트 데이비스

E. Hoffman Price, *Book of the Dead*, Arkham House, 2001.

    〈The Saturday Evening Post〉, 1944. 9. 30.

http://www.blackmaskmagazine.com/bm_03.html

http://www.thrillingdetective.com/trivia/norbert_davis.html

http://www.ruemorguepress.com/authors/davis.html

제미가 없으면 의미도 없다